鼓書藝人

時代巨變下的小人物，努力掙脫命運的枷鎖

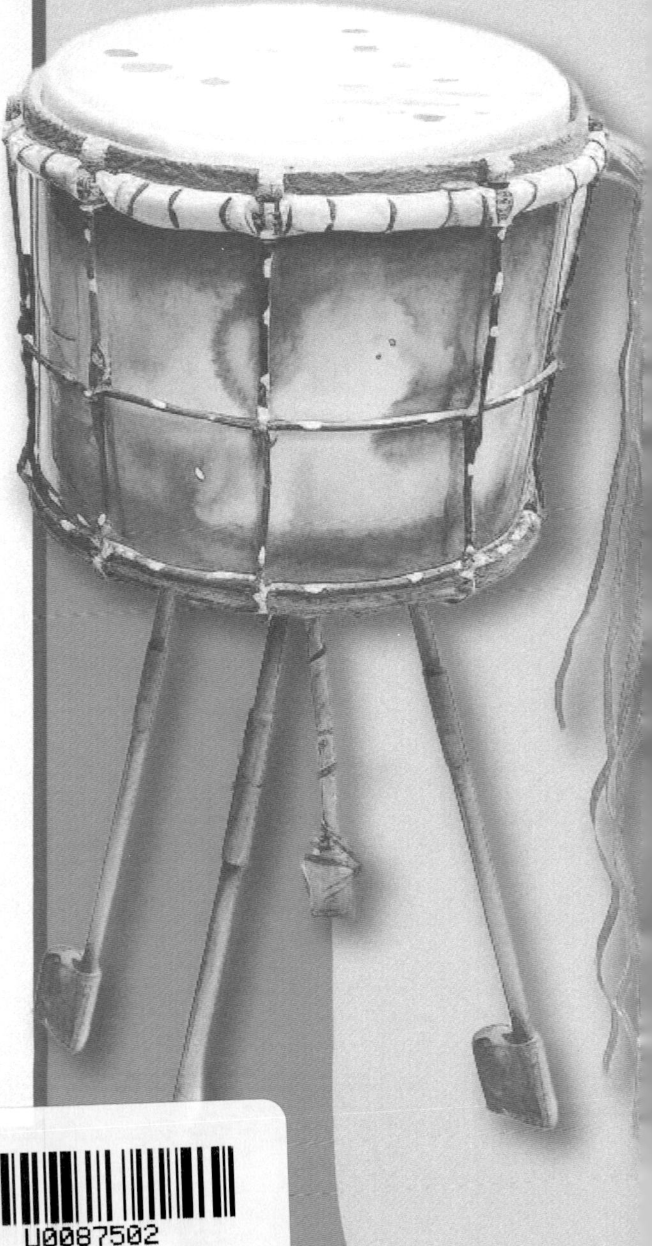

走南闖北的傳統曲藝人
是否能逃出時代交替漩渦之中

動亂不安的年代
抗戰下的小人物如何生存

目錄

目錄

一　奔逃

一九三八年夏，漢口戰局吃緊。

渾濁的揚子江，浩浩蕩蕩地往東奔流，形形色色的難民，歷盡了人間苦難，正沒命地朝著相反的方向奔逃。翅膀下貼著紅膏藥的飛機，一個勁兒地扔炸彈。炸彈發出揪心的嗞嗞聲往下落，一掉進水裡，就濺起混著血的沖天水柱。

一隻叫做「民生」的白色小江輪，滿載著難民，正沿江而上，開往重慶。船上的煙囪突突地冒著黑煙，慢慢開進了「七十二灘」的第一灘，兩岸的懸崖峭壁，把江水緊緊擠在中間。

房艙和統艙裡都擠滿了人，甲板上也是水洩不通。在濃煙直冒的煙囪底下，有五、六十個小孩子，手足無措緊緊地擠在一起。他們已經沒了家，沒了父母，渾身都是煤煙和塵土，就像剛打煤堆裡鑽出來一樣。

湍急的揚子江，兩岸怪石林立，江水像條怒龍，一會兒向左，一會兒向右，發狂地在兩山之間扭來扭去。過了一道險灘，緊接著又是一道，然後直瀉而下。船在江面上顛來簸去，像一條毛毛蟲在掙命。汽笛一響，船上每個人都嚇得大氣也不敢出，唯恐大難臨頭。

每過了一道險灘，船上的人就鬆一口氣，像在一場緊張的摔跤中間，喘過一口氣來。

有的人轉過身去看岸邊的激流與浪花，只見人和水牛在水中間打轉，水面上只露著黑色的頭髮梢，和轉得飛快的，兩隻長長的牛犄角。

有的時候，迎著激流而上的滿載的船，猛地搖晃起來，江水從船幫一湧而入，把甲板上的每個人都澆個透溼。

太陽一落到峭崖的背後，寒風就吹得乘客們直打顫。偶爾一線陽光從岩石縫裡漏過來，在洶湧的江面上投下一道彩虹，美得出奇。

大江兩岸，座座青山，處處陡坡，都有自己的名字。它們千姿萬態，構成一幅無窮無盡的畫卷。古往今來，多少人謳歌過江上變幻莫測的美景，多少人吟詠過有關它的神奇傳說。楚懷王和巫山神女幽會的古蹟猶存。可是這些逃難的旅客已顧不得這些，當江輪穿過巫峽，打紹代佳人——神女峰面前駛過時，他們都毫不動心。

難民們沒閒心，也沒立足的地方，沒法憑欄觀賞景緻。所有乘客，不分老少貴賤，都被眼面前的危險和茫茫前途嚇住了。特別使人難受的，是生活上的不便。房艙裡的人出不來，因為甲板上滿是人，行李堆成了山。甲板上的人也活動不了，因為沒空檔兒！哪怕就是喘口大氣，或是一隻腿倒換一隻腿地站著，也很難。所有的人都緊緊地擠在一塊兒。可是，疲勞不堪的茶房還是想法給乘客們開飯。他們光著腳走路。那些沾滿了煤煙和塵土的腳丫子，把它們挨過的所有東西都蹭髒了，在行李捲和包袱上留下小泥餅子。他們的腳沾不著甲板，只好見什麼踩什麼，——哪怕是踩在乘客的臉上或身上呢。被踩的人又叫又罵，結果是更亂，更慘。

在「民生」輪上，誰心裡也不平靜，人們不是煩惱，就是生氣，悲傷。兩岸美麗的青山映入眼簾也振奮不了他們。生活太無情，真是遭不完的罪孽，說不盡的傷心。

乘客之中看來只有一個人是既不悲傷，也不發愁。雖說他也和別人一樣，飽嘗戰爭之苦，備受旅途艱辛。

這人就是方寶慶，四十開外。他靠一面大鼓，一副鼓板和一把三弦，在茶館裡唱大鼓，說評書吃飯。他是個走江湖賣藝的，大半生帶著全家走南闖北。現在一家子也還都跟著他。他大哥躺在滿是煤灰的甲板上，輪船每晃一下，他就「哎喲，哎喲」地哼哼。人家都叫他窩囊廢。他真是個窩囊廢，整天除了咳聲嘆氣，什麼事也不幹。那個拿胖乎乎的背靠著房艙牆壁，和窩囊廢擠在一起，手拿一瓶酒的中年女人，是方寶慶的老婆。她正提高了嗓門，眼淚汪汪地罵旁邊的什麼人。

離方二奶奶不遠，半躺半坐地靠著，看起來又可憐，又骯髒的，是方寶慶的親生女大鳳。靠欄杆那邊的甲板上，坐著個十四歲的女孩兒。她是方寶慶的養女秀蓮。秀蓮和她爸爸一樣，在茶館裡賣唱。她清秀的臉上帶著安詳的神色，一個人在那裡摸骨牌玩。船每顛一下，窩囊廢就叫喚一聲，秀蓮就罵一句，因為船身的搖晃弄亂了她的骨牌。她聲音很小，不粗，也不野。

方寶慶不願意和家裡人坐在一起，他喜歡走動。聽著哥哥叫喚，老婆一個勁兒地嘮叨，他受不了。

方寶慶雖然已經四十開外，說書賣藝經歷了不少的風霜，他的模樣舉止倒還很純樸——連他說話的神情，一舉手一抬腿，都顯得那麼和藹。他不蠢，要不，這麼多年了，不會過得這麼順遂。他像個十歲的孩子那樣單純、天真、淘氣，而又真誠。他要是吐一下舌頭，歪一下肩膀，做個怪臉，或者像傻瓜一樣放聲大笑，那可不是做戲，也不是裝假。這都叫人信得過。他是為了讓自己高興，才那麼幹。他的做作和真誠就像打好的生雞蛋一樣，渾然溶為一體，分不清哪是蛋黃，哪是蛋清。

日本人進了北平，寶慶帶著全家去上海。上海淪陷了，他們又到漢口。如今敵人進逼到漢口市郊了，他和全家又跟大夥兒一起往重慶逃。北平是寶慶的家。他唱的大鼓，全是京韻的。他要想留在北平很容易，用不著遭這麼大罪，受這麼多苦，成了千百萬難民中的一個。寶慶相貌憨厚，差不多算是個文盲。不過，在北平，能夠認得幾個字的鼓書藝人本來就不多，他也算得上一個。敵人絕不會來殺他，可是他寧願丟下舒舒服服的家和心愛的東西，不願在飄著日本旗的城裡賺錢吃飯。他既天真又單純。他不明白自己是不是愛國，他只知道每逢看見自己的國旗，就嗓子眼兒發乾，堵的慌，心裡像有什麼東西在翻騰。

這一群人裡最反對離開北平的是窩囊廢。他只比兄弟大五歲，但他覺著自己是個長者，應當受到尊敬。頭一條，他要求別攪亂他在家時的那份清靜。他怕一離開家就得死。

他一個勁兒地哼哼，樣子真叫人厭煩。其實他並沒有什麼不舒服，他就是要用這種辦法讓寶慶知道，他的想法沒變。離開北平也罷，上海也罷，漢口也罷，二奶奶可不在乎。她反對的，只是她丈夫總是在最後關頭才決定離開，總是叫她沒法把想要帶上的東西都打好包帶走。她從不考慮打仗的時候運東西有什麼困難或不便。眼下她一面抿著瓶裡的酒，一面想著她那雙穿著舒服的舊鞋和幾雙破襪子，真要是帶了來該多好！大家走，她也走，可要她把東西都扔下，她真捨不得！她喜歡喝上一口，一喝起來，她倒更絮煩，常常連舌頭也不聽她使喚了。

寶慶受不了他哥哥的叫喚，也受不了老婆的嘮叨。他整天沿著甲板費勁地擠來擠去，隨著船身東倒西歪。這樣走動可真叫受罪。當他從睡著的人們身上跨過時，要是有人突然那麼一下闔上了嘴，真會咬下他一截大腳趾頭來。

他看起來一點也不像個賣藝的。不怎麼漂亮，也不怎麼醜。他就像當鋪或是百貨店的夥計那樣長相平常。他的舉止也毫無出奇之處，絲毫不像個藝人。他也不像有的好演員，不用裝模做樣，就能顯出才華來。他有時流露出一點藝人的習氣，倒更叫人家猜不透他是個幹什麼的。

他個子不高，然而結實豐滿。因為長得敦實，有時顯得遲鈍、笨拙。不過要是他願意的話，也能像猴兒一樣的機靈、活躍。你跟他一塊走道兒，要是遇上一灘水，你準猜不出他到底會一下子蹦過去呢，還是穩穩當當往水裡邁，把鞋弄個精溼。

他圓圈的腦袋總是剃得油光鋥亮。他的眼睛、耳朵、嘴都很大，大得像是鬆鬆地掛在腦袋上。幸好他的眉毛又黑又粗，像是為了維持尊嚴才擺在那兒的。有了它，臉上鬆弛的肌肉就不會顯得可笑。它們就像天上的兩朵黑雲，他一抖動眉毛，人家就覺得它們會撞出閃電來。

他的牙長得挺整齊，老露著，因為他喜歡笑。鼻子很平常，但嘴唇總是那麼紅潤、鮮亮。雖然眼睛下面已經有了中年人的皺紋，可這對紅嘴唇倒使他看起來年輕多了。

眼下他像那些茶房一樣，光著腳在擠滿了人的甲板上轉圈子。船走得很不穩當，他盡量避免踩著人，所以才光著腳。光腳踩了人，比穿著厚重的鞋子踩人，容易得到別人的原諒。

他捲起褲腿，露出又粗又白的腿肚子。他穿著一件舊的藍綢長衫，手攥著長衫的下擺，怕掃了躺在甲板上的人的臉，也為了走得更俐落點。

他一手攥著衣角，一手招呼朋友。他已經習慣了表演，會不自主地覺著身邊所有的人都是聽眾，他應該對他們笑，友好地打手勢。於是他一手提衣襟，一手招呼乘客繞著船轉圈兒。他抬腿的動作像是在邁過一條小溪，或是在「跳加官」。他習慣每兩三天剃一次頭，腦袋瓜子老是那麼亮晃晃、光溜溜的。他的光頭就是他的招牌。聽過他的大鼓的人，都記得他那個光頭。他的臉遠不如他的光頭那麼惹人注意，引人叫好。如今他的頭已經有一個多星期沒剃了，他一面在甲板上走動，一面不時撓撓那討人厭的短髮茬兒。

上了「民生」不到幾個鐘頭，他就認得了幾乎所有同船的人。沒過多久，他行起事來，就好像他是當初造這個船的監工一樣。船的每個角落他都熟悉，什麼東西在哪裡，他都知道。他知道上哪兒去弄瓶酒給他的老婆，讓她喝了好睡覺，不再老拿手指點他。他也知道上哪兒去找碗麵湯來，讓他窩囊廢大哥喝了，不再叫喚。就像變戲法的能打空氣裡抓出隻兔子和鳥兒來，寶慶還能給害頭疼或是暈船的乘客找來阿司匹林，給打擺子的人找來特效藥。

他用不著費勁，就能打聽出船上人的底細來，好像船長對他們的了解還不如他呢。眼下船長也成他的老朋友了。用了三十年的一把三弦、一面大鼓（這是寶慶的寶貴財產）幫他結交朋友。他和秀蓮就靠這些樂器賺錢吃飯，養活全家。這些樂器只有在北平才買得到。要是碰傷了，壓壞了，可就再也買不著了。所以他一上船，就把這些樂器託付給了船長。船長根本不認識他，沒有義務替一個茶館裡賣唱的照料三弦和大鼓。本來嘛，他自個兒該管的事還忙不過來呢！不過寶慶彷彿有點兒魔力。像一陣溫暖的春風，他悄悄溜進船長室，使船長覺著，替他保管三弦和大鼓，簡直是件頂榮譽不過的事。寶慶「跳加官」，跳不上幾步就得停一下。有時是自己想住住腳。但多半是同船的夥伴們叫他。這個人跟他要幾片阿司匹林，那個人又要頭痛粉。還有些人抓住他的袖子，要他給說段笑話。他要是想借一副牌，或者打聽一下時刻，就馬上住下腳來。要是他實在找不到別的事可幹，就順著狹窄的鐵梯，爬上甲板，看看煙囪下面那些沒人管的，滿身是煤煙的小孩兒。

寶慶沒兒子，他喜愛男孩勝過女孩。看到這些一身煤煙的可憐孩子多一半是男孩，他覺著心疼。看著他們，他的大圓眼忽然潮潤起來。想起他說過的那些動人心弦的故事，他體會得出這些可憐的小傢伙在大亂中失去爹娘時的那份傷心勁兒。他也想像得出他們怎樣沒衣沒食，挨餓受凍，從上海、南京一路捱過來，現在又往四川奔。

他希望能拿出三、四百個熱騰騰的肉包子來，給這些面帶病容的黑乎乎的小寶貝兒吃。可是有什麼法子呢，他什麼也拿不出。他僅有的一點寶貴財產就是他的三弦和大鼓，都交給船長保管了。

他想要給孩子們唱上一段，要不就講幾個故事。可是他心裡直翻騰，說不出口。他跑江湖賣唱，多年學來的要來就來的笑容和容易交朋友的習慣，在這些遭難的孩子面前，一點也使不上。不行，不能拿出戲臺上那一套來對待他們。他一言不發，傻裡傻氣地站著發楞。突突冒煙的煙囪裡落下來的黑煤灰，在他那沒戴帽子的禿頭上，慢慢地積了厚厚的一層。

看見這些孩子，他想起了他的養女秀蓮。他買她的時候，她剛七歲。賣她的是一個瘦男人，自稱是她的叔叔，拿去二十塊現大洋。她那時看起來就和這些孩子們一樣——病病歪歪的，那麼髒又那麼瘦，他真怕她活不長。

那就像是昨天。現在她可是已經十四歲了。他不知道她是否還記得她的親爹娘。她當真拿他當親爸爸嗎？她會讓個有錢人拐去當小老婆，還是會自個拿主意嫁一個自己可心的人呢？他常常在心裡嘀咕這些事兒。

他的買賣、他的名聲、他全家的幸福，都和秀蓮緊緊地連繫在一起。當然她還只有十四歲，什麼都不懂。可是她不能老是十四歲，要是她出了什麼事兒，他全家都得毀了。

他全家嗎？他一想起他們，臉上就浮起一絲苦笑。他那不中用的大哥，老是喝得醉醺醺的老婆，還有那蠢閨女大鳳！怎麼能不讓秀蓮從這樣一個家裡跑掉？

聽見下面甲板上傳來歡呼聲，他像從夢中醒來，往下看。乘客們都在高興，因為船已經駛過了最後一道險灘。兩岸只有平緩的山坡，江面變得又開闊，又平靜。小小的白色汽船在找地方歇口氣。它像個精疲力竭的老婦人，慢慢地，疲乏地駛向沙灘，它實在需要休息一下了。船拋了錨。岸上有幾間葦子和竹子搭的小屋。

船攏岸時，西邊天上的太陽已經現出金紅色。一時間誰也沒動。那些駕著船安然穿過險灘的船長和領港，那些瞧著他們的茶房和乘客，一個個都累得不想動了。就連小白船看來也乏得動不了窩兒了。

寶慶撣了撣光頭上的煤灰，張大了嘴，大聲對孩子們叫道：「來，快來，都來，洗個澡。」

他推開人群，領著孩子們走過跳板，像趕一群鴨子，撲通撲通地跳進水裡。

二　汪洋

重慶是座山城，揚子、嘉陵兩條大江在它腳底下相遇。兩條江匯合的地方一片汪洋。兩股水碰在一起，各不相讓，頂起一道水梁，在陽光下閃閃發光。這道水梁是兩江的分界，又好像是在那裡提醒過往船隻，小心危險。

沿江停泊著一溜灰黑色的大木船，輕輕地晃動著。高高的桅杆頂上，一些小紅旗迎風招展。光脊梁、光腳丫、頭上纏著白包頭布的人，扛著大大小小，形形色色的貨物，在跳板上走上走下。輪船、木船、渡船和寒傖的小木划子，在江裡來來往往。大汽船一個勁兒地鳴汽笛。小木划子像一片片發黑的小樹葉，在浪裡顛來簸去。到處都是船。走著的，停著的，大的，小的。有老式木船，也有新式汽船。有的走得筆直，有的曲裡拐彎。這麼多的船聚在一處，擠得兩江匯合的這一片汪洋，也顯得狹窄、擁擠、嘈雜、混亂。

岸邊有一溜茅草和竹子搭的棚棚，難民們爭先恐後地跑去買吃的。有大盆冒著熱氣的米飯，大塊鮮紅的豬肉，一掛掛大粗香腸，成堆的橘子。大家圍著小吃擔子，一邊買著，一邊聊著，一邊還欣賞著肥肥的大白豬和栗子色的比驢大不了多少的小川馬。

天熱得叫人受不了，一絲風也沒有。這一片江水像個冒著熱氣的大蒸鍋——人人都冒汗、喘氣、煩躁。划船的和坐船的、挑夫和客人、買的和賣的，都愛吵架。

灼熱的陽光從水面反射上來，照得人睜不開眼。黃黃的砂子和禿光光的大石頭，也讓太陽照得發出了刺眼的光芒。人都快烤焦了。山城比江面高出好幾十丈，蒙著一層灰白色的霧，也熱得人發昏。下面是一片水，上面是一片石頭。山和水之間，隔著好幾百級石階——又是一道道晃眼的反光。水面是個大蒸籠，山城是個大火爐。

寶慶像抱孩子似的把他那寶貴的三弦緊緊地摟在懷裡。大鳳手捧著大鼓。她像托菩薩似的，小心翼翼，恭恭敬敬捧著那面大鼓。寶慶並不急著上岸，他不打算在人堆裡窮擠。

多年來跑碼頭，使他掌握了一整套討巧省力的本事。他找了個不擋道的地方，抱著他的三弦，從從容容等著別人先走。好幾個鐘頭以前，他就已經跟同船的夥伴兒們，還有逃難的孩子們，客客氣氣道地過別了。

從乘客們丟魂失魄的樣子看來，人家會以為船上著了火，而不是船靠了岸。大家爭先恐後地走下跳板，有的發脾氣，有的叫喊、罵人。你推我搡，大家都擠得搖搖晃晃，有的婦女把孩子擠得掉進江裡去了，有的擠掉了高跟鞋。

忘了鎖箱子的，到了岸上，只剩下個空箱子。裡頭的東西，全都折到水裡了。扒手也忙得不亦樂乎，小偷抄起別人的傘就跑。下流男人的手專找女人身上柔軟的地方摸。寶慶生怕擠著秀蓮，不住地招呼：「小蓮，別忙，別忙！」

雖然秀蓮還沒有發育完全，她卻到處引人注意。也許因為她是個下賤的賣唱的，誰都覺著可以占她點兒便宜；也許是因為她的臉兒透著處女的嬌豔，正好和她言談舉止的質樸動人相稱。

她的臉小而圓，五官清秀，端正。無論擦不擦脂粉，她的臉總是那麼豔麗。她的眼珠烏黑，透亮。她並不十分美，可是有一種說不出的天然誘惑力，叫你一見就不得不注意她。她的鼻子又小又翹，鼻孔略略有些朝天。這一來她臉的下半部就顯得不那麼好看了，像個淘氣的小娃娃。她把小下巴頦兒小鼻子朝上那麼一揚，好像世界上的一切她都不在乎。她的嘴唇非常薄，只有擦上口紅才顯得出輪廓來。她的牙很白，可是不整齊。這點倒顯出了她的個性。

她的頭髮又黑、又亮、又多，編成兩個小辮兒。有時垂在前面，有時搭在後面，用顏色鮮亮的帶子紮著。她的身材還沒有充分長成。她穿著繡白花的黑緞子鞋，使她看起來個兒更矮，人更小。她腳步輕盈，太輕盈了，看來有點不夠穩重。她的臉、她的兩根小辮兒和她的身材都和普通的十四歲女孩兒沒有什麼不同。只是有時帶出輕飄飄走臺步的樣子來，這才看得出她是個賣藝的。眼下她雖然穿的是繡花緞子鞋，她那年輕靈活的身子卻只穿著一件海藍色的布褂子。

天實在太熱，她把辮子都甩到腦後去了，也沒紮個蝴蝶結。汗水把她臉上的脂粉沖了個乾淨，露出了瑩潤的象牙皮色。她的臉蛋因炎熱而發紅，比擦脂粉好看多了。

她好奇的大黑眼睛把岸上的一切，都看了個一清二楚——青的橘子、白的米飯、小小的栗色馬，還有茅草和竹子搭的棚棚。對她來說，這些東西都那麼新鮮、有趣、動人。她恨不得馬上跳上岸去，買上一些橘子，騎一騎那顏色古怪的小馬。她覺著，重慶真了不起。誰能想到這兒的馬會比驢小，橘子沒熟就青青地拿出來賣！有些攜家帶口的，已經到竹柵棚裡去歇著了。一個赤條條的小胖孩引起了她的注意。她忘了熱，忘了那些不稱心的小事。她只想趕緊上岸，不願意老待在船上。

她知道爸爸正盯著她呢！不論心裡多著急，她還是不敢一個人下船。她還小，又是個賣唱的。得要爸爸保護。她只好安安靜靜地站著，眼巴巴望著青橘子和肥肥的大白豬。窩囊廢坐起來了——他並不想坐起來，可是要不坐起來，爭先恐後往下擠的人就會踩著他的臉。他還在叫喚。據他說，亂七八糟的人打他身邊擠過去弄得他頭暈。

從外表上看，他很像他的兄弟，只是高點兒，瘦點兒。因為瘦，眼睛和鼻子就顯得特別大。他的頭髮向後梳，又光又長，簡直就像個剛打巴黎跑回來的藝術家！

他也會跟著大鼓和弦子唱鼓書，唱得比他兄弟還好。可是他看不起唱大鼓這一門賤業。他也會彈三弦。但他不願給兄弟和侄女兒彈弦子，因為幹這個傍角的活兒的更低下一等。他什麼也不幹，靠兄弟吃飯。據他自己說，這不會有失身分。他很聰明。要是他願意，他本可以成個名角兒。可是他不打算費這份勁兒。他向來看不起錢，拿彈彈唱唱去賣錢！丟人！

從人倫上講，寶慶不能不供養窩囊廢。他倆是一個爹媽生的，不得不挑起這份兒擔子。不過窩囊廢在家裡多少也有點用處：只有他治得住寶慶的老婆。她的脾氣象夏天的過雲雨一樣，來得快去得快。一旦寶慶對付不了她，只有大哥能對付。她一發脾氣，窩囊廢也得發脾氣。要是倆人都同時發了脾氣，總有一個得先讓步。只要她先一笑，窩囊廢跟著也就笑了。倆人都笑了，家裡也就安生了。窩囊廢老陪著弟妹，跟她一起打牌，喝酒。

寶慶護著秀蓮，自有他的道理。她是他的搖錢樹，而且憑良心講，他也不能不感激她。她從十一歲起就上臺作藝，給他賺錢。不過他總是怕她會跟那些賣唱的女孩兒們學壞。她越是往大里長，他覺著，這種危險也就越大。於是他也就越來越不放心她。她在娛樂場所賣唱，碰到一些賣唱的女孩兒，她們賣的不光是藝。他有責任保護她，管教她，可不能寵壞了她。為了這，憐愛和擔憂老在他心裡打架；他老拿不定主意，到底該怎麼做才好。

窩囊廢對秀蓮的態度可就大不一樣了。他並不因為花了她掙來的錢就感謝她。他也不擔心她這行賤業會使她墮落。他對她就像對親侄女一樣。秀蓮想要的東西，兄弟和弟妹要是不給，他真能跟他們幹仗。可是他自己就有好多次惹得秀蓮生氣。他要是沒了錢，保不住就要拿她一個鎦子，再不然就是一雙貴重的高跟鞋，拿去賣掉。要是秀蓮不生氣，他就對她更親近，更忠心。萬一她生了氣，他就會漲紅了臉，數落她，不搭理她，非要她來賠了不是，才算了結。

靠岸前不久，方二奶奶剛剛睡著。她向來這樣。沒事的時候，她的主意來得個多。一旦有了事，她總是醉得人事不醒。等她一覺醒來，要是事情都妥妥貼貼地辦好了，她也就不言聲。要不然，她就得大吵大鬧，非說還是她的主意對。二奶奶的爸爸也是個唱大鼓的。按照唱大鼓人家的規矩，做父母的絕不願意讓自己的親生女兒去學藝，總惦記著能把她們養成個體面的姑娘，將來好嫁個有身分的丈夫。他們往往願意買上個外姓女孩兒，調教以後讓她去賺錢。話是這麼說，可是二奶奶自己並不是體體面面地長大的。結婚以前，她也幹過賣唱的姑娘幹的這一行。

她年輕的時候，也還算得上好看。如今雖已是中年，在沒喝醉的時候，也還有幾分動人之處。她長圓的臉，皮膚又白又嫩。但一醉起來，臉上滿是小紅點，一副放蕩相。她的眼睛挺漂亮，頭髮總是隨隨便便地在腦後挽個髻兒。這個髻有時使她顯得嬌憨，有時顯得稚氣。她個子不高，近年來背開始有點駝了。有時她講究穿戴，塗脂抹粉；但經常卻是邋裡邋遢的。她的一切都和她的脾氣一樣，難捉摸，多變化。

寶慶本不是個唱大鼓的，他學過手藝，愛唱上兩句。後來就拿定主意幹這一行了。他跟她唱鼓書的爸爸學藝的時候，迷上了她的美貌。後來娶了她，他也就靠賣藝為生了。

二奶奶覺著，既然秀蓮是個唱大鼓的，那就絕不能成個好女人。二奶奶這樣想，因為她早年見慣了賣唱的姑娘們。秀蓮越長越好看，二奶奶也越來越嫉妒。有時她喝醉了，就罵丈夫對姑娘沒安好心。她出身唱大鼓的人家，一向覺著為了得點好處買賣姑娘算不得一回事。她打定主意趁秀蓮還不太懂事，趕緊把她賣掉，給個有錢人去當小老婆。二奶奶知道這很能撈上一筆。她可以抽出一部分錢，再買上個七、八歲的姑娘，調教調教，等大了再賣掉。這是樁好買賣。她不是沒心肝的人，這是講究實際。當年她見過許許多多小女孩兒任憑人家買來賣去，簡直是天經地義的事兒。再說，要是一個闊人買了秀蓮，她一輩子就不愁吃喝，也少不了穿戴。就是對秀蓮來說，賣了她也不能算是缺德。

寶慶反對老婆的主意。他不是唱大鼓人家出身。買賣人口叫他噁心。他買過秀蓮，這不假。可他買她是為的可憐那孩子。他原打算體體面面地把她養大。一起頭，他並沒安心讓她作藝。她很機靈，又很愛唱，他這才教了她一兩支曲子。他覺著，要是說買她買得不對，那麼賣了她就更虧心了。他希望她能再幫上他幾年，等她夠年紀了，給她找個正經主兒，成個家。只有那樣，他的良心才過得去。

他不敢公開為這件事和老婆吵架，她也從不跟他商量秀蓮的事。她一喝醉了，就衝著他嚷：「去吧，你就要了她吧！你可以要她，那就該稱你的心了。她早晚得跟個什麼不是玩意兒的臭男人跑了！」

這類話只能使寶慶更多擔上幾分心，使他更得要保護秀蓮。老婆的舌頭一天比一天更刻薄。船快空了。秀蓮想上岸去，又不敢一個人走。她坐也不是，站也不是，把兩條小辮一會兒拉到胸前，一會兒又甩到背後。

秀蓮不敢叫醒她媽。寶慶和大鳳也不敢。這事只有窩囊廢能做。可是他得等人請，只有這樣才能顯出他的重要。「您叫她醒醒。」寶慶說。

窩囊廢停住叫喚，拿腔作勢地捲起袖子，叫醒了她。二奶奶睜開眼來。打了兩個嗝。

一眼看見山上有座城，馬上問：「到哪兒啦？」

「重慶」窩囊廢神氣活現地答道。

「就這？」二奶奶顫巍巍的手指頭指著山上。「我不上那兒去！我要回家。」她抓起她的小包袱，好像她一步就能蹦回家去。

他們知道要是和她爭，她能一頭栽進水裡，引起一場大亂子，弄得大家好幾個鐘頭都上不了岸。

寶慶眼珠直轉。他從來不承認怕老婆。他還記得當初怎樣追求她，也記得婚後的頭兩年。他記得怎樣挖空心思去討好她，把她寵到使自己顯得可笑的地步。他一面想，一面轉眼珠子。怎麼能不吵不鬧，好好把她勸上岸去。終於，他轉過身只對大鳳和秀蓮說：「你們倆是願意走路呢，還是願意坐滑竿？」

秀蓮用清脆的聲音回答說：「我要騎那匹栗子色的小馬。準保有意思。」

二奶奶馬上忘了她打算帶回家去的那個小包。她轉身看著秀蓮，尖聲叫道：「不準這麼幹！騎馬？誰也不許騎！」「好吧，好吧」寶慶說道，馬上抓住了這個機會。他在頭裡走，懷裡還抱著那把弦子。「我們坐滑竿。來吧，都坐滑竿。」

大家都跟著他走下跳板。二奶奶還在說她要回家，不過已經跟著大家挪步了。她很清楚，要是她一個人留下，靠她自個兒是一輩子也回不了家的。何況，她一點也不知道重慶是怎麼回事。全家，拿著三弦、大鼓、大包小包，坐上一架架的滑竿。腳伕抬起滑竿，往前走了。苦力們抬著滑竿，一步一步，慢慢地，步履艱難地爬上了通向城裡的陡坡。坐滑竿的都安安靜靜坐著，仰著頭，除了有時直直腰，一動也不敢動。前面是險惡的天梯，連二奶奶也屏息凝神了。她怕只要動一動，就會栽下滑竿去。只有秀蓮感到高興。她衝著姐姐大鳳叫道：「看呀，就像登天一樣！」

大鳳很少說話。這一回她開口了：「小心呀，妹妹。人都說爬得越高，摔得越疼呀！」

三　摩登

到了山頂，大家下了滑竿。二奶奶雖然是讓人給抬上來的，可是一步也邁不動了。她比抬她的苦力還覺著乏。她在臺階上坐下，嘟嘟囔囔鬧著要回家。這座山城呀，她說，真是把她嚇死了。她要是想出個門，這麼些個臺階可怎麼爬呢！

秀蓮伸著脖子看城裡的大街，心裡激動得厲害。高樓大廈、汽車、霓虹燈，應有盡有。誰能想到深山峻嶺裡也會有上海、漢口那些摩登玩意兒呢！

她衝著爸爸跑過去。「爸，那兒一定有好旅館，我們去挑個好的。」

二奶奶說什麼也不肯再往前走了。不遠就有一家旅店，那就能湊合。她叫挑夫把行李挑進去。秀蓮撅起小嘴，可是誰也不敢反對。

旅店又小、又黑，髒得要命，還不通風。唯一吸引人的，是門口的紅紙燈籠，上面寫著兩行字：

未晚先投宿
雞鳴早看天

男的住一間，女的住一間，兩間房都在樓上，窄得跟船艙一樣。窩囊廢又「哎喲哎喲」地哼哼起來了。他說他覺著又回到了船上。

旅店是道地的四川式房子，牆是篾片編的，上面糊著泥，又薄，又糟，一拳頭就能打個窟窿。房頂稀稀拉拉地用瓦蓋著，打瓦縫裡看得見天。床是竹子的，桌子、椅子，也都是竹子的。不管你是坐著、靠著，還是躺著，竹子都吱吱地響。

屋子裡到處是大大小小的耗子。還有蚊子和臭蟲。臭蟲白天不出來，牆上滿是一道道的血印，那是住店的夜裡把臭蟲抹死在牆上留下的印子。

一隻大耗子，足有八寸長，悶聲不響地咬起秀蓮的鞋來了。秀蓮嚇得蹦上竹床，拿膝蓋頂著下巴頦坐著。她的小圓臉煞白，兩眼戰戰兢兢地盯著航髒的地板。

除了二奶奶，大家都在抱怨。她跟大家一樣，也不喜歡耗子和吱吱叫的竹器家具，可是到這小店兒裡來是她的主意，她咬緊牙關不抱怨。「這小店不壞嘛」她講給大鳳聽，「不管怎麼說，總比在船上打地鋪強。」她打蒲包裡拿出個瓶子來，喝了一大口。

天氣又悶又熱，一陣陣的熱氣透過稀疏的屋瓦和薄薄的牆，直往屋裡鑽。小屋像個薄蛋殼，裡面包著看不見的一團火。桌子、椅子都發燙，摸著就叫人難受。一絲風也沒有。

人人都出汗，動不動就一身痱子。

寶慶熱得要命，連禿腦門都紅了。可是他不愛閒待著。他打開箱子，拿出他最體面的綢大褂，一雙乾淨襪子，一雙厚底兒緞子鞋，和一把檀香木的摺扇。不論天多麼熱，他也得穿得整整齊齊，到城裡轉悠一圈，拜訪地面上的要人。他得去打聽打聽，找個戲園子。

他不能像大哥那樣閒在，也不能像他老婆那樣什麼都不管。他得馬上找個地方，秀蓮和他就可以去作藝，賺錢。要不然，一家子都得挨餓。窩囊廢見兄弟急著開張，擔起心來。

「兄弟」他說，「我們唱的是北方曲子，這些山裡人能愛聽嗎？」

寶慶笑了。「甭擔心，大哥。只要有個作藝的地方，哪怕是在爪哇國呢，我也有法掙來這碗飯。」

「真的？」窩囊廢愁眉苦臉。他脫下小褂在胸口上搓泥捲兒。他沒有兄弟那麼樂觀，他也不喜歡這座火爐似的山城。「我的好大哥」寶慶說，「我出去一趟，您在家照看著點兒。別讓秀蓮一個人上街去。別讓她媽媽喝醉了，還得讓她小心著點菸頭兒。這些房子糟得就跟火柴盒子似的，一個菸頭就能燒一條街。」

「可是怎麼能……」窩囊廢挺不樂意。

寶慶知道大哥想說什麼，就笑了。「別跟我提那個。他們都怕您。他們就聽您的。是這麼著不是？」

窩囊廢笑得有點兒勉強。

寶慶把他的東西收拾到一塊兒，拿塊包袱皮包了，挾在胳肢窩裡。他在穿上最好的衣服之前，得先去澡堂子洗個澡，剃剃頭。

他拿著包袱悄悄地走出屋子，不讓他老婆看見。她還是聽見了。「咦……你……上哪兒去？」

他沒言語，只是搖了搖頭，就急急忙忙走下搖搖晃晃的樓梯。

走出大門，他深深地吸了一口氣，邁開輕快的步伐。他看著街道，很快就把家裡的揪心事兒忘了個一乾二淨。他喜歡那寬寬的街道，街道兩邊排著洋灰抹的房子，霓虹燈亮得耀眼。這真好。這麼些個燈，還愁沒有買賣做嗎？

他找到了一家澡堂子。一邁進門檻兒，他就不住地給人點頭，連茶房也沒漏過，就像他們是他的老朋友一樣。他看見有兩三個來洗澡的是一起坐船來的伴兒，就跟他們親熱地拉手道好兒。然後他走到櫃上去，悄悄地替他們付了澡錢。

他引起了大家的注意。一下子人人都知道，有個不尋常的人來跟大傢伙兒一塊洗澡來了。就連懶洋洋的四川堂倌也特別獻殷勤，跑去給他端來了一杯熱茶，還有熱手巾。他剃了頭，刮了臉，然後脫光衣服，不慌不忙地跳進池子，往身上撩了一通熱水，接著坐在池子邊，一面在胸口上搓著，一面順口唱起來。他的聲音不高，可是深沉洪亮。他心曠神怡。要做的事多著呢，忙什麼。先唱上一段再說。他聽著自己的聲音，覺得美滋滋的，當然他更喜歡別人捧場。一身的臭汗都洗淨了，他穿上了講究的綢大褂和緞子鞋，他把髒衣服交給櫃上拿去洗，覺得自己乾淨、俐落。走出澡堂門，準備辦事去。

首先，他得鬧明白當地的園子裡演的都是些什麼。他花了個把小時轉茶館，看出沿江一帶都唱的是本地的四川清音、漁鼓和洋琴。拿北京的標準來看，他覺著本地的玩藝兒不怎麼樣。他唱的鼓書更有味兒，也更雅。不過一個高明的藝人就得謙虛著點，總得不斷地學點新玩藝兒。

他高興的是所有的茶館買賣都很興隆。要是這些藝人能賺錢，他和秀蓮為什麼不能呢。重慶人可能聽不懂大鼓。可是新玩藝兒總是叫座的，四川人一定愛看打遠處來的新鮮玩藝兒。重慶現在是陪都了，全國四面八方的人都往這兒湧。就是四川人不來看他的玩藝兒，難民們也會來的。唔，事情不壞嘛。

可是他得成起個團隊來。秀蓮和他不能就那麼著在茶館或江邊的茶棚兒裡賣唱。絕不能那麼辦。他是個從北平來的體面的藝人。他在上海、南京、漢口這些大城市裡都唱過。

他必得自己弄個戲園子，擺上他那些繡金的門簾臺帳，還有各地名人捧他的畫軸和幛子。他得有一套拿得出手的什樣雜耍，得有倆相聲演員，變戲法的，說口技的。不論哪一樁，他都得去主角。要是他一時成不起一個唱北方曲藝的團隊，他就得找倆本地的角兒來幫忙。不論怎樣，得叫重慶人看看他的玩藝兒。

他加快了步子，又開始冒汗了。不過出汗也叫人舒服，涼快。背上越是汗涔涔的，他越是暢快。

跟別的大城市一樣，重慶多的是茶館。寶慶走了一家又一家，很快就知道了哪些人是應當去拜訪的。有些人的名字他在來重慶之前就知道了。去拜會之前，他還是情願先坐在茶館裡領略一下本地風光。你在這兒什麼人都看得見——商人、土匪、有學問的人和耍錢的。寶慶見人就交朋友。

在一家茶館裡，他碰見了老朋友唐四爺。唐四爺的閨女琴珠也是個唱大鼓書的藝人。寶慶在濟南、上海、鎮江這些城市裡，跟唐四爺在一個團隊裡混過事。他的閨女琴珠嗓門挺響亮，可是缺少韻味。寶慶看不上她的玩藝兒更瞧不上她的人品。對她來說，錢比友情更重要。她的爸爸唐四爺也是一路貨。方家和唐家以前大吵過，後來多年不說話。

可是今天見了面，寶慶和唐四爺都覺著像多年不見面的親哥倆。他倆親熱地拚命握手，激動得眼淚花花的。寶慶要找個唱鼓書的好把團隊湊起來，唐四爺急著要給他閨女找個好事由兒，要不然，他愁眉不展地說，他全家都得流落在重慶，一籌莫展。眼下的窮愁使他們忘了過去的那些彆扭。在眼前這種情況下再見面，倆人心裡都熱呼呼的。寶慶很知道，要是跟唐四爺在一個團隊裡，早晚他得吃虧。可是眼下這麼缺人，他不能放過這個機會。在唐四爺那頭，他一見寶慶，就覺得好像一塊肥肉掉進了嘴裡，他決心死死咬住這塊肉不放。他明白要叫寶慶上鉤並不難。過去怎麼辦，現在還怎麼辦。不過在他和寶慶握手的時候，他眼睛裡的淚倒的確是真的。「我的好四爺！」寶慶親熱地說，「您怎麼也在這兒？」「寶慶，我的老朋友……」唐四爺的眼淚滾下了腮幫子，「寶慶，您得幫幫我，我在這荒山野店裡真沒轍了。」

唐四爺是個矮矮瘦瘦，五十來歲的人。別看他的身子骨兒小，嗓門倒很響亮。他的臉又瘦又長，鼻梁既高且窄，像把老式的直剃刀。他一說起話來，就不住點地搖頭晃腦。一對小眼睛深凹凹的，很少正臉瞧人。

「寶眷都來了嗎？」寶慶說。

「是呀，連小劉都跟我們來了。」

「小劉？」寶慶一下子想不起來，「是給您閨女彈弦子的那個嗎？」

「是呀！」唐四爺瞅著寶慶，瞧出寶慶非常高興。他猜出寶慶急著要找個彈弦子的。他那大哥窩囊廢彈得一手好弦子，可是他不肯幹這一行。要是寶慶找不著個彈弦子的，他就算是真的坐了蠟。小劉彈得不算好，可是在這麼個偏僻的山城裡，也就能將就了。

「走吧，我的好四爺。帶我去見見您的寶眷。」寶慶更加親熱地說著。他想馬上見見小劉和琴珠，讓他們搭他的團隊。「寶慶，我的好兄弟，我們來了快兩禮拜了，還沒一點轍呢！」唐四爺嘆息著說。「您有點門兒了嗎？」他想先弄清楚寶慶到底能給他點什麼好處，然後再讓他見小劉和他閨女。寶慶的親熱，倒引起他的擔心來。

寶慶意味深長地指指自己的鼻子，「我的好四爺，只要您肯幫忙，我就能把買賣弄起來。您想想——有了小劉、琴珠、我閨女秀蓮和我，這就有了三個段子了。只要再找上幾個人——找幾個本地作藝的什麼的——馬上就能開鑼了。走呀！」

「您拿得穩？」別人的熱心解不開他心裡的疙瘩。「我的好四爺」寶慶神氣起來了，「您想我方寶慶能騙您嗎？我說能幹起來，就能幹起來。」

唐四爺搖了搖頭，心裡很快打開了算盤。一開頭他是想要寶慶幫忙來著，如今他見寶慶那麼急著想跟他湊團隊，就又覺著該扭轉一下形勢，讓寶慶倒過來求他。

「寶慶」他開了口，「我得回家去先跟他們合計合計。」

寶慶知道唐四爺滑頭。不過他也看出唐四爺沒有完全拒絕搭夥兒幹。於是他也裝作一點兒不著急。「好四爺，您想回就回去吧。有了琴珠和小劉，我可以成團隊，不過您也得明白，沒有他倆我也成得起個團隊來。給他們捎個好。再見。」說著，他就要走。

唐四爺笑了。「別走呀，寶慶。您要是樂意，就來跟大夥兒說說。」

唐家住的店比方家住的還要小。地方越是小，就越是顯得唐四奶奶和琴珠「偉大」。四奶奶有三個唐四爺那麼寬，琴珠至少要比她爹高上兩寸。娘是座肉山，閨女是個寶塔。

倆人都一個勁兒地搧扇子。

琴珠只有在臺上還有幾分動人之處。上臺的時候，她可以把臉蛋和嘴唇都抹得紅紅的。她的眉毛又粗又黑，頭髮燙得一捲一捲的。此刻她沒化裝，臉上汗涔涔的。寶慶想：她可是真夠醜的了。不過她的眼睛還挺漂亮，能盯得你發窘。乍看之下她的眼珠是褐色的，又大又亮，忽閃忽閃的。可是那對眼珠子要是盯上了你，就會變得越來越黑。

四奶奶是個尖嗓門。不說話的時候，也呼嚕呼嚕地喘氣。「喲」四奶奶叫了起來，「我當是誰來了呢，敢情是寶慶呀！」她坐在一把竹椅上，屁股深深地嵌在椅子裡，簡直沒法站起來迎接寶慶。她拿著一把芭蕉扇拚命地搧，用他那尖嗓門喊：「這下可好嘍：我這就放心了，這下子我們不會餓死在這兒了。您這邊坐，您坐啊。四爺，沏茶來。」寶慶四面瞧了瞧，沒處可坐。「我不坐」他客氣地說，「甭費事了，四爺，我不渴。四奶奶，您身體還好吧？」「好！」唐太太氣呼呼地說」打來到這麼個鬼地方，我都掉了十幾斤肉了。她摸了摸自己的胖手臂，嘆了口氣。

「您呢，琴珠姑娘？」寶慶笑瞇瞇的，想表示好感。琴珠先笑了一陣子，這才想出話來。「唔，方二叔，您的腦門還是那麼亮。」她打趣地說。

寶慶笑了。他想，從琴珠的樣子看來，穿得挺隨便，又沒擦脂抹粉，眼下可能還沒幹那號買賣。寶慶一向不喜歡她，也不願意秀蓮跟她瞎摻合，怕跟她學壞。只要有錢，琴珠什麼都幹得出來。寶慶不知道她現在跟小劉是不是也有一手，不過那當然不是為了賺錢。

他定了定神，問道：「小劉呢？」唐四爺叫道：「小劉，小劉，快出來，方二爺在這兒呢！」

小劉懶洋洋迷離迷瞪地蹭了出來，一面還打著哈欠。他約摸有三十歲，又瘦又弱。他五官清秀，可是瘦得厲害，好像一陣風就能把他吹走。他的臉煞白，像個大煙鬼。這會兒他剛醒，臉上有糰粉紅色，使他顯得年青，單純。他見了寶慶真是高興極了。他笑著，柔聲柔氣地說：「喲，方二爺」見寶慶站著，忙說，「我去給您搬把椅子來。」

「甭客氣」寶慶很客氣地說，「過得好吧，小劉？」

唐四爺連忙打岔：「咱們說正經的吧。別盡站著。」「對，方二爺」四奶奶說，「您有主意，您先說。」她拚命搧扇子。

寶慶開了口，誠心誠意地說：「琴珠，小劉，我來求您們幫忙來了。我想成個團隊。」「那還有什麼說的？」四奶奶笑了。「是您要我們幫忙的，所以您得預支點錢給我們。」寶慶倒抽了一口冷氣，不過很快又裝出了一副笑臉：「我的好四奶奶，您要我預支？咱們不都一樣是難民嗎？」

四奶奶綳著臉。小劉本來想說他願意幫忙，可是話到嘴邊又嚥回去了。他拿出一包「雙槍牌」香菸，挨個敬了敬。除了寶慶，每人拿了一支。

「不預支，我們不能幹。」唐四爺說。

「交情，信用」寶慶斷然地說，「不是比什麼都強嗎？」寶慶說得很懇切，動人肺腑。

「要是您成不了團隊，我們又在別處找到了事兒，那又怎麼辦呢？」唐四爺問。他對交情和信用不那麼信服。「那我哪能攔著您府上的財路呵！」寶慶有時也挺厲害。「是嗎？好哇，我們都得白手起家羅，哎喲。」四奶奶洩了氣，喊了起來，兩眼瞪著天花板。

「說真格的」寶慶說得挺帶勁，「要是咱們成起了團隊，我還能虧待了你們？我閨女秀蓮拿幾成，琴珠也拿幾成。小劉呢，給誰彈弦子，就跟誰二八分帳，這是老規矩。成不成？」「我……」小劉結結巴巴說不出話。他不敢把自己的意思大聲說出來，點點頭，表示同意。

唐四爺和四奶奶拿定主意不再說話了。他們呆呆地盯著寶慶，想難為他，逼他提出更好的條件來，其實他們也知道，他提的條件本來就不壞。

琴珠到底開了口：「方二叔，就依您的吧！」唐四爺和四奶奶暗地裡鬆了一口氣。

「那好，就這麼定了，回頭聽我的信兒。」說完，寶慶就告辭了。

四　昇平

鼓書場名叫「昇平」，是照著寶慶三十年前在北平看見過的一個書場的名字起的。

小小的書場，坐落在最熱鬧的一條街上，能上二百來座兒。按寶慶的算法，只要有一百個聽書的，他就不賠本；有了一百五十個人，就有賺頭；要是客滿了呢，那就很能撈上兩個了。

到了開鑼的那天。寶慶睡不好覺。天剛濛濛亮，他就起了床，找來一張包東西的紙，把他今天一天要做的事都記在上面。密密麻麻寫了滿滿一張紙，疊起來，放在口袋裡，然後出了門。

他先去看他頭天在書場外面的佈置。招牌的周圈，鑲了一道紅、白、藍三色相間的電燈泡。在黎明的曙光裡，燈光顯得有些昏暗，可是就像在夢境中一般，美極了。牌下面是一個玻璃鏡框，裡面紅紙黑字，寫著角兒們的名字。正中橫著三個大黑字：方寶慶；兩邊紅底金字，是秀蓮和琴珠。下面寫著一堆從電影廣告上抄來的繪聲繪色的詞兒。

寶慶笑瞇瞇地看著自己的名字。真不減當年哪！他實在應該得意。在先，他搭過人家的班，也自己成過班。可是論玩藝兒、論名聲，他都比不過別人。眼下這是第一次，他掛了頭牌，心裡沒法不得意。

他心滿意足，衝著牌兒望了老半天，才戀戀不捨地離去。他走進一家小茶館，要了一壺茶。

喝完茶，他去找小劉，商量給秀蓮溜活[1]的事兒。他自個兒用不著溜，他已經是個老藝人了。萬一小劉錯了板眼，他會泰然自若地照樣往下唱。可是秀蓮就不一樣了。彈弦的要是走了板，她就得跟著亂套。所以他得讓小劉先跟她溜溜活兒，別一上場就砸鍋。

但是他沒有勇氣一直跑進旅店裡去把小劉叫出來。要是讓唐家的人見了，就會想方設法，硬不讓小劉跟秀蓮溜活。

他走進旅店的帳房，給了茶房幾個錢，讓他把小劉找下來，悄悄說兩句話。見了小劉，寶慶囑咐他：「別拿您的弦子，我那兒有一把，要是我大哥聽見您彈，說出點啥話來，您別放在心上。我們總得養家吃飯哪。」

小劉懶洋洋地笑了笑，答應下午來溜活。

寶慶兩天前才光顧過理髮館，這會兒又去剃了頭，刮了臉。剃完，他打口袋裡掏出那張單子，思索著。他得拜會所有幫過他忙的人，特別是官面上的和地痞流氓頭子，得給他們幾張招待券，求他們幫忙，照應。

他還抽出時間，把在書場裡幹活的人都一一知會到：賣小吃的、賣茶水的、賣香菸瓜子的、管熱手巾把的、賣門票的、看座兒的、坎子上的，都招呼到了。他們下午四點來，要先祭祖師爺和財神，求個吉利。

寶慶已經成了城裡的知名人物了。他走到哪兒，人人都認識他。茶館、酒館和飯莊裡的帳房和

1　溜活：排練之義。

跑堂的，都知道他成了班，今兒個晚上開鑼。他們管他叫「方大老闆」，一個勁兒地恭喜他——都想鬧張開鑼的招待券。不過寶慶只是向他們拱手道謝，對他們的種種暗示未置可否。他一走開，就自個兒叨咕：「我光顧你們的時候，什麼時候拿過你們的招待券？哪一次沒給小費？」

等他回到小旅店，已經是兩點了。一切都已準備就緒。小劉也過來跟秀蓮溜過活了。

她已經上了裝，正在抱怨沒錢買一雙新鞋。

「今天先湊合著吧」寶慶說，「就穿那雙緞子的繡花鞋好了。等我一有了錢，就給妳買雙新的。」她撅著嘴，不過還是穿上了緞子鞋。

二奶奶是盛裝打扮，清醒得出奇。她記得是四點祭神，一直沒敢喝酒，怕褻瀆了神仙會招災。只要戲一完，錢櫃子裡有了錢，她就要喝上一兩杯，慶賀一下。

大鳳看來不大高興。祭神跟她沒關係。再說，看見妹妹打扮得那麼漂亮，她有點嫉妒。

寶慶覺出來了。「好大鳳，別耍孩子脾氣！等我掙了錢來，也給妳買一雙新鞋。就買我今天在鋪子裡見過的那種頂漂亮的鞋。」

大鳳沒言語。

「好大哥」寶慶又對窩囊廢說，「我要歇口氣，今兒晚上我得把所有的玩藝兒都亮出來。我的親大哥，請您上一趟園子，把祭神的事兒預備一下。您的記性比我好，求您幫我操持操持。等散了戲，我請您喝兩盅兒。」

連求帶哄，他說得窩囊廢答應幫忙。這一來，他就只好聽窩囊廢沒完沒了地講，祭神的時候，場子該怎麼安置。窩囊廢愛顯派他的學問。

吧。」

「是，好大哥」寶慶連連點頭，「我聽您的——求您別再往下說了。已經兩點了，就請動身一晃就是四點。祭神是在後臺。窩囊廢已經把一切都弄得井井有條。牆上貼上了紅紙，寫的是祖師爺——周莊王之神位。神位前有香案，一對紅燭，一個大極了的錫香爐，供著幾碟乾鮮果品。還有三杯白酒。桌子四周圍著大紅繡花的緞子桌圍。

周圍三面，靠牆擺著凳子。屋子當中一張長桌，鋪著白桌布，擺著茶壺茶碗，點心、瓜子、香菸，還有一瓶剛掐來的花兒。

應邀來參加表演的本地雜耍藝人，一個一個地走了進來。他們都穿得挺破爛，因為都失業很長時候了。有的抽著長桿煙袋，有的一面搧著芭蕉扇，一面噴著香菸。

門一下子開了，寶慶走了進來。他衝著屋裡的人一躬到地，禿腦袋從左到右轉了半個圈子。嘴裡不住地說：「請坐，請坐。」他知道大家都會站起來迎他。他不大佩服本地藝人，本地藝人也瞧不起「下江人」[2]。不過寶慶不願意這種彼此瞧不起的勁頭顯得太露骨。

他直起了腰。秀蓮慢慢走了進來。他帶著笑臉，向大家介紹：「這是我閨女秀蓮。」

秀蓮調皮地笑著。她微微一鞠躬，走到桌邊，摘下一朵花，別在身上。

「秀蓮」寶慶吩咐，「敬客人們瓜子。」他還站在門口，等他的老婆。

秀蓮拿起瓜子碟，自己挑了一粒，正要嗑，又放回去了。「這是我內人」寶慶又介紹開了。

2　四川人把逃難來的外省人都稱為「下江人」

二奶奶架子十足，挺有氣派地點了點頭，跟藝人們一起坐下。她想用四川話跟本地藝人聊天，他們又想用她說的那種官話來回答。結果誰也聽不懂誰的，不過彼此都覺得盡到了禮數。

「哦，大哥」寶慶說著，衝窩囊廢奔了去，「真行，真行，真有您的！我布置不了這麼好。」他一邊說，一邊往四面瞧著。窩囊廢聽著兄弟一個勁兒地誇他，不由得高興地笑了。他打了個呵欠，伸伸懶腰，好讓寶慶看看他有多麼累。在園子裡幹活的人這會兒也來了：看座兒的、賣票的、撿場的、拉琴的。他們不是藝人，本來用不著來祭祖師爺。可是寶慶把他們大家都請了來，想讓他們看看，藝人也講規矩，也有自個的祖師爺管著；他們不是像外人想的那樣，是沒人要的野叫花子。

唐家來得最晚，這是身分。唐四奶奶打頭陣，跟腳就是琴珠，唐四爺殿後，小劉像個沒爹沒娘的孤兒，可憐巴巴地跟著。

四奶奶穿了一件肥大無比，閃閃發亮的綠綢旗袍，看起來有四個唐四爺那麼大，堆滿了橫肉的臉上抹了厚厚的一層脂粉，嘴唇也塗滿了口紅。她身上真是珠光寶氣：一對大耳環，手指上戴了四個戒指，都鑲著假寶石，迎著光，閃閃發亮。

她一進門，就搖搖擺擺直奔二奶奶和秀蓮，像招呼最要好的朋友那樣招呼他們，「好姐姐——喲，瞧小蓮多俊哪。」完了就招呼方家兄弟。別的人，她正眼也不瞧。

四奶奶不跟寶慶商量，就把她丈夫叫了過來。「給祖師爺上香！」她想讓他來主祭。

寶慶忙把唐四爺拉開，搖了搖頭。他是班主，不能讓別人來主祭。他走到神位跟前，點著了香。等冒出一縷縷彎彎曲曲的藍菸，他就把香插進香爐。然後又點著蠟燭。神位前一下子亮了起來，閃爍著各樣的色彩。大家都安靜下來，一片肅穆。寶慶恭恭敬敬地向祖師爺磕了頭。求祖師爺賞飯吃，保佑他買賣興隆，叫他說唱叫座兒。他跪著，心裡一直在默禱，求祖師爺保佑秀蓮，別讓四奶奶和她丈夫搗亂。園子外面響起了震耳的爆竹。

五　登場

到七點半，園子裡就快上滿了。寶慶看著一排排擠得滿滿的座兒，高興得合不攏嘴，不過他也擔著心，怕書場門口出事。他請了本地兩個坎子上的來把門。他們都有經驗，好人壞人，一眼就能瞧出來。不過寶慶可不願意他們真動手。開鑼頭一晚就打架，總不是吉慶事兒。他也不願意親自去管那書場門口的事。要是跟人鬧起來了呢，豈不更糟。他得處處走到，事事在心，又不能讓別人注意他。可一旦要是出了事，他又得隨時在場。

他在後臺，留神著每一件事。需要的時候，他就伸出閃閃發亮的禿腦袋，指點一氣。

他鞠躬，誰到了眼前就跟誰握手，滿臉堆笑，叫人生不起氣來，大事化小，小事化了。女角兒的脂粉香，總會吸引一些愛惹是生非的浪蕩子弟。寶慶不斷把泡在舞台門前的這號人攆開。他們就愛跟姑娘們糾纏。可是這種事也難辦，有的人可能是地面上要人的朋友。要是的話，他總得把他們請到後臺喝茶。於是就會有那麼一位，自動跑上臺去，當場送給他一幅幛子，給他捧場。一個藝人有多少操心的事兒！

到了八點，園子裡已經是滿滿的了——不都是買票的。人這麼多，是因為寶慶發出了一批請帖和招待券。儘管如此，他還是很高興。客滿是件吉祥事兒。他奔到前面，興奮地叫人在門口掛上了「客滿」的牌子。他掌心發潮，又急忙回到後臺，張羅開演。

頭一個節目是一位本地藝人的金錢板——尖著嗓門，野調無腔，不道地。聽眾都不理會他的，只顧說話，喝他們的茶。

寶慶打後臺往外瞧，場子寬而短，小小的戲臺前面是一排排的木頭凳子。靠兩邊牆擺著好些方桌，每張桌子周圍，都擺了四、五把椅子。舞台的門簾上繡著有綠葉襯托的大紅牡丹，還繡著他的名字。這是特意在上海定做的。牆上掛著幛子，還有各地名人送給他和秀蓮的畫軸。書場雖小，卻頗吸引人。臺前懸著一對大汽燈，射出白中帶藍的強光，把聽眾的臉都照得亮堂堂的。寶慶樂了，這都是他的成就。門簾臺帳上都繡著他的名字。每一幅畫，每幅幛子，都使他回想起過去的一段歷史，他到過上海、南京等許多大城市，有過不少莫逆之交。

他從臺後瞅著臺下。前兩排坐的是本地人，其餘的聽眾多數是「下江人」。就是本地人，多半也是在外省住過，在外省混過事兒的，因為打仗才跑回重慶。他們來聽寶慶的，不過是為了讓人家知道他們見過世面，聽得懂大鼓書。寶慶久久地盯著坐在舞台兩側的一些人看。有些是熟座兒，他們都是內行，到這裡來，是為了看看寶慶和他這一班人的玩藝兒。他們背衝戲臺坐著。只聽、不看。他們對女角的臉蛋兒不感興趣。寶慶皺著眉觀察他們的表情。要是他和秀蓮的玩藝兒打響了，他們就會常來。漸漸地，聽眾越來越安靜了。

寶慶知道，這就是說玩藝兒越來越招人。這也說明，聽眾已經喝夠了茶，也嗑完瓜子了。要是再不看看臺上，就沒什麼事可幹的了。

輪到秀蓮上場了。

小劉已經定好弦子。他慢慢走上臺，手裡拿著一把三弦，瘦小清秀的臉，在發著藍光的汽燈下蒼白得耀眼。他那灰色的綢大褂，像把銀刀鞘似的緊緊裹著身子。他靜靜地在桌子旁邊坐下，十分小心地把弦子放在桌上，捲起袖子。然後，他拿起弦子，擱正了，用綁在手指頭上的指甲試了試弦。他歪著腦袋聽了聽調門，接著就傻盯著一幅幛子瞧著，臉上帶了一副不屑的神氣，好像很不情願當個傍角兒似的。

桌邊支著一面大鼓，那是寶慶從幾千里外辛辛苦苦帶來的。鼓槌子比筷子長不了多少。還有一副紫紅的鼓板，帶著黑穗子。桌圍子是綠綢子的，繡著紅白兩色的荷花，還有「方秀蓮」三個大字。

門簾慢慢地挑起來，「別緊張，別緊張，留著點嗓子」她還沒出場，寶慶就一再提醒她。簾子一掀，秀蓮安詳地走了出來，穿著漂亮的服裝，像仙女一樣嬌豔。

她靜靜地站了一會兒，吸引聽眾的注意。然後她抬起小圓臉，臉上浮起了頑皮的微笑。

她穿了一件緺紗的黑旗袍，短袖口鑲上一遭白色的圖案花邊。手腕子上一塊小錶閃閃發亮。兩條小辮紮著紅緞帶，垂在胸前。紅緞帶和她的紅嘴唇交相輝映。她每走一步，都像在跳舞。

她以輕盈的步態，極富魅力地飄飄然走到鼓架前，拿起鼓槌子，打了一段開場鼓套，小劉馬上開始彈了起來。秀蓮跟著弦子，偶爾敲兩下鼓，不慌不忙，點出了板眼。她眼神注視著鼓當中。微笑還留在臉上，好像她剛想起了一個笑話，卻使勁憋著，不讓笑出來。

大鼓和弦子一下子都打住了。秀蓮笑了笑，朝下望著聽眾。她靦腆地輕聲說，要「伺候諸位」一段《大西廂》，接著就起勁地敲起鼓來。

文怕〈西廂〉，武怕〈截江〉》，半文半武〈審頭刺湯〉。〈大西廂〉是大鼓書裡最難唱的段子。只有三、四位名角兒敢唱它。崔鶯鶯差紅娘去召喚張生的戀愛故事，盡人皆知。可是，大段的鼓詞和複雜的唱腔，往往嚇得人不敢唱它。它的詞兒都是按北京土話來押韻的。要是北京話道地，口齒又伶俐，吐字行腔就能清晰、活潑，像荷葉上的露珠一樣。可是，要是唱的人沒有這一門嘴皮子上的功夫，那就八成兒非砸不可。

秀蓮鋪場的時候，聲音很小。坐在兩廂那些內行的熟座兒，背衝著戲臺，根本沒聽見她說的是什麼。她唱完頭一句，大家都不由得回過頭來，看看是誰在唱這個難對付的段子。她的聲音不高，可是，唱腔是沒的可褒貶的。她一口氣唱完了長長的第一句，像是吐出了一串珠子，每一個字都是那麼圓，那麼實在，那麼光潤：二八的俏佳人懶梳妝，崔鶯鶯得了個不大點的病她躺在牙床上，半斜半臥。您看這位姑娘，蔫呆呆得兒悶悠悠，茶不思，飯不想，孤孤單單，楞楞瞌瞌，冷冷清清，困困勞勞，淒淒涼涼，獨自一個人，悶坐香閨，低頭不語，默默無言，腰兒瘦損，乜斜著她的杏眼，手兒托著她的腮幫。

自始至終，秀蓮唱得很拘謹，好像並不想取悅聽眾。可是一到難唱的關口，她滿行。她不像有的角兒，一遇到複雜多變的拖腔，就馬虎帶過。她唱得越來越快，但她態度從容，一副活潑的神情，怡然自得地唱著，充滿了感情。唱到最後，她來了一個高腔，猛然間剎住了鼓板，結束了演唱。她把鼓楗子和鼓板輕輕地放到鼓上，深深一鞠躬，小辮上的緞帶頭，差不多碰到了鼓面。然後她轉過身去，慢慢走向下場門。快到門口就跑起來，像個女學生急著想放學一樣。

直到她跑進下場門的簾子裡，才響起一陣掌聲。坐在前排的聽眾不懂她唱的是什麼。掌聲來自兩廂的熟座兒。雖然她的嗓門還嫩，他們還是鼓了掌，他們知道，這麼年青的姑娘唱這麼複雜的段子，是很不簡單的。

小劉知道秀蓮挑的這個段子是最難唱的，他的活沒出錯，心裡很高興。秀蓮一唱完，他長出了一口氣，整了整衣衫，跟著她下了場。

有的聽眾站了起來，好像要走的樣子，他們覺著失望，因為秀蓮唱的時候，正眼也沒瞧他們一眼，更糟的是，他們根本不懂她唱的是什麼。

桌圍子又換了一副。這回繡的是一隻鶴和兩隻鹿，還用五彩絲線繡了兩個大字：琴珠。聽眾又坐下了。等等也好，看看琴珠是不是會好一點兒。

小劉先出場。這回他定弦的時候，把弦撥得分外響。他給秀蓮傍角兒的時候，想的是別出錯，到了這會兒，他想賣弄一下才情了。定好了弦，他心急地等著琴珠上場。兩眼目不轉睛地盯著上場門的簾子。

琴珠終於從簾子後面走了出來。她低著頭，很快地走到鼓架跟前，好像她忙著要快點把段子唱完，好去幹別的更要緊的事兒。

她是個高個兒，加上今晚上又穿上了高跟鞋，燙得卷卷的頭髮，高高地堆在頭上，看著像個高大的穿著中國旗袍的洋女人。她的臉塗抹描畫得很仔細，身上緊緊箍著一件大紅旗袍。她的耳朵、手指和手腕上，都戴著從她媽那兒借來的假寶石首飾，俗不可耐的閃閃發光。

舞台是個古怪的地方，它能叫醜女人顯得漂亮。琴珠長相平常，可是技藝和矯揉造作，使得她的一切都顯得五光十色，閃閃發亮。她的外地派頭和怪裡怪氣，使她一出場就博得個迎頭彩。

音樂又算得了什麼！她的鼓點敲得很響，荒腔走板，合不上弦。小劉使出全身的勁兒撥弄著三弦。為了使手指用得上勁，他身子略往後仰，因為用力太過，使勁咬著下嘴唇。

大鼓、雲板、三弦齊響，弄得人發昏，可是聽眾都聚精會神，好像早已習慣了這種聲響。

琴珠很快就覺出了她的成功，於是就給自己的那號買賣拉起生意來。她先對某一個人做了一陣媚眼，然後轉過去又找第二個人。對兩個人都使了個眼色，眼珠子從棕到黑，從黑到棕變化了好一會兒。第一個段子唱完，她宣布要「獻演」一個特別節目：〈杜十娘怒沉百寶箱〉。聽眾都樂了，來了個滿堂彩。

她的嗓門很尖，很響，後音有點嘶啞。她一個勁兒地在那兒喊，不是唱，毫無低回婉轉之處。誰也不理會她咬字清不清，就是吐字吐錯了，也沒什麼要緊。誰也不注意她唱的是什麼。男人們懂得她拋過來的眼神，喜歡她的媚眼。對琴珠來說，這比咬字清楚重要得多了。

小劉的弦子，跟她合不合得上，也無關緊要。他把手臂抬得高高的，使勁地彈著。一個彈得帶勁，一個喊得響亮，就是走了板，倆人也搭配得好極了。聽眾都凝神屏息地瞧著。烏煙瘴氣地吵了有二十來分鐘，琴珠才唱完了她的段子。她低頭朝下看，臉兒從左到右，又從右到左地看了好幾遍。然後她抬起頭，慢慢走下場，一路故意地扭著屁股。她背後是雷鳴般的掌聲。

寶慶唱的是壓軸戲。

他的桌圍子是紅嗶嘰的，沒繡花，用黑緞子貼了三個大字：方寶慶。桌圍子剛一綁上，園子後面的門就開了，人開始往外湧——聽過那個穿高跟鞋的娘們，誰還要再聽一個男人家唱？只有少數人沒走，他們也膩歪了，不過總得有點禮貌。

門簾一掀，汽燈的亮光，照得寶慶那油光鋥亮的禿腦門，閃出綠幽幽的光。他走上臺來的工夫，對觀眾的掌聲，不斷報以微笑，同時不住地點著頭。他穿著一件寬大的海藍色綢長衫，千層底的黑緞子鞋。他上場時總是穿得恰如其分。

他沉著地走向鼓架，聽眾好奇地瞧著，他才不在乎那些棄他而去的人呢，那不過是些無知的人，他對自己的玩藝兒是有把握的。那些熟座兒會欣賞他的演唱。走幾個年青人沒什麼要緊。他們到書場裡來，也不過就為的是看看女角兒。

他的鼓點很簡單，跟秀蓮敲得相彷彿。不過他敲得重點兒，從鼓中間敲出洪亮悅耳的鼓點來。他的眼睛盯著鼓面，有板有眼地敲著。鼓到了他手裡，就變得十分馴服。他的鼓點支配著小劉的弦子，他這時已經彈得十分和諧動聽。

唱完小段，寶慶說了兩句，感謝聽眾光臨指教。今兒是開鑼第一天，有什麼招待不周的地方，請大家多多包涵。他說，要不了幾天，就能把場子收拾俐落了。他本想把這番話說得又流利又大方，可是到了時候，本來已經準備好了的話，一下子又說不上來了。他一結巴，就笑起來，聽眾也就原諒了他。他們衷心地鼓掌，叫他看著高興。

他介紹了他要說的節目——三國故事《長坂坡》。他還沒開口，聽眾就鴉雀無聲了。他們感覺得出來，他是個角兒，像那麼回子事。寶慶忽然換了一副神態。他表情肅穆，雙眉緊蹙，兩眼望著鼓中間。

他以高昂的唱腔，迸出了第一句：「古道荒山苦相爭，黎民塗炭血飛紅……」聽眾都出了神，肅然凝聽，大氣兒也不敢出。寶慶的聲音如波濤洶湧，渾厚有力，每一個字兒都充滿激情。他緩緩地唱，韻味無窮。忽而柔情萬縷，忽而慷慨激昂，忽而低沉，忽而輕快，每個字都恰到好處。

寶慶的表演，把說、唱、做配合得盡善盡美。他邊做邊唱：「忠義名標千古重，壯哉身死一毛輕。」他也能淒婉悲慟，摧人肺腑：「糜夫人懷抱幼主，淒風殘月把淚灑……」只有功夫到家的人，唱起來才能這樣的扣人心弦。

寶慶一邊唱，一邊做。他的鼓槌子是根會變化的魔棍，演什麼就是什麼。平舉著，是把明晃晃的寶劍；豎拿著，是支閃閃發光的丈八長矛；在空中一晃，就是千軍萬馬大戰方酣。

他一彎腰，就算走出了門；一抬腳，又上了馬。

秀蓮和琴珠唱的時候，也帶做功。可是，秀蓮沒有寶慶那樣善於表演，琴珠又往往過了頭。寶慶的技藝最老練。他的手勢不光是有助於說明情節，而且還加強了音樂的效果。

猛的，他在鼓上用力一擊，弦子打住了，全場一片寂靜，他一口氣像說話似的說上十幾句韻白。再猛擊一下鼓，弦子又有板有眼地彈了起來。

這段書說的是糜夫人自盡，趙子龍懷抱阿鬥，殺出重圍。他唱書的時候，聽眾都覺得聽見了雜沓的馬蹄聲和追兵廝殺時的喊叫。

最後，寶慶以奔放的熱情，歌頌了忠義勇敢的趙子龍名垂千古。他說這段書的時候，時而激昂慷慨，時而纏綿悱惻，那一份愛國的心勁兒，打動了在場的每一個人。然後，他一躬到地，走進了下場門。演出結束，一片叫好聲，掌聲雷動。

寶慶擦著腦門上的汗珠，走到臺前來謝幕。又是一片叫好聲。他說了點什麼，可是聽不見。大家都叫：「好哇！好哇！」「謝謝諸位！謝謝諸位！」他笑容滿面，不住道地謝。「明兒見！請多多光顧，玩藝兒還多著呢！務請光臨指教。」說著話，他抻了抻海藍的綢大褂兒，褂子已被汗溼透，緊緊地貼在脊梁骨上了。

六　開鑼

唐四爺忙著來拿開鑼第一天晚上琴珠應得的那份錢。跟往常一樣，他總覺著大家都合計好了要騙他。寶慶和帳房先生忙著結帳的時候，他用懷疑的眼光打量著他們。他從帳房走到後臺，留神大夥兒都在幹些什麼，然後又走到前邊來。他要馬上把錢拿到手，誰也甭想少給他閨女一個子兒。

四奶奶實在太胖了，沒法親臨帳房，監督算帳。要是她擠進帳房，別人就誰也甭想進去了。所以她像一尊彌勒佛似的，坐在後臺一把大椅子裡，眼睛淨盯著她男人瞅不到的那些地方。她分錢的勁頭兒比誰都足。眼下她正在跟秀蓮閒聊，聽秀蓮說些孩子話。四奶奶也疼孩子，別人家的小孩越不懂事，她越覺得有趣。

招待券發得太多，收入無幾，演員們拿不到足「份兒」。按老規矩，不足之數，大家分攤。可是，寶慶大方地說，這是開鑼第一夜，他情願一個子兒不要，讓大家拿滿份兒；他希望明兒晚上大家還是都來。不論怎麼說，他得邀買人心。

唐四爺一聽，更加起了疑。他從來不肯吃虧，也不相信別人會自己找虧吃。寶慶一定是昧下了一些錢，這會兒又來裝大方，我唐四爺可不能就這麼著讓他把錢拿走。可是收入和帳目都在眼前，唐四爺挑不出毛病。他急急忙忙跑到他老婆跟前，和她咬了一會兒耳朵。怎麼辦？怎麼對付這個狡猾的寶慶？他倆靠琴珠吃飯已經有十來年了。過去就受過騙。得想出點招兒來打寶慶身上多擠出倆錢，哪怕只有半塊呢！

耳朵咬了有一分來鐘，四奶奶決定還是接受分給琴珠的那份兒錢。她得把錢拿過來，放在貼肉口袋裡，這才算牢靠。然後，她讓唐四爺把琴珠帶回家，留下她來對付寶慶。她是個婦道人家，就是敗下陣來，也算不得丟人，過幾天就算沒這檔子事了。她長吸一口氣，雙手交叉擱在高聳的胸前，等著寶慶。

琴珠也急著要走，她想門外一定有好多人等著瞧她。也許還會有財主、漂亮的闊少爺什麼的。她喜歡人家瞧她。當人家盯著她瞧的時候，她真覺著自己是個美人。於是她使勁地扭著屁股，走出了門，她爹很體貼地跟她保持著一段距離。

四奶奶坐在那兒，咯咯咯咯地傻笑著，像隻剛下過蛋的雞。忽然之間，她繃起了臉。

「寶慶呀」她叫著，「上這邊兒來，我有話要跟您說。是要緊的事兒！」

寶慶明知她絕不會說出什麼好話來。不過他還是過來了，笑著問：「您有什麼吩咐呀，我的四奶奶？」

「我要問您的就是這個。今晚上誰的好兒最多？」

「當然是琴珠啦！她是個角兒。」寶慶很坦率地承認。「好，寶慶，您這回總算是說了老實話。我也要跟您說點老實話。我們兩家合夥兒成團隊。我的閨女長相好，又能叫座。這麼說，她唱的是頭牌。要是她唱的是頭牌，她就該拿頭牌的錢。話是這麼說不是？」

寶慶不願意對她說，哪怕琴珠再學上三年，她的唱腔也比不上秀蓮的。她的嗓門又響又俗。他也不想對她說，要是他不組班，琴珠一個子兒也撈不到。他只是討好地衝四奶奶笑了笑。

四奶奶也衝他笑著。「寶慶，別淨站在這兒笑，得幹點什麼去。要是您不打算多給頭牌倆錢，我閨女可就要……」「要幹嘛？」寶慶的粗眉毛一擰，生了氣。兩個星期以來，他跑穿了十來雙襪子，為的是讓大傢伙兒都有個賺錢吃飯的地方。他以為人家會領情。沒想到這個臭婆娘……四奶奶一見寶慶這副模樣，就軟了下來。「寶慶，甭跟我說您不知道琴珠的事兒該怎麼辦！作藝的事兒您懂。」「我不懂」寶慶再也按捺不住自己了。「我也不想懂。」他天不亮就起床，整天都在忙，到處都得把話說到，該爭的爭，該勸的勸，該誇的還得誇。如今，他唱了半天，一個子兒沒撈著。晚飯還沒吃上呢，真是再也耐不住了。他瞪著眼瞧她。「好吧」四奶奶嘟囔著，使勁把她那胖身子拔出椅子。「看樣子您不打算再添了——一分錢也不添了？」「我幹嘛該添呢？我今天白幹了一天，你們可都拿的是滿份兒。您真不講理。」

「我的好兄弟，還得圖個身分呢。琴珠至少得比秀蓮多拿一塊錢。她值。」

寶慶堅決地搖了搖頭。「不行，一分錢也不能多拿。」「好吧，您真沒見識，我們明兒再見。」四奶奶搖搖擺擺地走了。走到門口，她又站住了，慢慢回過身來，「也許我們明兒就不再見了。」

「隨您的便，四奶奶。」寶慶簡直是在喊了，臉氣得鐵青。

窩囊廢已經把寶慶的老婆二奶奶送回旅店了。秀蓮還在書場裡等著寶慶。自從秀蓮登臺作藝以來，她每逢下了戲，總等著寶慶帶她回家。要是天氣好，住處又離園子不遠，他們就在夜晚晴朗的天空下走回家去。散場後走這麼幾步，是寶慶生活裡頂頂快樂的時候了。

他總是走得很慢，好讓秀蓮跟上。他背著手，耷拉著肩膀，低著頭。難得有這麼一小會兒心情舒暢的時候，他慢慢吞吞地走著。這樣走一走，可以暫時忘掉那極度的疲勞。秀蓮到這會兒總愛把她那些小小不如意的事兒向他抱怨一番。寶慶愛聽她抱怨。有的時候也會安慰上她幾句，有時什麼也不說，只咂咂嘴。他會帶她到附近的小飯鋪裡去，買上點什麼好吃的。他喜歡看她那發亮的大黑眼睛期待地等著她愛吃的東西。他也帶她上小攤，給她買個玩具什麼的。秀蓮已經十四歲了，不過她照樣喜歡洋娃娃和玩具。

今晚上，四奶奶走了以後，寶慶緊背雙手，在臺上走來走去。要是明天四奶奶真的不讓琴珠來唱，那可怎麼好！哼，她不過會招徠一些市井俗人，不來也沒什麼了不起！

「爸」秀蓮輕輕地叫，「回家吧！」

寶慶見了她那表情懇切的小臉兒，笑了。這可愛的小東西和琴珠真是天淵之別。唉，不值得為琴珠傷腦筋。唐家要她賣的是身，不是藝。那號生意賺的錢更多。可是秀蓮還是一朵含苞未放的小花兒。她已經跟作藝的姑娘們混了四年多了，並沒學壞。「好，回家！」寶慶答應了。「走著回去吧！」他把那些揪心事兒一古腦都忘掉了。他想起來在北平、天津、上海那些地方，他在散場後跟她一路走回家時的快樂情景。等寶慶和秀蓮走出了戲園子，街上已經沒有什麼行人了。大多數鋪子都已經上了門板，街燈也滅了。寶慶慢慢地走著，垂著頭，背著手。他覺著鬆快極了。街道很暗，這使他很高興——這樣就沒人會認出他來了。非常清靜。他用不著每走幾步就跟什麼人打招呼。他越走越慢，想讓這種不用跟人打招呼，非常輕鬆的愉快勁兒，多維持一會兒。

「爸」秀蓮低聲叫道。

「唔？」寶慶正想著心事。

「爸，您剛才幹嘛那麼生四奶奶的氣？要是明兒琴珠真的不來了，那可怎麼好？」她的黑眼珠出神地望著他。她單獨跟爸爸在一起的時候，總喜歡用大人的口氣說話。她想讓他明白，她已經不是個只會玩洋娃娃的小妞兒了。

「沒……沒什麼了不起的。有她能吃飯，沒她也能吃飯。」寶慶在家裡人面前，總是裝得很自信。有的時候他拿腔作勢。不過這都出自好心，——想讓大家伙兒安心。

「琴珠可有法兒賺錢啦，他們餓不著。」

寶慶清了清嗓子，看來秀蓮也懂事了。她早就該明白這點了。可不是，她老跟唱大鼓的姑娘們混嘛。他帶著笑聲問：「她有什麼別的買賣好做呢？」

秀蓮嘰嘰呱呱地笑了。「我也知道得不詳細。」她有點抱歉地說，因為她提起的事兒，沒法再往下說了。「我不該這麼說，是嗎，爸？」

寶慶沒馬上次答。琴珠到底怎麼掙外快，秀蓮不清楚，這點他並不奇怪。她每天說唱的，是那些才子佳人的事兒，可是她並不真懂。他擔心的是閨女總要長大成人。她會成個什麼樣的人呢？他的肩膀又覺得沉重起來了，好像挑起了一副重擔。

遲疑了半天，他說：「我不能學唐四爺，妳也不要去學琴珠。聽見了嗎？」

「是，爸爸，聽見了。」秀蓮說。從她的口氣聽來，她並沒聽明白爸爸究竟是什麼意思。

他們一路沒再說話。

到了旅店裡，寶慶才想起來，他和秀蓮還沒吃晚飯呢。他爬樓梯的時候，很覺著餓了。他希望家裡能有點什麼吃的東西，要是能和全家人一起美美地吃上一頓，慶祝慶祝開鑼，該多麼好。

出乎他的意料，二奶奶居然醒著，還給他們備了飯。

寶慶一下子高興起來了，高興得把一天的憂愁都忘到九霄雲外了。要他稱心並不難。稍微體貼他一點兒，哪怕他剛才還愁腸百結，也會馬上興高采烈起來。眼下他想說點什麼誇誇老婆。「晚飯！真好極了！」他一下子叫了起來。她瞪了他一眼。

「你還想要什麼？」她狠狠地問。

寶慶的臉一下子拉長了。「甭跟我生氣」他懇求地說，「我累壞了。」

窩囊廢早就睡了。他照料了開張祭祖師爺的事兒，很覺著有點累。寶慶把他叫起來，一起吃晚飯。

秀蓮幫著爸爸，想使空氣融洽點兒。她親熱地管養母叫了聲「媽媽」，又幫著姐姐大鳳擺飯。二奶奶對秀蓮從來沒有好臉色。她的那一份慈母心腸只能用在她親生的閨女身上。

大鳳比秀蓮大兩歲，可是看起來至少有二十三、四了。她是個矮胖姑娘，比秀蓮高不了多少，可是寬多了。長圓臉兒，長相平常，滿臉還淨是粉刺。她總穿一件士林布的旗袍，把厚厚的頭髮，簡簡單單編成一根大長辮子，拖在背後。她總像是在發愁。偶爾一笑，就露出了兩排整整齊齊的漂亮牙齒。她笑起來的時候，好看多了，也年輕多了。

近幾個月，秀蓮才知道自己是個沒爹沒娘的孤兒，才知道登臺唱書是一門賤業。大鳳長相平常，又不會作藝，可是秀蓮知道她有身分。只要大鳳衝她一樂，她準知道她在恥笑她。

吃完飯，窩囊廢又倒頭睡了。二奶奶酒沒喝過癮，不那麼痛快。等大家都吃完了，她喊起來：「都給我走開。讓我安安生生地喝一口。」

寶慶、大鳳和秀蓮都拿不定主意。要是真把她撂下，她會大發雷霆。可要是他們留下，她又會喝上一整夜。寶慶累得真想馬上倒頭睡去。可又怕她發脾氣，不敢就走。他咬了咬嘴唇。今兒個得過得快快活活的，才能吉祥如意。他盡量避免吵架。

他看看老婆，一個勁地想把一個呵欠壓下去。她挺有情意地衝他擠了擠眼，一本正經地說，她不再喝了。

寶慶再也支持不住了。他大聲打了個呵欠，倒在一把躺椅裡。二奶奶不愉快地瞅著他：「去吧，睡你的，睡死你。」她吼著說，她的眼睛陰沉沉的，像是受了侮辱。

寶慶沒言語。他衝著倆姑娘點了點頭，走出了房門。走進自個兒的屋子，他舒展開身子，長嘆一口氣，馬上睡著了。又過了一天，平平安安的。

「大鳳兒」二奶奶說，「別嫁作藝的，晚上一散場，他總是累得什麼似的。」然後她衝著秀蓮：「哼，賣唱的娘兒們更賤！」

秀蓮倒抽了一口涼氣，沒敢吱聲。

七　訴苦

幾個愛唱戲的，在書場樓上租了三間房，每個禮拜到這兒來聚會兩次，學唱京劇。他們以前在北平時學過幾段戲，這會兒到重慶來組織了一個票房，每週只聚會幾個鐘頭，其餘的時間，屋子就空著。

他們會唱的戲並不多，都加在一起，也湊不上一齣戲。聚會了幾次，他們對京劇的興趣逐漸淡薄，不少人再也不想唱了。他們就是到票房來，也不過是打打麻將。可他們還是每月按時付房租，占住這三間房，表示他們都是票友。

寶慶得找個住處，總不能老住在小旅店裡。重慶是一天比一天擁擠了，每天都有一船船的人到來，要想找個住處，簡直比登天還難。書場樓上有那麼三間空屋，真是再好也沒有了。得把這三間屋要過來。可是那班票友又怎麼辦呢？

他去見票房管事的。他機智老練，一句沒提空房子的事兒。只是大談特談，京劇的歷史如何悠久，管事的在京劇上的功夫又是多麼深。他在北平、上海、南京跑碼頭的時候，管事的不就已經名噪一時，名聞全國了嗎？那回走票的時候，南京的報紙不都轟動了嗎？

（事實是，這位管事的從來沒有玩過票，不過他也不願意否認。）從京戲又扯到大鼓。寶慶是那麼能說會道，他一點兒一點兒地把話引到正題，管事的也只好趕緊附和，說是大鼓也就僅次於京劇，而實際上，他這一輩子還從來沒有聽過一回大鼓呢。寶慶是從文化之城北平來的有文化的人，他得像歡迎老朋友似的歡迎寶慶。真正懂得藝術的人總是心心相通的。半小時以後，票房的三間屋歸了寶慶。再過一小時，寶慶就帶著全家搬了進來——搬到鼓書場樓上。

秀蓮和大鳳住一間，寶慶兩口子住一間，中間是堂屋。窩囊廢不樂意每天晚上臨時到堂屋裡搭鋪，寧願住在小店裡受罪。他心甘情願地在那兒受罪，好在是一個人一間屋，自由自在，沒人打擾。

寶慶對新居很滿意。租錢少，房子就在書場樓上。還有什麼可說的呢？他每天用不著來回奔波，還能抽出點時間來料理家務。

他只高興了幾天。他早就知道唐家放不過他。唐家想給琴珠長錢，事沒辦成，就會想出別的招兒來折磨他。當然唐家也有唐家的難處，最要緊的，是賺錢養家吃飯。他們不能讓琴珠跟寶慶散夥，那樣就會一個錢也撈不到了。他們拿定主意要找寶慶的麻煩。又胖又大的四奶奶，她的拿手好戲就是惹人生氣。她男人跟著她學，她呢，也緊盯著她男人，絕不能讓他落了空。

她三天兩頭打發男人去找寶慶，替琴珠借錢。孩子總得有兩件衣服穿穿，飯食也接不上了。再不就是琴珠生了病，上不了場，得請上一天假。

寶慶無可奈何地忍受著這一切。他明白，不能去填這些無底洞。不過他替他們覺著難受，唐家的人壓根兒就不懂什麼叫知足！他們要預支琴珠的包銀，他沒答應。這也沒能使他們安分點。

方家搬到書場樓上的那一天，差點吵起來。唐四爺像個來給雞拜年的黃鼠狼一樣，天一亮就到書場來了，他一臉的怒氣，嘴角沒精打采地往下耷拉著。

他直截了當地對寶慶說，唐家的人都覺著他不是玩意兒，光把自己一家人安頓得舒舒服服的。唐家是他的老朋友，一向對他忠心耿耿，他倒好意思撂下不管。「老哥兒們」

他責備寶慶說，「您得幫我們一把。您有門路呀！您得給我們也找個安身的窩兒。這不是，您倒先給自個兒找了個安樂窩了。」

寶慶答應給找房，但能不能找著，可不一定。要他許願不難，可是他不願意許願。要是他答應了人家，又不打算兌現，這使他覺著違心。唐家沒完沒了地埋怨他，他只好點頭。唐四爺一個勁兒地叨嘮，他心平氣和地聽著，不住地點頭陪笑。

四奶奶也參加了社交活動。她每天都搖搖擺擺地走到書場樓上，來看她的好朋友二奶奶。她每回來都是一個樣子。先是笑容滿面地走進堂屋，喘著氣說：「可算走到了。我一路走了來，特為來看您。我心想，不論怎麼說，我們在這個破地方都是外鄉人，得互相親近親近。我只有您們這幾位朋友，每天要是不見上一面呀，簡直就沒著沒落兒。我一想起今兒還沒見著您，心裡就愁悶得慌。」

說完，她找來一把最寬大的椅子，把她那大屁股填進去，然後就嘮叨開了。「您那位有本事的掌櫃的給我們找到住處了嗎？」她問二奶奶，「找到了沒有？您可得催催他。我們的命不濟，到現在還住在旅店裡，房租貴得怕人。我們簡直活不下去了。」

她一坐就是幾個鐘頭，見茶就喝，見吃的就吃。

來串門的還不光是她。還有巡官、特務、在幫的和幾位有錢的少爺。他們來是為了看秀蓮，坐得比四奶奶還久。寶慶當然得應酬他們。拿茶，拿瓜子，還得陪著說話。他們常常在秀蓮還沒有起床的當兒就來了。坐在堂屋裡，眼睛老往秀蓮那屋的花布門簾上瞟。寶慶知道他們想幹嘛，可是又不敢攆他們出去。他要是給他們點厲害，場子裡演出的時候，就會來上一幫子，大鬧一通。砸上幾個茶壺茶碗，再衝電燈泡放上那麼一兩槍，那就齊了。鬧上這麼一回，他的買賣就算玩完了。

更糟的是，一早就來的年青人裡，有一位保長。他長得有模有樣的，笑起來流裡流氣，玩女人很有兩下子。他來了就一屁股坐下，嘴裡叼一根牙籤，兩眼死盯著裡屋門。還有一天，一個最放肆的年青的站了起來，二話不說就走進秀蓮的臥室，秀蓮還正在睡覺。

別人也都跟著。

寶慶見他們都盯著閨女看，作揖打躬地說了不少好話。秀蓮太累了。晚上唱書，白天得好好睡一睡。他們很不情願地走了出來，坐在外屋等。寶慶心如火焚，可是使勁壓著火，還陪著笑臉。這就是人生，這就是作藝。

他老婆要能幫著說兩句，情形也就不同了。她至少可以對這些地痞流氓說，秀蓮只賣藝。要是她能這麼說一說多好，——可是她偏不。她對秀蓮，自有她的打算。

大家都瞅秀蓮，秀蓮覺著很彆扭。她知道這些人沒安好心，她不想理睬他們。她一跨出裡屋門，就會遇上這幫傢伙。她總是求大鳳陪陪她，可是大鳳不答應。她不願意跟長得漂亮的妹妹走在一塊兒。她懂得堂屋裡那些男人是來看妹妹的，他們對她可是連正眼也不瞧一下。所以她總是叫秀蓮獨自一個人往外走。她的態度很清楚：抱來的妹妹不過是男人的玩物，而她可是個有身分的閨女。

最後秀蓮只好一個人走出來，就像作藝時登臺一樣。她總是目不斜視，筆直地穿過堂屋，走進她媽的屋子。她不敢朝那些男的看上一眼，準知道，要是這麼做，他們都會圍上來。

早起穿過外屋走出去，對秀蓮來說是件很痛苦的事。她明白，她只不過是個沒有爹媽的孩子，一個唱大鼓的。她的養母頂多能對她和氣點兒，要說疼，那談不到。她如今已經大了，她需要有人疼，希望有人能給她出主意。

隨著年齡的增長，她的胸脯開始隆起，旗袍也掩蓋不住她身體柔和的曲線了。她非常需要有人能保護她，安慰她。她需要人開導。有些事，她想跟二奶奶說說，可是又不敢。

那麼還有誰能跟她說說呢？

每天早晨，當她穿過坐滿人的外屋，上她媽屋裡去的時候，她總是希望能碰上媽媽好脾氣。可是二奶奶從來沒有好臉色。「出去招待妳那些窮人吧，賤貨。」她總是粗聲粗氣地說。秀蓮呆板地笑著，只好又回到自己屋裡，心裡老想著，她要是個十來歲不懂事的孩子該多好，她希望她身體上那些成熟的標誌都消失掉。

她見過男人糾纏唱書的姑娘——摸她們的臉蛋兒，擰她們的大腿。她知道有的姑娘不得父母許可就跟著男人跑了。她也知道有些暗門子能賺錢，不過她並不清楚到底是怎麼回事。她自然而然地依靠爸爸保護。對於她來說，寶慶既是爹，又是娘，還是班主和師父。

要是有人說起，哪家的姑娘跟人跑了，或者是跟什麼男人睡了覺，她都覺著特別神祕；要是這話是悄悄講的，她就更想聽個明白。

她也注意到，每逢堂會，總有些唱書的姑娘任憑男人親近，還接受人家的貴重東西。

她問大鳳，為什麼男人要摸她們，還送東西。秀蓮想，大鳳是有身分的人，她應該知道。

可是大鳳只是紅漲了臉，不說話。她又問琴珠，琴珠是靠著跟男人鬼混賺錢的，不過琴珠也只是嘻嘻哈哈地一陣笑，說：「妳還太小，小孩子家不該什麼都問。」

那就只好問寶慶了。不過，要向爸爸提出這樣的問題，可不那麼簡單。當她終於鼓起勇氣，提出問題時，寶慶臉紅了。她從來沒見過爸爸這麼難堪。她永遠不能忘記，爸爸是那樣苦惱地皺起了眉頭，心事重重地用手搓著禿光光的腦門。沉默了半晌，他才說：「孩子，別打聽這種事。這些事太下賤，妳不該去想。」

秀蓮不滿意。她聽出了寶慶責備的口氣。因為難堪，她的臉也紅了。她很灰心，可又不服。「爸」她脫口而出，「要是這些事下賤，那我們的買賣不也就下賤了？我知道好多姑娘都那麼幹嘛。」

「那是從前」寶慶說，「從前人都看不起戲子和唱大鼓的，不過比奴才和要飯的好些罷了。可是如今改樣兒了。只要我們行得正，坐得直，人家就不能看輕咱們。」秀蓮想了一會兒。爸爸從來沒跟她說過，藝人的身分什麼時候改過樣，他只常常對她說，他們唱的書是上千年來一代代傳下來的。

「爸，我們為什麼不做點別的什麼買賣呢？」她問。寶慶沒回答。

秀蓮一心認為她幹的是下賤事，永世出不了頭。這一回，當她走進坐滿了男人的外屋時，她存心想隨和點兒，看看那又會怎麼樣。可是她抬頭看見爸爸就站在門口，嚇得馬上改了主意，像個耗子似的，一溜煙鑽進了自己的臥室。她在屋裡一個人摸骨牌，一直玩到上書場去的時候。她下樓的當兒，還有兩個捧她的人坐在家裡。

四奶奶還是照常來。她明白那些男人為什麼要等在堂屋裡，覺得應酬應酬這些人，也怪有意思。她打定主意要報復方家一下子，他們雖是朋友，卻又誓不兩立。方家都是強盜，詐騙了她全家。她跟那幫男人說，要想把秀蓮弄到手，就要捨得花錢，一要有耐心，二要有錢。

她算是打錯了如意算盤，寶慶不吃她這一套。只要是礙著秀蓮的事兒，他就不能不說話。有一天，他衝四奶奶發了火。他氣得臉都憋紅了，聲音直打顫。「請吧」他說，「您要是上我這兒來，請到我內人屋裡坐。我用不著您來應酬客人。」

四奶奶笑笑。她彈了一下響指，咯咯地像個下了雙黃蛋的老母雞似地笑了起來，「嗬，嗬，我幫您接待了這些貴客，還落個不是。」她大聲說，「算我的不是，可是他們玩得不錯嘛。」

寶慶狠狠地盯著她，氣得兩眼發直。「我不樂意您這麼著」他說，「我請您記住，這兒不是窯子。這兒是書場——是賣藝的地方。」

四奶奶臉上一副惡毒的神色，說：「哼，等著瞧吧，我倒要看看幹我們這一行的，誰能清白得了。」她扭著她那龐大的屁股，猝然離開了寶慶，回到那些男人堆裡去。

她有幾天沒來。她告訴琴珠，場間休息的時候，別上後臺去。要是她想歇會兒，就上秀蓮屋裡去。她知道寶慶就膩歪這個。

這一來，寶慶又多擔著一份心事。他最恨的就是琴珠要跟秀蓮交朋友。琴珠懶洋洋地靠在秀蓮床上，帶著一股濃濃的香水味，一副傲慢懶散的樣子。

琴珠拿秀蓮的屋子當化裝室。她下午早早地就來了，抹口紅，塗指甲，描眉，狠忙一氣。秀蓮的化裝品，她拿起來就用，很叫秀蓮心疼。大鳳要用只管用好了，可是像琴珠這麼個暗門子，可不能隨便使她的。她會賺錢，為什麼不自己花錢買去。她向爸爸訴了一通苦，可是爸爸沒答碴兒。他不想為這麼件小事犯口舌。「甭發愁」他說，「等用完了，我再給妳買。」

秀蓮知道他會再給買，可是不明白琴珠的化裝費為什麼要他來付。

「您看」有一天她拿定主意對琴珠說，「我那粉是挺貴的。」

琴珠高興地咧開嘴笑了。「當然啦，所以我才喜歡它。我自個兒買不起。」她越發來了勁，把粉往胳肢窩和身上亂撲，還使勁抖粉撲，弄得滿屋飄的都是香粉。秀蓮氣得臉發白。有一天，琴珠帶了個男人來，他們一直走進秀蓮屋裡，一屁股坐在床上。秀蓮臉紅了，站起來要走。可是不能讓琴珠待在她屋裡。她會把什麼都偷走。再說，她上哪兒呆著去呢？要是她穿過外屋，上她媽屋裡去，又可能會惹氣。不走吧，她又不願意瞧著琴珠招待男人。她又想看看，一個姑娘招待一個男人，到底是個什麼樣子。真的那麼下賤嗎？總有一天她得知道。於是她就乾脆坐下來瞧著。

琴珠和她的客人又說又笑，和一般人沒什麼兩樣。看不出有什麼不對勁的地方。後來他們拉起手來，但這也算不了什麼壞事。他們走了以後，秀蓮很納悶，是不是男人家掏錢，就為的是在床上坐一會兒，跟琴珠說上兩句話呢？終於有一天，她回到屋裡，看見琴珠正跟一個男人躺在床上親嘴。

秀蓮氣得發狂。她真想把他們都攆出去，但為了爸爸的買賣，她又不敢得罪琴珠。她跑進媽媽屋裡。媽媽知道該怎麼對付這種局面。

二奶奶已經半醉了，不過她還是覺出來發生了什麼事。她嘟囔了兩句。這個閨女呀，真是個小蠢丫頭。當然一個黃花閨女比個暗門子值錢，可是閨女也叫人淘神。讓琴珠掙點外快有什麼要緊！

她總得找張床嗎，要是秀蓮也這樣，倒是件好事，能叫寶慶開開竅。他對這姑娘真是死心眼。誰聽說過把個抱來的閨女嬌慣得像個娘娘似的。二奶奶乜斜著眼睛望著嚇傻了的秀蓮的時候，心裡想的淨是些見不得人的骯髒事。「滾出去！」她叫道，「妳不也跟她一樣，是個賣唱的。妳當妳是誰哪？」

她舉起酒杯，手停在半空，好像在思索。猛的，她把杯子朝秀蓮扔了過來。沒打中，不過秀蓮的衣服卻濺上了棕黃色的酒印兒。

秀蓮目瞪口呆，腦子發木，也挪不動步了。原來媽媽要她學琴珠！媽媽不在乎，不疼她。秀蓮氣極了。她想打這個女人，想用指甲抓爛她的皮肉，咒死她！

她一轉身，跑到樓下的書場裡去找寶慶。他不在。她又走到門前，他上哪兒去了？然後回到暗下來了的舞台上。她站在舞台上，又是跺腳，又是咒罵。只有她的罵聲在空蕩蕩的屋子裡迴響。

她盲目地朝門外走——世界上只剩下一個關心她的人了，那就是窩囊廢。

秀蓮一路跑著，走過許多條街，來到窩囊廢住的旅店。「好好跟我從頭說說」他說，神氣像個法官命令證人敘述目擊的罪證那樣嚴肅。聽完秀蓮的話，他一口氣把琴珠和她爹媽臭罵了一通。

他的主意並不高明。他想到書場去，打琴珠一頓，看她還敢不敢再在男人面前扭屁股。他要跟唐家拚命，他得好好教訓那胖老娘兒們四奶奶一頓。秀蓮只是搖頭。這些辦法都不行，不能為了她把爸爸的買賣毀了。

窩囊廢坐在床沿上，用他那又髒又長的指甲搔著腦袋。那怎麼辦呢？這麼下去總不是個事呀！

秀蓮訴了一通委屈，心裡覺著好受點了。她知道窩囊廢是疼她的。有這麼個人肯聽她訴苦，也就算是一種安慰了。他罵人的話，聽著叫人肅然起敬，用的都是有學問人用的字眼。

窩囊廢有個現成的主意，要是秀蓮手邊有錢，就先上小鋪吃頓飯再說。再不就去買上幾個橘子。他知道有個地方，花上五角錢，就可以買上一大堆橘子，夠全家撐得肚子疼的。他還知道山邊上有個好去處，可以消消停停坐在那兒吃橘子。

秀蓮說，要是大伯肯送她回家，那就更好，爸在家裡該不放心了。

「讓他們不放心去」窩囊廢說，「上場以前，就甭回那壞窩子裡去了，要是他們敢罵妳，我就親手拆了那個場子。走吧，買橘子去，肚子裡有了食兒，出門逛悠逛悠，看看景致，主意就出來了。」

八　失陷

戰局惡化，漢口失陷。從北方和沿海一帶來的難民，大批湧入四川。本來已經很擁擠的城裡，又來了這麼多人，寶慶的書場，買賣倒更興隆了。唯有他這個團隊，是由逃難的藝人組成的，很受歡迎。因為聽眾大多是來自四面八方的「下江人」，寶慶這一班藝人對他們的口味兒。那些愛聽大鼓的人覺著，全城只有寶慶的書場，是個可以散心的去處。他們又可以在這裡領略一番家鄉情調。

四川是天府之國，盛產稻米、蔗糖、鹽、水果、蔬菜、草藥、菸草和絲綢。生活程度也比別的地方低。東西便宜，收入又有所增加，寶慶就有了點積蓄。他打算存一筆錢，自己蓋個書場。要是有了自己的書場，他就可以辦個藝校，收上幾個學生。這些學生經過他的調教，會成為出色的演員，而不是普通的藝人了。蓋個書場，再辦所學校，這是他在曲藝上的宿願。真要那麼著，今後唱書的就可以誇口，說他們上過寶慶的曲藝學校，得過他的傳授。

寶慶一想起蓋書場，辦學校的事兒，心裡就高興得直撲騰。但冷靜一想，又覺著這種想法簡直是狂妄，是野心勃勃，是一種可怕的想法。

他一下子猶豫起來，用手揉著禿腦門。說真格的，這樣野心勃勃的打算，甭想辦到。還有秀蓮，要是她……他必得好好看著她，一步也不能放鬆。他嘆了口氣。只有秀蓮不出事兒，他才能發展他的事業。

重慶的霧季到了。從早到晚，灰白色的濃霧，罩住了整個山城。書場生意興隆。一場又一場，人老不斷。平常晚間愛在街上閒逛的人，也走進書場，躲那外面陰沉沉的濃霧。

寶慶總在提防著空襲。他一家已經受夠了苦，再不能漫不經心。他心驚膽顫地想到，在這個陪都，多一半的房子像乾柴堆。都是竹板結構，跟火柴盒似的又薄又脆，一點就著。一家著了火，只消幾個小時，就會燒成一片火海。

因為霧，日本飛機倒不敢來了。霧有時是那麼濃，在街上走路，對面不見人。有了這重霧保護著，居民們的心放寬了。戰爭像是遠去了。生活又歸於正常。可以尋歡作樂，上上戲園子了。

因為霧，四川的蔬菜長得很快。蔥翠多汁，又肥又大，寶慶真是開了眼。寶慶的買賣也十分興旺。書場裡總是坐得滿滿的，秀蓮越來越紅，座兒們很捧場，很守規矩。一個當班主的，還有什麼不稱心的呢？在霧季裡，他買賣興旺，名氣大。而戰爭這出大戲，卻在全國範圍內沒完沒了地進行著。

琴珠還是老樣子，她聲音嘶啞，穿戴卻花裡胡哨，很能取悅男人，在書場裡很叫座。

唐家還是那樣見錢眼開，常搗壞。如今他們不大到方家走動了，要是來的話，必是有事兒，不是開份兒，就是想額外多擠出倆錢去，寶慶已經把他們看透了。

有一次，寶慶買了些稀罕的吃食，親自給唐家送了去。這些花錢的東西，唐家未必常吃，他不想鬧翻。頭一樁，他得把事情弄明白。要是疑神疑鬼，互相猜忌，早晚會鬧出事來。他滿臉春風地招呼胖大的四奶奶，「四奶奶，多日不見，您身體好？我給您送好吃的東西來了，準保您滿意。」

四奶奶沒打算接禮物。她那滿臉的橫肉，一絲笑紋也沒有；說話的調兒又尖酸又委屈：「我的好寶慶，您發財了。我們這些窮人哪兒還敢去看您哪！」

寶慶吃了一驚：「咱們也就該知足了」他有點瞧不慣。「咱們不過是些作藝的罷了。好歹有碗飽飯吃就算不錯，還有幾百萬人挨著餓，快要活不下去了呢！」

四奶奶的嘴角耷拉了下去：「您可是走了運。您有本事。我們家那一位，簡直的就是塊廢物點心。他要是有您這兩下子，就該自己成個班，自個兒去租個戲園子。沒準他真會這麼辦。」說著，嘴角往上提了一點兒，臉上浮起了一層像是冷笑的笑容。

「有了您這麼一位賢內助，四奶奶」寶慶附和著，「男人家就什麼都能辦得到。」

他趕緊把話題轉到無關緊要的小事上。他又是陪笑，又是打哈哈，一個勁兒地奉承，終於使她轉怒為喜，眉開眼笑。時機一到，他就告辭了。

在回家的路上，寶慶又犯起愁來了。苦惱像個影子似的老跟著他，哪怕就是在他走運的時候，也是一樣。要是唐四爺也弄上那麼幾個逃難的藝人，他就能靠著琴珠成起個團隊來。那當然長不了。唐家會占那些藝人的便宜，四奶奶會衝他們大喊大叫，給他們虧吃，最後散夥了事。不過，就是暫時的競爭，對寶慶的買賣來說，也是個打擊。

他把這件事前前後後思索了個透。他非得有了確實的把握，知道唐家不能拿他怎麼樣，才能安下心來。有一夜，剛散場，他想了個主意。問題的關鍵是小劉。要是他能讓這位小琴師站在他的一邊，就有了辦法。他就能左右局面。沒了小劉，唐家就成不起團隊來。要說琴珠，沒有琴師，也唱不起來。只要他能緊緊地抓住小劉，他就再也不用擔心唐家會來跟他唱對臺戲了。他先打聽了一番，逃難來的人裡有沒有琴師。從成都到昆明，一個也沒有。小劉真成了金不換的獨寶貝兒了。

為了這件事，寶慶思索了好幾個晚上。有一夜，他從床上坐了起來，用發潮的手掌揉搓著禿腦門。自然啦——事情也很簡單，要想拴住小劉，最好的辦法就是跟他攀親，讓他娶大鳳。但這他可受不了。對不起大鳳啊。可憐的鳳丫頭。雖然小劉有天分，又會賺錢，可是要叫她嫁個琴師，真也太委屈了她。他暗想，雖然他自個兒也是作藝的，他還真不情願把閨女嫁給個藝人。

不該讓大鳳落得這般下場。她單純，柔順。小劉呢，也天真得像個孩子。不過寶慶操心的首先是男方的職業，而不是人品。小劉人品再好，也還是個賣藝的。

有一天，他邀小劉上澡堂洗澡，是城裡頂講究的澡堂子。他還是頭一回請這位小琴師。小劉覺著臉上有光，興高采烈。他倆在滿是水氣的澡堂子裡，朋友似的談了兩個來鐘頭。寶慶什麼都扯到了，就是沒提他的心事。他細心打量了小劉腳丫子的長短，分手的時候，心裡已經有了譜兒了。

下一回再請小劉洗澡的時候，寶慶帶了個小包。他把包給了小劉，站在一邊看著小劉拆包。果然不出所料，小劉很高興。裡面是一雙貴重的緞鞋，是重慶最上等的貨色，料子厚實，款式大方。小劉把鞋穿在他那窄窄溜溜的腳上，高興得兩眼放光。他挺起胸膛，高高地昂起了頭。這一下，琴師和班主近乎起來了。

寶慶像個打太極拳的行家，不慌不忙地等待著時機。話題一轉到女人和光棍生活，他就柔聲地問，「兄弟，幹嘛不結婚呢？像你這樣又有天分，又有本事的人，為什麼還不成家呢。我一直覺著奇怪。還沒相中合適的人？」

小劉有點不好意思。他那瘦削俊俏的臉上，忽然現出小學生般靦腆的表情。他乾笑了一聲，想掩蓋自己的惶惑：「不忙，我還年輕呢。我把時間都用在作藝上了，這您是知道的。」他躊躇了一下，想了想，說：「再說，這年月，要養家吃飯也不容易。誰知道往後又會怎麼樣呢？」

「要是你能娶上個會賺錢的媳婦，那就好了。倆人賺錢養一個家，這也算是趕時髦。」寶慶真誠地回答道。

小劉的臉更紅了。他不知怎麼好了，用深感寂寞的眼神望著寶慶，心裡想著，這人心眼真好，藝高，又夠朋友，和自己的爸爸差不多。能跟他講講心裡話嗎？談談自己的苦悶，還有他愛琴珠的事兒。唐家倒是願意把琴珠給他的，為的什麼，他也知道。他倆要是配了對兒，琴珠和他就永遠得在一起作藝。這他倒沒什麼不情願。不過他希望琴珠能完全歸他。他知道她的毛病，要是娶個媳婦，又不能獨占，叫他噁心。跟琴珠結婚，還有更叫人發愁的事兒。他的身子骨兒不硬朗，琴珠可是又健壯又……永不知滿足。要想當個好丈夫，他就得毀了自個兒的身子，藝也就作不成了。他失眠，夜裡翻來覆去睡不著，想著這件事。他還是不知道該怎麼著才好，也找不著個可以商量的人。他呆呆地、詢問般地看著寶慶那慈祥的臉。

他只說了聲，「好大哥，要是……」就忽然打住了。寶慶不喜歡琴珠。跟他說說，不提名道姓的行不行？「要是什麼？」寶慶接著問，「別瞞著我，咱倆不是朋友嗎？」「是我和琴珠的事兒」小劉一下子脫口而出了。他用手指比劃著，想解釋什麼，「我和她，——唔，這您知道。」

寶慶用手掌搓著腦門，心裡想，寧毀七座廟，不破一門婚。於是他說：「這可是個好消息。恭喜恭喜。那你怎麼還不結婚呢？」

小劉傾訴了他的煩惱。寶慶沒給他出主意。他只反問：「小兄弟，我想問問你，你覺著我待你怎麼樣？我沒虧待過你——。」

「當然啦！」小劉馬上熱心地說，「這可沒說的。您心眼好，又大方。誰也比不了。」

「謝謝，可要是你跟琴珠結了婚，你就得永遠跟著唐家，把我給忘了，對不？」

「哪裡！」小劉像是受了驚：「我絕不會忘記您對我的恩情。要知道，大哥，人家說您的壞話，我從來不信。您對我一片誠心，我也對您忠心耿耿。您放心，我不是個反覆無常的小人。」

「好，我信得過你。」寶慶說，「我希望你和琴珠一輩子快快活活的。我希望你和我也能一輩子親如手足。你知道我一向疼你。我總想，要是你我能在天地面前拜個把子，就好了。」

他哈哈地笑起來。「小劉，我當你的老把兄怎麼樣？」小劉睜大了眼睛。他看著寶慶，心裡又是驚，又是喜，又不大放心。他笑了起來，「您是個名角兒，我是個傍角兒的。我哪能拜您為大哥呢？我可不敢。」

「別這麼說」寶慶用命令的口氣說，「咱倆就拜個把子，皇天在上，永為兄弟。」

他倆分手以後，寶慶心裡還是不踏實。可能他已經贏了一個回合，但還沒定局。他當然能夠左右小劉，但並沒有十分的把握。琴珠和她娘才是真正的對頭。她們要是拿定了主意，就能隨心所欲地拿捏小劉。一個藝人有多少揪心的事兒！

快過年了。寶慶打算豐豐盛盛、痛痛快快地過個年。年過得熱熱鬧鬧，人就不會總想著老家了。再說他也樂意款待款待大家，這能使家裡顯出一股和睦勁兒來。

他給二奶奶一些錢，叫她帶著大鳳上街買東西去。她很會買東西。別看她好酒貪杯，情緒又變幻莫測，買東西，還價錢，倒很內行。就是他親自出馬去講價錢，也沒她買的便宜。

拿到錢，樂壞了二奶奶。為了慶祝這個，她先喝了一盅，接著一盅，又是一盅。等她帶著大鳳上街時，已經醉得快走不動道兒了。她醉眼惺忪，可還起價錢來，還是精神抖擻。那些四川的店鋪夥計，頂喜歡為了爭價錢吵得面紅耳赤，二奶奶也覺得討價還價是件有滋有味的事兒。要是她買一斤蠶豆，準得再抓上一把蔥，塞進菜籃子裡。不多一會兒，她就帶著閨女回來了，籃子塞得滿滿的。她給自己剩下了一些錢，夠她好好喝上幾天酒了。

寶慶去看大哥窩囊廢。他給了大哥點錢，要他回家團圓團圓，過個熱鬧年。

窩囊廢冷笑了。「在這麼個鬼地方過年？你說怎麼過？算了吧！」他愁眉苦臉，本來，他整天沒什麼掛心的事，可最近為自己的年紀，擔起心事來了。頭一條，他不願意死在外鄉。「甭那麼說，哥」寶慶笑著說，「越是離鄉背井的，越是得聚聚。我就是為這個，才給您送錢來了。我成心要您快活快活，散散心。上街給您自個兒買點什麼去。」

窩囊廢不好意思降低身分，伸手去拿兄弟的錢。他指了指桌子，「我不要錢」他說：「你可以把錢擱在那兒——擱在桌子上。」

寶慶走了以後，窩囊廢就上了街。他走到集上，買了個叫做「五更雞」的小油燈，既能當燈使，又可以溫茶水；一個竹子做的小水煙袋，一對假的玉石耳環，還有一把香。回到家，他用紅紙一件件包起，準備年三十晚上，送給大夥兒。

寶慶像個八歲的孩子似的盼過年。他一聞到廚房裡飄來的香味兒，就忍不住咂咂嘴，盼著除夕到來，好大吃一頓。他想方設法，要大家也跟他一樣起勁。於是全家都一心一意準備著這個喜慶日子。連大鳳也高高興興地在廚房裡幫媽的忙。事與願違。除夕晚上，寶慶的團隊有堂會，寶慶很傷心。他準備了家宴，打算一家人吃頓團圓飯。可是，堂會怎麼能不去呢？他不能不替團隊裡其他的人打算，不能不讓大家去掙這一份節錢。不論他怎麼惋惜三十晚上這頓團圓飯，他還是得去。

堂會散了的時候，已經是清晨兩點鐘了。外面下著雪。秀蓮、小劉和寶慶走出門，穿過狹窄的街道時，雪落在他們的衣服上，臉上的雪都化成了水。三個人都垂頭喪氣。琴珠沒來唱堂會，小劉知道她準是跟個男人去了。他氣壞了，沒跟唐家一起吃上年夜飯不說——琴珠也扔了他走了。秀蓮眼裡含著淚，心裡頭很難過。

寶慶兩手在嘴邊圍成個喇叭筒，大聲叫滑竿。他的聲音淹沒在茫茫的大雪裡，抬滑竿的也回家吃年夜飯去了。街上空蕩蕩的，除了寶慶的一班人和雪花以外，什麼也沒有。他們步履艱難，深一腳、淺一腳地往前走。間或有一家，窗簾裡面還有亮光。只聽見裡面圍席而坐的人，在哈哈地笑著。秀蓮眼裡滿是淚水。

忽然間，來了一乘滑竿，一堆黑糊糊的影子，歪歪斜斜地在雪地裡走著。寶慶叫住了滑竿。他不等抬滑竿的張口要價，就把手伸進口袋，抓出一把毛錢。

可是，誰該坐滑竿，誰又該走路呢？一乘滑竿不能把三個人都抬走。小劉忽然不好意思起來，覺著自己抱怨得太多了。「讓秀蓮坐吧」他說，「我能走。」

「你坐上去」寶慶下了命令，「我們喜歡走走。你的身子骨要緊。坐上去吧，我求你啦！」

小劉上了滑竿。大哥那麼尊重他，他很高興。他笑著招了招手。「好大哥」他說，「明兒我來給您拜年——一定來。」

寶慶和秀蓮站在那兒，看著滑竿消失在黑暗裡。秀蓮累了，她翻起衣領，把臉縮在領子裡。

「來吧，閨女」寶慶說，「咱們走。妳很累了吧？」她走了幾步才回答：「我不累。」從她的聲音聽來，她已經精疲力盡了。寶慶也很累了。他覺得很對不起家裡的人。

別人家都在過年，他和閨女卻得這麼著在街上走。他裝出一副輕鬆愉快的樣子說：「秀蓮，又是一年了，妳又長了一歲，十五了。記住了嗎？你今年應該把書唱得更好。」秀蓮沒答碴兒。過了一會，寶慶又說開了，「咱們現在掙的錢不少了——可以體體面面地把妳嫁出去了。」「幹嘛說那個，爸？」她突然問道。她正瞧著自己的腳。一雙鞋糟蹋了，差不多還是新的呢。

「這是大事。每個閨女都該結門好親。」

她一聲不吭，叫他心裡發涼。他們繼續往前走，她心裡不明白的是，為什麼爸爸老要提他們的買賣。他錢掙得多，又跟她嫁人有什麼關係？

總算到了家。寶慶拍著手，像個小學生一樣，高興得歡蹦亂跳。「總算到家了，咱們總算到家了。」他不住地說，心裡希望有誰能出來接接他們，可是，沒人。他們自己走上樓，衣服上的水淌溼了樓道。

二奶奶已經醉了。她已經上床，打開呼嚕了。窩囊廢正在秀蓮屋裡跟大鳳說話。他倆都是一副哭喪相。窩囊廢醉醺醺的，話越來越多。「錢，錢，錢」他正跟大鳳說著，「錢又怎麼樣。為什麼偏偏要在大年三十跑出去賺錢。人生幾何，能有多少大年三十好過的？」

寶慶一屁股倒在堂屋裡的一把扶手椅裡。紅蠟還燃著，燭光就像黃色的星星一樣，在他矇矓的眼前晃動著。錢……錢……錢……這麼幹下去，值嗎？

秀蓮走進自己的屋裡，躺了下來。

「來，侄女兒」窩囊廢叫道，「來玩牌，讓妳大伯贏幾個怎麼樣？」

「不了，大伯」秀蓮說，她已經乏得厲害，小嫩嗓子也啞得說不出話來了。「我要睡覺。」她臉衝著牆，睡了。

窩囊廢嘆了一口氣，他站起來走到窗口，看著外面飄著的雪花。「可憐的孩子，可憐的小蓮。」他悄悄地說，搖晃著他那花白的頭。

九　不祥

到四月份，重慶的霧季就算過去了，但早晨起來，霧還是很濃。那霧，潮溼、寒冷，像塊大幕布似的蓋著山城，直到日上三竿，才逐漸散去。太陽升起如猩紅色的火球，看著有點怕人。這是不祥之兆，主兵災；它也主大晴天，就是說空襲又將來到。重慶的天氣可以截然分為兩季：冬冷，有霧；夏炎熱，無霧——卻包含著危險。誰都知道，只要天一放晴，日本飛機就又會臨頭。

四月底，這年頭一次拉了警報。飛機並沒有來，但人人都知道戰亂又已來到。霧這個起保護作用的天然防線沒有了，人們只好聽天由命。

寶慶對空襲已經習以為常。他親身經歷過的一些空襲，想起來還叫人心驚膽顫。他決定把窩囊廢送到南溫泉去，那兒離城有四十多里地，比較安全。他要窩囊廢到那兒去找上兩間房；租旅館，賃房子，都行。要是重慶挨了詐，方家總還有個安身之處。

於是五月份那令人難忘的一天來到了。山城已是黃昏，太陽老遠地，像個大火球。書場附近有些人在喊：拉警報了。也有人說，沒拉警報，是訛傳。外地來的難民，懂得空襲的厲害，很快躲進了防空洞。本地人還在各幹各的，有的人滿不在乎地在街上晃蕩。這些「下江人」真是神經過敏！空襲？連一架飛機也沒有。

突然之間，飛機來了，發出一陣轟隆轟隆的響聲。朝防空洞奔去的難民跑得更快了。

他們聽見過這種聲音——是轟炸機。可是四川人卻站在那兒，兩眼瞪著天空。也許是自己的飛機吧，剛炸完敵區回來。根本沒有炸彈，怕什麼？

霧季一過，二奶奶沒敢再喝酒。她不樂意給炸得粉身碎骨。活著還是有意思得多。白天黑夜，她隨時準備鑽防空洞。她把錢和首飾小心地裝在一個小包裡，隨身帶著。

這天下午，她正在檢查這個跑警報用的包，盤算著還能不能再放點別的什麼進去。最好能帶瓶酒，等頭暈的時候喝上兩口。秀蓮正看她積攢的舊郵票，大鳳做著針線活兒。

猛的，只聽見頭頂上一聲巨響，好似一柄巨斧把天劈成了兩半兒。秀蓮一下子蹦了起來。

寶慶光著腳從裡屋跑出來，「沒聽見警報呀！」他說。二奶奶坐在椅子上，想站，站不起來。

她手裡緊緊攥著那個小包。她往起站了兩次，可是腿軟得不聽使喚了。寶慶走過來扶她，秀蓮奔到了窗邊。一陣淒厲的呼嘯穿房而過，聲音越來越響，猛地又啞然無聲了。「快躺下」寶慶喊道。他自己也趴下了。

炸彈爆炸了——三聲悶響，書場搖晃了起來。一隻花瓶從桌上蹦到地下，摔得粉碎。秀蓮用手指堵住耳朵，爬到靠窗的桌子底下。外面街上揚起了一陣煙塵。接著又是一起爆炸，聲音短促，尖厲，一下接一下。整個書場天翻地覆，好像挨了巨人一拳，接著就聽見震碎的玻璃嘩嘩亂響，紛紛落地。

寶慶頭一個開口：「走了，我估摸著。」他還在地上躺著。他說話，為的是安慰大家。誰也沒答碴兒。他四面瞅瞅，連頭也不敢抬起來：「大鳳妳在哪兒？」大鳳在隔壁屋裡，趴在床底下呢：「媽，您在哪兒？」二奶奶還坐在椅子裡，緊緊攥著那個口袋。她腳下溼了一大片。她尿了褲！

「過去了」寶慶安慰她說。她不言語。他走過去，摸了摸她的手。手冰涼。看見她在哭，他叫大鳳過來，安慰安慰媽媽。大鳳打床底下爬出來，身上臉上滿是塵土和蜘蛛網，眼裡一包淚。

寶慶穿上了鞋襪。等二奶奶定下神來，他已經走到了門邊。「你上哪兒去呀？」她喊起來了。

「去看看唐家，我得去看看他們怎麼樣。」

「就不管我了？我快嚇死了，你倒只想著別人。」

寶慶猶豫了一下。但他還是下了樓。她又神氣地跟他作起對來了，這就是說，她已經沒事了。他有責任去看看唐家怎麼樣了。琴珠是他班裡的角兒，小劉是重慶獨一份兒能彈三弦的琴師。他現在必須去看看他們，以後，他們或許就會少找他一點麻煩。

外面街上和平時一樣。他以為街道已經給炸沒了，炸彈離得那麼近。到處都是碎玻璃。一些消防隊員和警察跑來跑去，街上的人並不多。太陽已經落山了。隔街望去，後面幾道街的屋頂上，彩霞似的亮著一道強光，那不是彩霞，那是房子起了火。山城的一部分已是一片火海。他的心揪得發痛。他加快了步伐。是唐家住的那一帶起了火。他的角兒！

他的琴師！走到後來，一排警察擋住了他。他拿出吃奶的勁頭，打人群裡擠過去。整條街都在燃燒。燒焦了的肉味兒直往他鼻子裡鑽。他一陣噁心，趕緊走開。

末了，他爬上了山，衝著唐家旅館的方向走去。也許他能打胡同裡穿過去，找到他們。然而，所到之處，慘得叫人不敢看。靠山的街道上全是熊熊大火，濃煙鋪天蓋地朝他滾了過來。只聽見火燒的劈啪聲，被火圍困的人的慘叫聲，以及救火車不祥的鈴聲。新起的火苗，在黑暗中像朵朵黃花，從各處冒出來，很快就變成了熊熊的火舌。頭頂上的天，也成了一面可怕的鏡子，忽而黃，忽而紅，彷彿老天爺故意看著人們燒死在下面的大熔爐裡來取樂似的。

寶慶低著頭，懷著一顆沉重的心走回家，眼前老晃著那一大片怕人的火。

這會兒街上已經擠滿了人，大家都想出城去，所有的人力車上都高高地堆滿了東西，一家家人家帶著大包小包，拚命往外逃，找不到人力車的人，罵罵咧咧，有的在哭。失掉父母的孩子在嚎啕。有的人還帶著嗷嗷叫的豬和咯咯的雞。

一個人差點和寶慶撞了個滿懷。他臉氣得鐵青，不但不道歉，還罵開了，「你們下江人」他喊了起來，一面用手指著，「是你們招來的飛機。滾回下江去。」

寶慶不想跟他吵。顯而易見，他說得不對。哪裡是難民招來的飛機。他忘了那個人還在罵他，楞在那兒出神了。他一面走道，一面還在思索。可以寫上一段鼓詞，跟大家說說戰爭是怎麼回事，為什麼要抗戰。

突然之間，他倒在了地上。一個發了瘋的人在街上狂跑，把他撞倒了。他站起來，撣了撣衣服。這才看出來他已經走過了書場。

秀蓮正在等他。她看上去是那麼小，那麼孤單。「爸，人家都出城去了」她說，「我們為什麼不走呢？到南溫泉找大伯去吧。」

寶慶拿不定主意。完了他說：「我們怎麼走？城裡找不到一輛洋車，一架滑竿，汽車更甭想。今晚上走不成了。等明天城裡沒事了，再想辦法。」

「我現在就想走，爸。我倒不怕給炸死，我就是怕聽那聲音。」

他搖了搖頭。「我親眼見的，江邊的街道都著了火。走不過去——警察把路也給攔上了。明兒一早，我們再想辦法。」她疑惑地看著他，問：「唐家怎麼樣了？」

「不知道。」他的下巴頦兒直顫。「我走不過去。到處都是火，真怕人。」

她那雙黑眼睛，黯然失神。她看了看天花板。「爸，明兒還會有空襲嗎？」

「誰知道。」

「我等不得了」她乾笑了一聲。「就是走，我也要走到大伯那兒去，我可不願意再挨空襲了。」

二奶奶尖聲叫著他們。雖然她一直在喝著酒，她的臉還是煞白的。「我不能在這兒等死」她使勁嚷著，「動彈動彈，想點辦法。」

「明兒一早，我們就上南溫泉去」寶慶說，他又疲倦，又緊張。看見她這副樣子，他心裡實在難過。

誰也沒有睡。街上通宵擠滿了人，都不敢去睡覺。謠言滿天飛。每聽到一起新的謠言，女人們就嚎啕大哭起來，聽著叫人心碎。炸死了四千人，這是官方消息。要是一次就炸死四千人，那往後更不堪設想了。每一起謠言，都會使那騷亂的人群更加不安，更悲苦。

到夜裡兩點，寶慶睡不著，乾脆不睡了。他穿上衣服，下了樓，走到書場裡——那是他心血的結晶，是他成名的地方。當班主的寶慶，在這兒走了運，有了一幫子熟座兒。可是，眼前的景象叫他腦袋發木。賀幛、匾額還都掛在牆上，全是捧他的。他最珍惜的一些，已經送到南溫泉去了。再有就是桌子、椅子、長凳。都是辛辛苦苦置下的。現在還有什麼用處？那邊長條桌上，整整齊齊摞著二百套新買來的蓋碗。他雙手捧著光頭。這些茶碗是他的血汗呀！沒法把它們帶走。一家人也許還得長途跋涉，才到得了南溫泉。還可能有空襲。也許到了明晚上，整條街都會化為灰燼，一個茶碗也不剩。是不是因為他在別人家破人亡之際，賺了兩個錢，所以才得到這樣的報應？

他一腦門都是汗。他忽地抬起那滿布皺紋的寬闊臉膛，笑了。有了命，還愁什麼？幾個茶碗算什麼？他走到後臺，把大鼓、三弦放進了一個布口袋裡。看見這些寶貝，他好受了一點。只要有了它們，他就什麼也不怕了。到哪兒都可以賺錢吃飯。

他找來一張紅紙，大筆書寫了一張通知：「本書場停業三天。」他走到書場前面，把紅紙貼在最醒目的地方。完了又走回後臺。這一回他跪下求神保佑。求大慈大悲的菩薩和祖師爺保佑——「菩薩保佑，保佑吧！我日後一定多燒高香。」完了他去叫醒家裡的人，已經是三點了。秀蓮翻了個身，瞇縫著眼。「又有空襲？」她問道。寶慶忙說不是，告訴她該動身了。她像個小兔似的一蹦就下了床。她的包早已打好，裡面有兩件衣服和積攢的郵票。二奶奶直打呵欠，提起了包。大鳳躲在媽媽身後。她怕爸爸要她背鼓。「好閨女」他懇求著：「幫我一把。三弦就夠沉的了。」她滿臉不高興，但還是背起了鼓。寶慶鎖上了書場的門。他站了一會，凝視著這個地方，滿心的悲傷。他猛的轉過身，跟著全家出發了。一層薄霧籠罩著山城。成千的人仍舊擠在街上，臉發白，板著，驚惶失措。有的人邁著沉重緩慢的步子，有的人呆呆地瞧著。寶慶一家走過的街道，還在燃燒。可以清楚地看見房屋燒焦了的骨架還在冒煙，有些地方還吐著火苗。他們從一堆堆瓦礫和焦木中間走過，到處都是難聞的焦味兒。間或看見一具屍體，不時看見一根孤零零的柱子豎在那兒。有一次，在他們走過的時候，一根柱子倒了下來，揚起一陣熾熱的灰燼。他們加快了步伐，用手堵著鼻子，想避開那可怕的臭氣。

二奶奶嚇破了膽，連罵人也顧不得了。她平日最不樂意著忙，這會兒她卻總覺得大夥兒走得太慢了。她猛的站住，慘叫一聲，捂住了臉。原來她踩著了一個死孩子。秀蓮給一團斷電線纏住了，寶慶轉過身來幫她解，她驚慌得不得了，好不容易才掙脫開，拽下了一片衣裳。大鳳一個勁地摔跟頭，可還是緊緊地抓住鼓不放。

他們走了好幾個鐘頭，拐彎抹角地走過一片瓦礫的街道，爬過房屋的廢墟和成堆的屍體，最後來到了江邊。真是觸目驚心！回過頭來再看看他們經歷過的千難萬險，一下子都癱倒在潮溼的沙灘上，爬不起來了。一片焦土和斷垣殘壁。一股股濃煙，火舌直往天上冒。那一大片焦土，就像是一條巨大的黑龍，嘴裡吐著火舌。這樣的黑龍，足有成百條。

他們總得設法渡過江去。寶慶去找渡船。聽得一聲汽笛響，輪渡還照常。這就好了！許多人為了坐小划子過江，付出了嚇死人的高價。有輪渡坐就好，坐小划子過大江，總叫人擔心害怕。

輪渡上已經擠得滿滿的。過了江，他讓二奶奶和兩個姑娘先在茶館裡等著，自己跑出去想辦法。公共汽車站擠滿了人，寶慶斷定，哪怕等上一個禮拜，公共汽車也不能把所有等著的人都載了去。他想雇滑竿。抬滑竿的要價高得嚇人。臨完他發現一輛公家的汽車。

他陪著笑臉跟司機拉近乎。請司機喝茶，司機高興了。過了一會，寶慶塞給他一筆可觀的錢，要他把一家人捎到南溫泉去，司機痛痛快快地答應了。他正想要做這麼一筆生意呢！

有汽車坐，樂壞了秀蓮。這就跟故事書裡講的一樣。二奶奶又抱怨開了。「早知道有汽車坐，我就多帶點東西來了」她嘟囔著。寶慶沒言語。他很高興，菩薩還是保佑了他。

窗外的景色飛快地向後跑去，秀蓮很快就把她的疲勞忘掉了。什麼都新鮮，美麗。南溫泉真有意思，街道窄小，背靠連綿的大青山。可看的東西多著呢：潺潺的小溪，亭亭的松樹，太陽是那麼和藹安詳，和重慶的太陽不一樣。山坳處是一片深紫色的陰影，綠色的梯田一望無際。她從沒見過這麼美的景色。

窩囊廢見到他們，眼淚汪汪。他以為他們都給炸死了。他的臉色黃中帶灰，滿佈皺紋，眼睛裡全是血絲。「您好像一宿沒睡」寶慶說，「好大哥，怎麼不歇歇？」「擔著這麼大的心，我怎麼睡？」窩囊廢沒好氣。他扶著秀蓮的肩頭，孩子般熱誠地說：「去睡一會兒，孩子，好好睡它一覺。等明兒醒了，上溫泉去洗個澡。那才夠意思呢！」他看著大家，歡歡喜喜把每個人都打量了一番。「都活著，太好了！太好了！都得去洗個澡。好呀，太好了！」他一高興起來，就不知道打哪兒說起了。只要不住嘴就行。「我的好兄弟」他對寶慶說，「你一定得先睡一覺。」寶慶很不以為然：「不忙，我還有正經事要辦呢。」

「正經事？」窩囊廢瞅著兄弟，覺得他簡直瘋了。「這麼美的地方，還用得著辦什麼正事？」

寶慶把那寶貝三弦遞給窩囊廢，「我到鎮上去走一圈，看看能不能在這兒作藝。」說完，就邁著輕快的步子走了。

十　灰燼

到南溫泉的第二天晚上，日本飛機又轟炸了重慶。方家和鎮上的人一起，站在街上聽著。那天晚上，寶慶睡不著覺。他的書場怎麼樣了？挨炸了沒有？他所有的一切，都化為灰燼了嗎？

家裡人還在睡，他早早地就出了門，先坐公共汽車，又過了擺渡，回到了重慶。他要看看他的書場。他也要打聽唐家的下落。要是在南溫泉能作藝，他就得把琴珠和小劉找來。

公共汽車裡幾乎沒有人。所有的人都在往城外跑，沒有往回走的。急急忙忙打重慶跑出來的人，都看他，以為他瘋了。他高高地昂起頭，笑容滿面，覺著自己挺英雄。

中午，他到了重慶。太陽高高地掛在天上，像個通紅的大火盆。又有一排排的房子挨了炸，又堆起了一些沒有掩埋的屍體。街上空蕩蕩的。人行道發了黑，溼漉漉的，血跡斑斑。頭頂上的太陽烘烤著大地上的一切。寶慶覺著他是在陰間走路。城裡從來沒有這麼熱，也從來沒有這種難聞的氣味。

他想回家去。離開南溫泉跑出來，真蠢！來幹嘛呢？「這陰曹地府裡只有我這麼個活人」他一面走，一面這麼想。一家燒焦了的空屋架中間，一隻小貓在喵喵地叫著。寶慶走過去，摸了摸那毛茸茸的小東西。小貓依偎著他親熱地叫著。他想把牠抱了走，可是拿牠怎麼辦呢？可憐的小東西。牠見過悲慘的場面，牠會落個什麼下場呢？人要是餓極了，會不會把牠拿去下湯鍋呢？——他不敢再往下想，加緊了腳步。在一條後街上，他看見三條狗在啃東西。真要有點什麼，他可以弄點餵那小貓去。他猛的站住了，看清楚狗啃的是什麼。牠們惡狠狠地嚎叫著，撕啃著一具屍體。他一陣噁心，轉過身就跑。

又是一陣叫人毛骨悚然的焦肉味兒。他想吐，胃一個勁地翻騰。他背轉身，躲那難聞的氣息，可是，迎面撲來的氣味更難聞。他看看兩邊的人家，想進去躲一躲。可是，房子都只剩下了空殼——牆還立著，窗戶只剩下個空框兒——裡面的火還沒有滅。他看不出他走到什麼地方來了。他一下子驚慌起來。他在荒無人跡、煙霧騰騰的陰間迷了路。

末末了，他總算走上了大街。十字街頭光禿禿的，一抹平。當間站著個巡警，沒有交通可指揮。他一見寶慶就行了個禮，顯然把他當成大人物了。寶慶笑著點了點頭，繼續走他的路。警察看見他，彷彿很高興，就像寶慶也很樂意看見他一樣。在這死人的世界裡，看見一個活人，確實也是一種叫人愉快的景象。

寶慶加快了腳步。他不敢往下腳來張望，怕看到他所怕見的東西。一具屍體倒也罷了，燒焦了的屍體就可怕得多，幾百具燒焦了的屍體，實在無法忍受。光看看那些斷垣殘壁，也叫他發抖。他起了一種念頭，覺得在這一場毀滅之中，全手全腳地活著就是罪過。

他忽然感到罪孽深重。他到這死人城裡來，為的是要照料財產，考慮前程。而這麼些個人都給屠殺了。

他又安慰自己。我辛辛苦苦，賺錢養家。我開辦了書場——當然我想要看看它怎麼樣了。但願書場安然無恙。這種希望像一面鮮明的小旗，在他的心裡飄揚。他匆匆地走，心裡不住地想，那可是我用血汗掙來的，也許它沒挨炸。

到了書場那條街的路口，他不由自主地站住，一點勁兒也沒有了。熟識的鋪子，都給燒個淨光。街當間有一堆冒著煙的木頭。有家鋪子只剩了個門框子。柱子上掛著一面銅招牌，還是那麼亮，那麼金光燦爛，太陽照在上面，閃閃發光。這是吉兆嗎？他不敢朝他的書場看去。他像個著了魔的人，呆呆地站在那裡。書場就在他背後，只消轉過頭去看就行了，可是他沒有勇氣。他雙眉緊蹙，一條條的汗水，順著鼻梁往下淌。大老遠的跑了來，不看看他要看的東西就回去，多窩囊！

他費了好大的勁兒，才轉過了頭。書場還立在那兒。他的心快跳到嗓子眼了。他想放聲大哭，卻又哭不出來。他邁開步子走過去，又猛跑起來，一下子就到了上了鎖的門前。

牆依然完好，只是這地方顯得那麼荒涼。紅紙金字的海報掉到地上了。他腳下的一張上面寫著：「方秀蓮」。他小心翼翼地撿起海報，捲起來，夾在胳肢窩底下。

門上的鎖沒人動，但搭鏈已經震斷了。他打開門，走了進去。迎面撲來一陣潮溼的氣息。雖說他走的時候是滅了燈的，場子裡卻顯得很亮堂。他這才看出來是怎麼回事。房頂已經給掀去了。碎瓦斷椽子鋪了一地。他那些寶貝蓋碗全都粉碎了。他沒拿走的那些幛子和畫軸，看來就像是褪了色的破糊牆紙一樣。

他慢慢地走過這一片叫人傷心的廢墟。他簡直想跪下來，把那一片片的碎瓷對上。但那又有什麼用。他難過地在一把小椅子上坐下。過了一會，他仰起臉來，悄聲自語：「好吧！好吧！」書場是給毀了，可他還活著呢。

他走了出來，找了塊磚當榔頭使，拿釘子把門封上。敲釘子的聲音好比一副定心丸。他總算又有點事幹了。幹活能治百病。他心裡盤算著：「換個屋頂，再買上些新蓋碗，要頂好的，就又能開張了。桌子椅子還都沒有壞。」他隔街衝對面那一片叫人痛心的瓦礫看去。他總還算走運。不過就是那些鋪子，也還可以重建。等霧季一來，鋪子又可以開張，生意又會興隆起來。

他朝著公共汽車站走了一會兒，忽然想起書場裡還有一些貴重東西。他一定要回去看一看。可以帶一些到南溫泉去。一轉念，他又笑起自己來了。這就像用篩子裝糧食，裝得越多，漏得也越多。他繼續走他的路。

他好受了一點。起碼他已經知道了他的損失究竟有多大。這下他可以對這個挨炸的城市客觀地看上一眼了。是不是能寫段鼓詞，〈炸不垮的城市——重慶〉。這完全是事實，一定會轟動。

他不知不覺，不由自主地就朝著唐家住的那一帶走去。他們住的旅館還在。這旅館坐落在一堵高牆的後面，這堵牆遮住了室內的陽光，但卻擋住了火勢，救了這家旅館。所有別的房子全燒毀了。這家旅館看起來像一件破爛衣服上完好的扣子。

唐家也都沒事。看見他，唐四爺眼裡湧出了淚水。「我的老朋友，我們都以為您給炸死了。」他哽咽著說。

四奶奶掉了秤。她蒼白的臉上，掛著一條條發灰的鬆肉皮。不過她的脾氣一點也沒改。「您為什麼不來看看我們？」她嘟囔著說，「就我們一家子在這兒，真差點死了。」

「我這不來了嗎」寶慶說，「當初來不了，火給擋住了。」

琴珠打臥室裡走了出來。她臉發白，帶著病樣。頭髮在臉前披散著，眼睛起了黑圈。

「甭聽我媽的廢話」她對寶慶說，「帶我們走吧！」

「廢話？好哇！」四奶奶怒氣衝衝地說。她還是一個勁地追問，為什麼寶慶不來看他們。

寶慶問小劉上哪兒去了。誰也不答碴兒。他怕小琴師已經給炸死了。他看看這個，看看那個，滿眼的疑懼。最後，還是唐四爺開了口，「真是個懶蛋，不肯去防空洞，等到炸彈往下掉了，還躺在床上……完了又不要命地跑。」「那陣兒響動呀，真邪乎」四奶奶打岔說，「炸彈往下落的聲音就跟鬼叫似的。」

寶慶瞪大了眼睛，毛骨悚然。可憐的小劉，他的把兄弟，他的寶貝琴師！

「是這麼回事，炸彈一往下掉，他就使勁跑」唐四爺還往下說，「也不瞅腳底下，腳踩空了，一頭栽到樓底下，磕了腦袋。頭上腫起拳頭大個包，真是蠢得要命。」「他在哪兒呢？」寶慶問，放了心。

「還不是在床上」四奶奶尖著嗓門說，「他就離不開那張床。」

寶慶對他們說，他想在南溫泉重起爐灶另開張。他告訴他們，那鎮子很小，就是能賺錢，也不過剛能餬口。兩家人湊起來，掙的錢準保能填飽肚皮。到霧季再回重慶。他已經合計好了，就是三個角兒：琴珠、秀蓮和他自己。四奶奶又要嘮叨。寶慶趕忙說，「我先把話說在頭裡。全靠碰運氣。沒準兒一天的嚼谷也混不上。要是混不出來，別賴我。眼下就這德性，我或許不該要你們跟我去。」唐四爺不等他老婆喘過氣來，忙說，「您是我們的福星，好兄弟，您說了算。」

四奶奶說：「上哪兒去睡覺都成，哪怕睡豬圈呢，也比待在這兒強。」

南溫泉實在太小了，養不活一個齊齊全全的曲藝團隊。寶慶拿定了主意，兵荒馬亂的，夏天還是就待在這兒好，等冬天再回重慶去賺錢。他已經盤算好怎麼拾掇安置他的書場。

他把唐家帶到了鎮上，他們都很感激，——不過沒維持多久。他們又怨天尤人起來：鎮子太小，琴珠唱書的茶館不稱心；她掙的錢太少，住的地方像豬圈。他們不厭其煩地對寶慶叫冤叫苦，這都是他的不是。

末末了，寶慶覺著他跟唐家再也合不下去了。他受不了，心都給磨碎了。

他擔心的是秀蓮。他老問她想不想搬家，稱不稱心。他總問，叫她起了疑。有一天，他又問起來，她衝著他說：「幹嘛老問我，怎麼了？」

「是這麼回事」他鼓起勇氣說，「你和我祖輩都不是賣藝的，我有時候想洗手不幹了。我們幹這個，不一定那麼合適。」

秀蓮睜大了眼睛望著他：「您不樂意再說書啦？」「我樂意自己唱唱，我是說……」

他心煩意亂說不下去了。「唉，作了藝就不能不跟別的藝人一樣。我是說，沾上他們的壞習氣。」

秀蓮沒懂他的心事。「我喜歡這兒，我樂意老住在這兒。」她說。「我樂意住在個美地方。這比老搬家強多了。」她伸出了細長的圓手臂。「您看那邊的山多好看。一年四季常青，那麼綠，那麼美。我們要是也能那樣，該多好！」寶慶微笑了。他喜歡聽秀蓮說話。她說起這樣的事來，好像打開了他心靈上的窗戶。他明白了，她不是那種喜歡到處流浪的人。她不是天生作藝的。

「好姑娘。」他暗自說道。又想到了今後，他得為她存上一筆錢；還得辦個藝校。他要傳授出一代藝人來。他和秀蓮絕不能沾染上藝人的習氣。

十一　譏諷

敵機有一個禮拜沒到重慶來。難民們又回到城裡。他們在南溫泉和鄉下找不著住處，也找不著飯吃。重慶到底是他們的家。回城有炸死的危險，可總比待在鄉下餓死強。寶慶決心留在城外。他經過反覆考慮，才拿定這個主意。主要是因為他那個寶貝書場得重新翻蓋。城裡的工人都修防空洞，修政府的樓去了。無論他出多少錢，他和書場的房東都雇不來工人。還有，他怕再來空襲。只要再來上那麼一回，書場就沒法再做買賣了。在這小鎮上，雖說進項微薄，還可以先湊合著過。也就是自己一家和唐家，肯定都能吃上飽飯。青山環抱的南溫泉，本應是個太平去處，但寶慶發現，就是在小鎮上，要操心的事也和在大城市裡一般多。鎮子很小，人煙稠密，彼此都認得。多數人整天無所事事，愛的就是拉老婆舌頭。

只要秀蓮一出門，鎮上的人就盯著她看，竊竊私議。可也沒什麼好挑剔的。秀蓮和大鳳常常一起出門去洗澡，總是穿得很樸素，舉止穩重大方。南溫泉的人覺得她們很新奇，很注意她們。可要是琴珠跟著她們一起出門，那就熱鬧了。年紀稍大的人就會打呼哨，噓她們。年青男人會跟上來，說些猥褻的話。

寶慶很為這事發愁。他的兩個閨女單獨上街的時候，不會有什麼差錯。可要跟琴珠一塊兒出門，全鎮的人都會拿她們當暗門子。

有一回，秀蓮從外面回來，臉漲得通紅，一肚子氣。「我跟她上街又怎麼啦？那些人幹嘛老欺負我？」她問，「她有什麼特別的地方？不跟我一樣是個姑娘嗎？」

寶慶不想說得太多：「少跟她出去。」

「是她要我跟她出去的——她老想出門。」

「那妳就別去。」說著，他走開了。他幹嘛不跟她說說琴珠？他想說，方家和唐家不一樣，可這就得扯到琴珠和男人的關係上去，他沒法開口。他害怕。他怕說錯了話，秀蓮好奇起來，也會去試試，惹出麻煩來。

爸爸不肯說透，秀蓮很納悶，也很窩火。她有點怕琴珠，不過她也想知道琴珠到底有什麼特別的地方，為什麼她一上街，人家都要盯著她看。

有一天，她和琴珠沿著穿鎮而過的小河散步。走到南溫泉盡頭，小河變寬了。前面是重重青山，小溪流水從山上落下，輕輕地注入小河，激起雪白的水花。青山綠水之間，是一帶樹林，背襯著藍汪汪的天。真是風景如畫！秀蓮著了迷。她高興地叫起來，加快了腳步，好似要往那遠山腳下奔去。忽見一個男人，坐在小河邊一塊大石頭上。琴珠走過去，親熱地跟他打招呼。秀蓮站住了，不知怎麼是好。琴珠早跟人約好了，這是明擺著的。秀蓮不樂意一個人往前走，就在離他們不遠的地方，靠河邊坐了下來，看魚兒在那清澈的水裡竄來竄去。她覺著挺彆扭。可是小魚多有趣！有的只有一寸多長，眼睛像珠子般溜圓。

她看得出神了。

琴珠一下子走到她跟前來了。「秀蓮」她叫著，嘴邊掛著一絲笑容，「跟他去逛逛怎麼樣？這人挺不錯，又有錢。他想見見妳，妳要什麼他都肯給。」

秀蓮猛地站起，好似挨了一刀。不知道怎麼的，她打心眼裡覺著受了委屈。她的臉紅一陣，白一陣。想說點什麼，又說不出來。她高高地昂起頭，看了看那迷人的大青山，覺得不對勁，又回過來瞅了琴珠一眼。

完了她轉身就跑。過了一會，她放慢腳步，走起來，小辮撥浪鼓似的在耳朵兩邊拍打著。她不耐煩地揪住小辮，繼續往前走，一口氣回到旅店裡。

她徑直上了床。半醒半睡地躺著，想著這件事。為什麼琴珠要她跟個男人去逛？愛，到底是怎麼回事呢？為什麼女孩子能憑這個賺錢？近來她在南溫泉，見過青年男女挨得緊緊地在鄉間散步，或者手拉手坐在草地上。挺不錯的嘛。她很羨慕他們。在她看來，那些人跟她比起來，簡直是天上地下。他們天生有這種自由。她不過是個窮賣藝的，他們是有身分的洋學生。那些男學生，不會來請她去散步，因為她跟他們不一樣，不是學生。可琴珠要她跟著去逛的那個男人，又是怎麼個人呢？

這些男人到底圖什麼呢？他一定想摸摸她，就像在重慶的那個人摸琴珠一樣。她是個下賤的人，這點她很清楚。她得明白這個，不要有非分之想。她就像把椅子，或者是一張桌子，可以買來賣去的。

她想起來，媽有時喝醉了酒就說：「妳想怎麼，就怎麼著吧，總有一天我把妳賣給個財主。」媽為什麼要賣她？是不是嫌她掙的錢太少？親爹娘就不會賣閨女。她的親爹娘在哪兒呢？方家是怎麼買的她？她小聲哭了起來。

她不想把這件事告訴寶慶。也許最好是直截了當地問問他，是不是打算賣了她。他說過好多次，要給她找個好主。找個主和賣了她，是不是一回事？她媽常說的一句話，像霓虹燈一樣在她腦子裡亮了起來：「小婊子，妳也就是那臭×值兩個錢。」嫁人也好，賣掉也好，看來都不是什麼好事。她思索了好多天。臉色也變了，光滑的前額有了皺紋。寶慶覺出來有點不對頭。可一問她，她就衝他一樂，說沒什麼。

她尋思，不能把她的苦惱告訴爸爸。他是爸爸，明白不了。她的心事只能自己知道。從今往後，她是大人了，得自己拿主意。以後不能什麼事都跟爸爸商量。她站起來，走到鏡子跟前。她長大了。她踮著腳尖站著，笑了起來。是呀，她已經不是個小姑娘了，該懂得男女之間的事了，哪怕是自己去摸索呢。

寶慶看見秀蓮變了樣，心裡很著急。他把心事告訴了老婆，她這幾天一直挺清醒，「幹嘛那麼大驚小怪」她說，「你還不知道，女大十八變嘛！」

「可也變得太厲害了，簡直是愁眉不展。」

二奶奶不想再往下說了。可他還沒完沒了。「妳得對她好著點兒，替她想想。」

「我多會兒對她不好啦？」二奶奶冒火了。

寶慶趕緊溜了。他不想吵架。二奶奶也從來不記得醉後她罵了秀蓮什麼難聽話。

有一天，二奶奶搖搖擺擺地走了進來，找寶慶說話。「你知道我怎麼想的？」她嚷道，「得給秀蓮找個男人了。她長大了，像她那樣子，再不給她找個男人，就得出事。得給她找個男人，我知道這個。我也是打做姑娘過來的。」寶慶嚇了一跳，「她還只有十五歲呀！」他說，勉強笑了一下。

「她不會學壞，還很不懂事呢。」

二奶奶的手指頭，直戳到丈夫的鼻子上。「傻瓜，要是咱們打算弄筆錢養老，就得把她賣給個財主。至少可以弄它萬把塊錢。要是你不樂意這麼辦，你就留著她賣唱。那就得給她找個漢子，要不她會惹出麻煩。」寶慶嫌她說得難聽，走了出去。

幾天以後，有人來找寶慶。高高個兒，挺體面，衣著講究。他自稱陶副官，腰裡掖了把手槍。他彬彬有禮，說是找寶慶談買賣。

他們到一家茶館裡去談。寶慶不明白這位體面人物想幹什麼，心裡直打鼓，怕是沒好事兒。陶副官喝著茶，笑了起來。「我跟你一樣是北方人」他說，「所以咱們倆就情同手足。」他笑得很和氣。寶慶要了兩碟瓜子花生，對鄉親表表心意。他們一面吃著瓜子花生，一面拉扯著家鄉的事。寶慶很納悶，不知道這位副官打的是什麼主意。

末了，陶副官臉上和氣的笑容略微收斂一點，一對大黑眼珠緊盯著寶慶。那嘴挺神氣地咧了咧。「方大老闆」他說，「我是給王司令辦事來的。」

寶慶不動聲色，一點也不顯出內心的慌亂。他眼皮也不抬，隨隨便便問了一句：「哪個王司令？有好幾位王司令呢！」陶副官有些不悅，顯然認為他的主子應該天下聞名。

「二十來年前他當過司令」他說道，「如今是這鎮上數一數二、有頭有臉的人物，就住在那邊公館裡」他的手指著山邊，「真是個好去處。有空請過來走動走動。」

「一定去請安。」

陶副官笑了。「前兩天晚上，司令聽你說書來著。」「是嗎？我沒認出來，沒給他老人家請安，真對不起。我在這兒人生地不熟，眼又拙。」

「他不講究這一套。他出門從來不講排場。越有錢，越隨便。他就是這麼個人。」陶副官把手臂肘撐在桌子上，把他那油光光的胖臉伸了過來。「方大老闆」他悄悄地說，「司令可是看上你們家秀蓮小姐了。」

寶慶呆了一呆，陶副官接著又說：「他打發我來，跟你講講條件。」

寶慶咳了一聲。副官以為他這就要漫天要價了。「他有的是錢，手頭又大方。他會好好待承您，還有她。他心眼好，這點您放心好了。」

寶慶的臉發了白，但還是勉強笑了一笑。「陶副官」他說得很輕鬆，但語氣之間，又頗有份量：「如今買賣人口是犯法的，您還不知道嗎？」

「誰說要買她來著？王司令是要娶她。他當然得好好孝敬你。房子、地、錢，都成。明媒正娶，還不行？不買，也不賣——嫁個貴人嘛。」

寶慶也不含糊，他得讓人家知道他不圖這個。他擠出一絲笑容，問道，「您剛才說他二十年前就是司令？」

「是呀，他現在才五十五歲，身體硬朗著呢。」「才比我大十五歲」寶慶語帶譏諷。

陶副官很自持地笑了一笑。「上了年紀才懂得疼人呢。你要明白，我的老鄉親。這對他們倆都有好處。」「他老人家有幾位姨太太？」寶慶問。

「也就是五個。他總是最寵那新娶的，頂年青的。」

寶慶的臉一下子漲紅了。真把他氣瘋了，好不容易才按捺住自己。他走南闖北，見過世面，學會了保持冷靜。他啜著茶，覺出來自己的手在發抖。

「老鄉親」他語氣溫和，但又不失尊嚴，「您想錯了。我跟有些賣藝的不一樣，我不做那號買賣。秀蓮賺錢養家已經好幾年了。她就跟我親生的閨女一樣。我要對得起她，對得起我自個兒的良心。我不想照尊駕的辦法辦，在她身上撈一筆錢。您是聰明人，又是我的鄉親，還有什麼不明白的。就煩您這樣回覆司令吧！」

陶副官把臉一沉，厲聲說：「可是你家裡的已經答應了。她還要了價呢！」

「真的？您什麼時候跟她商量來著？」

「昨天，我去的時候你不在家。」

「她喝醉了吧？」

「我可不能隨便說你太太的閒話。」

「她說的都是酒後胡言，不能算數。」

寶慶的態度很嚴肅。他兩眼瞧著前面，想心事想得出了神。

陶副官打斷了他：「我不管是不是酒後胡言，我到底怎麼回覆司令呢？你說？」

「我說老鄉親，容我回去先跟老伴商量商量。過一天一準回覆。」寶慶鞠了個躬，「給您叫乘滑竿？」

「不用。我自己帶著。王司令看得起我。」

寶慶拉了拉陶副官那軟綿綿的胖手。「老鄉親」他彬彬有禮地嘟囔著，忘了他本想說什麼來著。

陶副官欠了欠身，站了起來。「我明天再來，別給我找麻煩。公事公辦。」

「我明白，軍人的天職就是服從。」

陶副官壓低了嗓門：「記住，王司令可不是好惹的，小心著點。我這不是嚇唬你，咱倆到底是鄉親，我得先關照你一聲。」

「謝謝您，老鄉親，我領情。」

陶副官走了之後，寶慶又在桌邊坐下，嘀咕起來。他首先想到應該回家去，好好揍那娘們一頓。她早該挨頓揍了。不過那有什麼用？只會叫她更搗壞。他站起來，沿著小河走出鎮子。他走得很快，眼睛朝著地，兩手緊緊背在背後。發脾氣有什麼用。好男不跟女鬥。

他走了約摸半小時。最不好辦的是，王司令是這裡的一霸，勢力大。要是不把秀蓮給他，一家人都不得安生。寶慶想到這裡，不由得發了抖。他逃不出這惡霸的手心。王司令只消派個打手，他就得送了命，也顧不了家裡人了。

他又往回裡走。到了旅店門口，他已經拿定了主意。他去找大哥。窩囊廢正坐在當院，兩眼望著天。他們一塊兒走到河邊，在一棵垂楊樹下坐了下來。

十二　厭惡

窩囊廢聽著寶慶說，一言不發。寶慶一講完，他拔腿就走。

「上哪兒去，哥？」寶慶拉著哥的袖子問。窩囊廢轉臉望著他，眼神堅定而有力，嘴唇直打顫。憋了半天才說：「這是我份內的事。雞毛蒜皮的事，我不過問，大事，你辦不了，得我管。我去見王司令，教訓教訓他，他是個什麼東西。我要告訴他，現在已經是民國了，不作興買賣人口。」窩囊廢手指攥得格格作響。「哼，還自稱司令呢！司令頂個屁！」他頓了一頓，瘦削的臉紅了起來。「把秀蓮這麼個招人疼的姑娘，賣給個五十多歲的老頭子，想著都叫人噁心！」

寶慶把手放在哥的肩上。「小點聲」他說，「別讓王司令的人聽見。坐下好好商量商量。」

窩囊廢坐下了。「她掙了那麼多錢養家」他憤憤不平，「我們不能賣了她。不能，不能！」

「我沒說要這麼辦」寶慶反駁道。「我不過是把這事照實告訴您。」

窩囊廢好像沒聽見。「往下說。說吧，想說什麼就說什麼。我不能揍弟妹，可我是你大哥，能揍你。別聽老婆的，你得三思而行。」

「我要是跟她一條心，還能跟您來商量嗎？」寶慶很是憤慨。「我絕不答應。」

「這就對了。這才像我的兄弟，對我的心眼。要記住，咱們的爹媽都是好樣兒，咱們得學他們。作藝賺錢不丟人，買賣人口，可不是人幹的。」

倆人都沉默了，各想各的心事。寶慶一下子說出了他所害怕的事。「大哥」他說，「您想到沒有，就是咱們搬回重慶去，也跑不出姓王的手心。有了汽車，四十多里地算得了什麼。」

「你怎麼知道他有汽車？」

「有沒有我不知道，不過他是個軍閥。我們就是回重慶去，他也會弄些地痞流氓去跟我們搗亂。雖說有政府，也絕不會拿軍閥怎麼樣，還不是官官相護，姓王的怎麼胡作非為都成。誰來保護咱們呢。」

「那你就把秀蓮給他啦？」窩囊廢的眼珠都快蹦出來了。「哪兒能呀！」寶慶答道，「我只不過是說，咱們逃不出他的手心，也不能得罪他。這件事呀，得好來好了。」「這麼個人，怎麼好了法？」

「我想這麼著。我去給他請安。帶上秀蓮，去給他磕頭。他要是個聰明人，就該放明白點，安撫兩句，高抬貴手，放了我們。要是他翻了臉，我也翻臉。他要是硬來，我就拚了。怎麼樣，大哥？」

窩囊廢搔了搔腦袋。寶慶去跟人動手，是要比他跟人動手強，可他對兄弟的辦法不大信服。「跟我說說」他帶著懷疑的口氣問，「你要去磕頭，找個什麼原由呢。」「俗話說，先禮後兵。賣藝的壓根兒就得跟人伸手。沒有別的路，給人磕頭也算不了丟人。幹我們這一行的，還能不給菩薩，不給周莊王磕頭？給個軍閥磕頭，不也一樣？」他笑著，想起了從前。「那回在青島，督軍的姨太太看上我，叫我到她自己那住處去唱書。我要真去了，就得送命。怎麼辦？我衝她打發來的副官磕了個頭。他很過意不去，認真聽我說。我告訴他，我是個窮小子，全家都指著我養活，一天不賺錢，全家都挨餓，不能跟他去。他信了我，還挺感動，就放了我。只要磕頭能解決問題，我並不嫌丟人。也許能碰上好運氣。要是磕頭不管用，我也能動手。豁出去跟他們幹。」「幹嘛不一個人去？幹嘛要帶秀蓮？」

「我帶她去給他們看看，她還是個孩子，沒有成人——太小了，當不了姨太太。」

「老頭子還就是喜歡年幼無知的女孩子。見過世面的女人難纏。」

對這，寶慶沒答碴兒。

「我跟你一塊兒去。」窩囊廢說，不很起勁。

「不用。您就好好待在家裡，照看一下您弟妹。」「照看她？」

「她得有人照看，大哥！」

第二天一早，秀蓮和寶慶跟著陶副官上了王公館。窩囊廢就過來照看弟妹。「好哇」他一本正經用挖苦的口氣吵開了，「妳叫這不懂事的孩子出來賣藝還不夠，又要她賣身。妳的良心上哪兒去了，還有心肝嗎？」

二奶奶未開言先要喝上一口。窩囊廢見她伸手去夠酒瓶，就搶先了一步。他把瓶子朝地上一摔，瓶子碎成了片片。二奶奶嚇了一大跳。她楞在那兒，瞪大了眼睛瞅著窩囊廢。

想說什麼，又說不出來。她定了定神，說：「我親手把她養大，就和我親生的一樣。她是沒的說的。不過我明白，賣唱的姑娘，得早點把她出手，好讓咱弄一筆錢，她有了主兒也就稱心了。該給她找個男人了。要是這麼著——對大夥都好。您說我錯了，好吧，——那從今往後，我就撒手不管。我不跟她沾邊，井水不犯河水。」

她那鬆弛的胖手指，哆哆嗦嗦地指著窩囊廢。

「您要後悔的。您跟您兄弟都把她慣壞了。她要不捅出漏子來，把我眼珠子摳出來。我見過世面。她命中注定，要賣藝，還要賣身。她骨頭縫兒裡都下賤。您覺著我沒心肝。好吧。我告訴您，我的心跟您的心一樣，也是肉長的，不過我的眼睛比您的尖。我知道她逃不過命——所有賣唱的姑娘都一樣。我把話說在前頭。從今往後，我一聲不吭。」窩囊廢勸開了：「耐著性子，咱們能調教她。」他說，「她學唱書來得個快。別的事也一樣能學會。」

「命中注定，誰也跑不了」二奶奶楞楞磕磕地說。「您看她怎麼走道兒——屁股一扭一扭的，給男人看呢。也許不是成心，可就這麼副德性——天生是幹這一行的。」「那是因為賣慣了藝，她從小學的就是這個，不是成心的。我準知道。」

二奶奶笑了。「喝一盅」她端起杯子：「借酒澆愁。今朝有酒今朝醉，管別人的事幹什麼。」她是跟自個兒嘟囔呢，窩囊廢已經走了。

寶慶、秀蓮和陶副官上了路，坐著王司令派來的滑竿。秀蓮一路想著心事。她覺出來情形不妙，可是對於眼前的危險，卻又不很清楚。她知道這一去凶多吉少，心中害怕，如同遇見空襲。聽見炸彈呼嘯，卻不知道它要往哪兒落；看見死人，卻不明白他們是怎麼死的。懸著一顆心，乏，非常地乏。她全身無力，覺得自己像粒風乾豆子那樣乾癟。她不時伸伸腿，覺著自己已經長大成人了。她心裡一直想著，有人要她去當小老婆。小老婆……

那就是成年的女人了。

也許那並不像人家說的那麼壞？不，她馬上又否定了這種想法。當人家的小老婆，總是件下賤事。當個老頭子的玩藝兒，多丟人！實在說起來，她不過是幾個小老婆中的一個罷了。她還很幼小，卻得陪個五十多歲的老頭子睡覺！她是那麼弱小，他一定很粗蠢，一定會欺負她。她覺得他的手已經在她身上到處亂摸，他的粗硬的絡腮鬍子刺透了她的肌肉。

她越往下想，越害怕。真要這樣，還不如死了好。

前面是無邊的森林，高高的大樹緊挨在一起，擋住了遠處的一切。王公館到了，她會像隻雞似的在這兒給賣掉。那個長著色迷迷眼睛，滿臉粗硬鬍鬚的糟老頭子，就住在這兒。要能像個小鳥似的振翅飛掉該多好！她一點辦法也沒有。眼裡沒有淚，心裡卻在哭。

滑竿慢下來了，她寧願快點走。躲不過，就快點挨過去！她使勁憋住了眼淚，不想讓爸爸看見她哭。

寶慶已經囑咐過，她該怎麼打扮，——得像個小女孩子。她穿了一件素淨的舊藍布褂了，舊緞鞋、小辮上沒有緞帶，只紮著根藍色的絨線。臉上沒有脂粉。她掏出小皮夾裡的鏡子，看了看自己。她的嘴唇很薄，緊繃著，她看起來長相平常，貌不出眾。男人要她幹嘛？她又小，又平常。還是媽說得對。「只有你那臭×值倆錢。」想起這句話，她臉紅了，把小鏡子猛的扔回小皮包裡。

滑竿一下子停住了。他們來到一座大公館前面的空地上。秀蓮很快下了滑竿。她站在那裡，看著天上。一隻小鳥在什麼地方叫著，樹，綠得真可愛。清涼的空氣，撫弄著她的臉。一切都很美，而她卻要開始一場可怕的惡夢，賣給個糟老頭子。

她看了看爸爸發白的臉。他變了模樣。她覺出來他十分緊張，也注意到他那兩道濃眉已經高高地豎起。這就是說，爸要跟人幹仗了。只要爸爸的眉毛這樣直直地豎起，她就知道，他準備去爭取勝利。她高興了一點。

他們穿過一座大花園，打假山腳下走過，假山頂上有個小亭子。草地修剪得挺整齊，還有大排大排的花卉。蝴蝶在花壇上飛舞。花壇上，有的是高高的大紅花，有的是密密的一色雪白的花。在溫暖的風裡，迎面撲來花草的濃香。她愛花，但這些花她不愛看。花和蹂躪怎麼也摻和不到一塊兒。走到最美的花壇前，她連心都停止跳動了。花兒們都在笑話她，特別是紅花，它們使她想起了血。她往爸身邊靠了靠，求他保護。她的拳頭，緊緊地攥成個小白球，手指頭繃得硬梆梆的，好像隨時都會折斷。

陶副官把他們帶到一間布置得十分華麗的客廳裡。他倆都沒坐下，實在太緊張了。寶慶臉上掛著一副呆板的笑容，眉毛直豎，腮幫子上一條肌肉不住地抽搐，身子挺得筆直、僵硬。秀蓮站在他身邊，垂著頭，上牙咬著發抖的下嘴唇。

時間真難挨，好像他們得沒完沒了地這樣等下去。寶慶想搔搔腦袋，又不能，怕正巧碰著軍閥老爺進來，顯得狼狽。他心裡默默念叨著，把要講的話又重複了一遍。他打算等王司令一進門就跪下，陳述一切。他要說的話，已經記得爛熟。外面一陣熱鬧，有衣服的沙沙聲。秀蓮低低地叫了一聲，又往爸爸身邊靠了靠。

「噓」他提醒她，「別害怕。」他臉上的肌肉抽搐得更快了。

陶副官進來了。跟他一起來的，不是盛氣凌人的王司令，倒是一位身穿黑綢衫的老太太。陶副官攙扶著她。她手裡拿著個水煙袋。寶慶一眼就看清了她乾癟的臉，闊大的嘴巴和扁平的腦袋。一望而知她是四川人。

陶副官只簡單說了句：「這是司令太太——這是方老闆。」寶慶一時不知如何是好。

他本以為會出來個男的，卻來了個女的。他早就想好了的話，一下子忘個一乾二淨。司令太太仔仔細細把秀蓮打量了一番。她吹著了紙捻，呼嚕呼嚕的吸她的水煙。

怎麼辦呢？寶慶一點主意也沒有了。他不能給個女人磕頭。她地位再高，哪怕是為了救秀蓮呢，也不成。他忽然想出了一個主意。他拉了拉秀蓮的袖子。她懂他的暗示，慢慢地在老太太面前跪下來，磕了個頭。

司令太太又呼嚕呼嚕地吸了三袋水煙，三次把煙灰吹到秀蓮面前的地上。秀蓮還低著頭。她透過汪汪的淚水，看見了地上的煙灰。

寶慶呆呆地看著，心裡很犯愁。怎麼開口呢？他看著老太太用手撫摸著水煙袋。正在這時，秀蓮抽噎了起來。

司令太太冷冷地看著寶慶，一對小黑眼直往寶慶的眼裡鑽。「啥子名堂？」她用四川話問，「朗個？」

寶慶說不上來。陶副官慢悠悠地搖晃著腦袋，臉上一副厭惡的神情。

「我說話，為什麼沒有人答應呀？」司令太太說，「我說，朗個搞起的，我再說一遍，朗個這麼小的女娃子也想來當小老婆？跟我說呀！」她衝寶慶皺起眉頭，他的臉一下子變得通紅。

寶慶到底開了口：「是王司令他要……」

她尖起嗓門打斷了他的話：「王司令要啥子？」她停了一下，噘起嘴，響鞭似地叫了起來：「妳要不勾引他，司令看都不會看妳一眼。」

秀蓮一下子蹦了起來。她滿臉是淚，衝著老太婆，尖聲喊了起來：「勾引他？我從來不幹這種事！」

「秀蓮」寶慶機敏地訓斥她：「要有禮貌。」

奇怪的是，司令太太倒哈哈笑了起來。「王司令是個好人。」她衝陶副官望去，「好吧，副官。」副官咧開嘴笑了笑。「我們是清白人家，太太。」寶慶客客氣氣地加上了一句。

司令太太正瞪著水煙袋出神呢。她打陶副官手裡接過一根火紙捻，又呼嚕呼嚕地抽起來。她對寶慶說：「說得好！是嘛，你不自輕自賤，人家就不能看輕你。」完了她又高聲說：「陶副官，送他們回去。」一袋煙又抽完了，她吹了一下紙捻，又吸開了水煙。

一時，她好像忘了他們。寶慶不知所措了。這個老太婆倒還有些心肝。她是個明白人。不簡單，顯然她是要放他們了。

陶副官開了口，「司令太太，他們要謝謝您。」司令太太沒答碴兒，只拿燃著的紙捻兒在空中畫了個圈兒——這就是要他們走，她不要人道謝。

寶慶一躬到地，秀蓮也深深一鞠躬。

於是他們又走了出來，到了花園裡。這一回，他們像是進了神仙洞府。真自在。花兒從來沒有現在這麼可愛，簡直像過節般五彩繽紛。秀蓮樂得直想唱，想跳。一隻小黃蝴蝶撲著翅膀打她臉旁飛過，她高興得叫了起來。

陶副官也笑了。走到大門口，寶慶問：「鄉親，到底怎麼回事？我一點也不明白。」

陶副官咧著嘴笑了。「司令每回娶小，都得司令太太恩準。她沒法攔住他搞女人，不過得要她挑個稱心的。她壓根兒就不樂意他娶大姑娘，特別是會搶她位子的人。她精著呢。她明白自己老了，陪男人睡覺不行了，不過這一家之主嘛，還得當。」他噗哧地笑了起來。「你閨女跳起來跟她爭，她看出來了。司令太太不喜歡家裡有個有主意的女孩子。

這下子你們兩位可以好好回家去，不用再犯愁了。不過，你要是能再孝敬孝敬司令，討討他的喜歡，那就更好了。」「孝敬他什麼好呢？」

陶副官拇指和食指成了個圈形。「一點小意思。」「多少？」寶慶要刨根問底。

「越多越好。少點也行。」副官又用拇指和食指圈了個圈。「司令見了這個，就忘了女人。」

寶慶向陶副官道了謝。「您到鎮上來的時候，務請屈駕舍下喝杯茶」他說，「您幫了我這個忙，我一定要報答您的恩情。」

陶副官高興了，他鞠了個躬，然後熱烈地握住寶慶的手：「一定遵命，鄉親，兄弟理當效勞。」

秀蓮滿心歡喜地瞧著可愛的風景。密密的樹林、稻田和水牛，組成了一幅引人入勝的圖畫。周圍是一片綠，一切都可心，她自由了。

她也向副官道了謝，臉上容光煥發，一副熱誠稚氣的笑容。她和爸慢慢地走下山，走出大樹林子。寶慶嘆了口氣。

「現在他不買妳了，我們就得買他。得給他送禮。」「錢來得不易」秀蓮說，「他並沒給咱們什麼好處，給他錢幹嘛？」

「還就得這麼辦。要是咱們不去買他的喜歡，他沒得到妳，就該跟咱們過不去了。只要拿得出來，咱們就給他。事情解決了，我挺高興。我沒想到會這麼順當。」他把手搭在她的肩膀上。「妳幹得好。我知道給那個老婆子下跪委屈妳。她說什麼來著？『你不自輕自賤，人家就不能看輕你』。這話倒說得不錯，記住這話，這也是至理名言。」

秀蓮想著心事，半天沒接碴兒。完了她說：「爸，甭替我操心。跪一跪也沒什麼。這一來，我倒覺著自己已經長大了。我現在長得快著呢，我能為了自個兒跟人鬥。您知道嗎，要是那個老頭子真把我弄去當他的小老婆，我就咬下他的耳朵來。我真能那麼辦。」

寶慶嚇了一跳。「別那麼任性，丫頭，別那麼衝！」他規勸道，「生活不易呀，處處都是危險。記住這話：你不自輕自賤，人家就不能看輕你。這句話可以編進大鼓詞兒裡去。」他們坐上了跟在他們後頭的滑竿。剛往山下走了一半，迎面來了窩囊廢，他正等著他們。他們又下了滑竿，一邊走，一邊原原本本地講給他聽。

等寶慶說完，窩囊廢在路當間站住了。「小蓮」他叫起來，「站住，讓我好好看看妳。」秀蓮順著他，心想大伯該不是瘋了吧。他瞅了她好半天，撫愛地上上下下打量她。

末了帶著笑說。「小蓮，妳說對了。妳看起來還是個孩子，不過也確實長大成人了。就得像今天這樣，就得有股子倔勁兒。這樣妳就永遠不會走下坡路；雖說妳只不過是個唱大鼓的。」秀蓮平白無故地又想哭了。

十三　藝術

唐家這回總算是稱了心，因為方家為了秀蓮鬧得很不順遂。真不懂為什麼寶慶不肯賣了秀蓮。這個人真瘋了！想想吧，為了留住個姑娘，還捨得往外掏錢。「真是個傻瓜！」

四奶奶扯著嗓門說。

寶慶忙不迭打點著要給王司令送錢去。他是個說話算話的人，晚了，又怕要招禍。難辦的是他沒有現錢。他跟家裡的商量，想賣掉她兩件首飾，她馬上嚷了起來：「放屁！我管不著！你還不知道嗎，我跟你大哥說過了，秀蓮是秀蓮，我是我。往後再不跟她沾邊。

為了她還想把我的首飾拿去？嘿！嘿嘿！」

寶慶勉強陪著笑。「不過——妳，……，唔，妳真不開竅。」「我不開竅！」二奶奶一派瞧不起人的勁頭。「你開竅？別人都指著姑娘賺錢，你倒好，木頭腦袋，為了這麼個賤貨還倒貼。當然啦，你要是真開了竅，就不會擔心我不開竅了。」

「我是說，妳還不明白如今的情形……，眼面前就有危險。」

「我明白也好，不明白也好。反正，一個子兒也不能給你。」

寶慶要秀蓮拿出點東西來。她有幾件首飾。她打開首飾盒子，雙手捧出來給他。一見她眼淚汪汪，他的心慚愧得發疼。「為了幾件首飾，值不得哭，好孩子」他說，「等再有了好日子，我給妳買更好的。」

寶慶存了幾個錢，可是非到萬不得已，他不肯動那筆款。他按期存，一回也不脫空，要是一時存不上，那簡直是要他的命。此外，他還有他的想法。他覺著，既是一家人，就得有福同享，有禍同當。秀蓮已經大了，她尤其應該學著對付生意上的事。

末末了，錢弄到手，托靠得住的人給送了去。自打那會兒起，方家就分成了三派。

二奶奶自成一派。秀蓮和窩囊廢是一派，跟家裡其餘的人別著勁兒。寶慶和大鳳採取中立態度。

寶慶想息事寧人。有一天，他去找秀蓮，要她向媽媽服個軟兒，「這樣全家就又能和睦起來了」他滿懷希望地說。

秀蓮同意地點了點頭。等到媽媽酒醒了，她走到媽的身邊，跪下，摸了摸媽的手，像個不懂事的孩子似的對媽笑著。「媽」她懇求說：「別老拿我當外人。我是個沒爹沒娘的孩子，您就是我的媽。您是我的親媽媽。幹嘛不疼疼我呢？」

二奶奶沒答碴兒。她像座泥菩薩似的坐著，兩眼筆直地望著前面。顯然她下了決心，一句也不聽。這一回，秀蓮低聲下氣哀告了半天，又是毫無結果。好吧，這也就是最後一回了。她閉上眼，低下了頭。

一股怒氣打她心底升起。她抬起頭來，對著那張蒼白的臉，猛孤丁地嚇了一跳。二奶奶在哭，淚珠兒打她眼角裡簌簌往下落。她低下了頭，好像不願意讓秀蓮看見她正在哭。

秀蓮站起來，想走。二奶奶叫住她，低下頭，很溫和地說起來：「我不是不疼妳，孩子。妳別以為——別以為我想把妳攆出去。壓根兒不是那麼回事，不是的。不過我可憐的兒呀，妳逃不了妳的命。俗話說，既在江湖內，都是苦命人。命裡注定的，逃不了。既是這麼著，我也就是盼著妳找個好人家，吃香喝辣的，我們兩個老的，受了一輩子窮，也能撈上倆錢。妳總不會讓你爸爸和我賠本，是不是。我們在你身上花了那麼多錢。」她抬起眼睛，定定地望著秀蓮。

姑娘站在那兒，居高臨下地望著她，兩個小拳頭緊攥著抵在腰間。她一下子想起了王司令太太的話。她嘴唇發白，說：「也許我命中注定了要受罪，不過我要是不自輕自賤，就不一定非得去當別人的小老婆。」

二奶奶剛把眼淚擦乾，就又拿起瓶子來喝了一口。

把心裡話跟媽說了，秀蓮覺得好受了一點。媽並沒對她軟下心腸來，這叫她很失望。

她需要母愛。

當天晚上，她下了決心。要是光憑說話還打動不了媽媽，行動總該可以了。得讓家裡人看看，她已經是個大人了。可是怎麼辦好呢？她忽然有了主意。她爬下床，走到櫃子邊，拿出了她的郵票本。她含著淚，久久地望著它，一狠心，把它扔進了垃圾堆。一個嚴肅、想做一番事業的姑娘，不能浪費時間去玩郵票。怎麼開始新的生活呢？她一點也想不出來。她整夜在床上翻騰，睡不著。她幾次想走出去，把寶貝郵票本撿回來，但她始終沒這麼辦。

一個抗日團體，給寶慶來了信，要求他的團隊為抗戰做點事情。重慶本地人有些糊塗想法，怪難民帶來了戰爭。應當動員全國人民團結抗戰，鼓舞起重慶人的鬥志，讓他們知道，他們跟「下江人」是同呼吸、共命運的。

寶慶接到來信，心情十分震動。當琴珠問起他們肯出多少錢時，他大吃一驚。他知道人家連車馬費都不會給的。琴珠一聽，搖了搖頭，做了個怪臉。唐四爺兩口子直搖頭：「不幹。」

「我來付琴珠的車馬費」寶慶沒轍了，只好這麼說。唐家笑得前仰後合，覺著這實在太滑稽了。四奶奶笑了半天才憋出話來：「您錢多，寶慶，好哥們，您有錢。我們窮人得賺錢吃飯。一回白幹，他們下回還得來。不過您……您有錢，您為了閨女寧肯往外掏錢，也不肯賣了她。您有那麼多的錢，真福氣。」

寶慶讓他們笑去。回到旅館，他把事情告訴了秀蓮。「我幹」她說，「我樂意做點有意義的事。」

問題來了。唱什麼好呢？就是那些有愛國內容的鼓詞，也太老了，不合現代觀眾的胃口。寶慶順口哼了一兩段，都不合適，不行。秀蓮也有同感。她近來唱的盡是些談情說愛的詞兒。她試了試那些忠君報國的，很不是味。談情說愛的呢，又不能拿來做宣傳。

寶慶開始排練。他先唸上一句鼓詞，然後用一隻手在琴上彈幾下，和著唱唱。有些字實在唸不上來，就連蒙帶唬，找個合轍押韻的詞補上。每找到一個合適的詞兒，就直樂：「嗬！有了！」

在屋子旮旯裡睡著了的窩囊廢，讓寶慶給吵醒了。他從床上坐起，揉著眼，瞅著兄弟的禿腦門在閃閃的油燈下發亮。「幹嘛不睡呀，兄弟？」他挺不滿意，「夠熱的了，還點燈！」

寶慶說，他正在思索《抗金兵》那段書，準備表一表梁紅玉擂鼓戰金兵的故事，鼓動大家抗日的心勁。窩囊廢又躺下了。「我還以為你打蚊子呢，劈里啪啦的。」寶慶還在撥琴，心裡思索著詞兒，主意一來，就樂得直咧嘴。「秀蓮唱什麼呢？」窩囊廢問。

「還沒想好呢」寶慶答道，「不好辦。」

窩囊廢又坐了起來。他清了清嗓子，很嚴肅地說，「你們倆為難的是不識幾個字。她要是能識文斷字，找段為國捐軀的鼓詞唱唱，還有什麼犯難的。」他下了床，「來，我來唸給你聽。你知道我有學問。」

寶慶奇怪了，看著他。「您認那倆字也不比我多呀！」窩囊廢受了委屈。「怎麼不比你多？用得著的字我都認識。好好聽著，我來唸。」

兄弟倆哼起鼓詞來了。窩囊廢唸一句，寶慶唸一句，哥兒倆都很高興。很快就練熟了一個段子。窗紙發白的時候，窩囊廢主張睡覺，寶慶同意了，可是他睡不著。他又想起了一件揪心的事。琴珠要是不幹，那小劉也就不會來彈弦子了。「大哥」他問：「您給彈彈弦子怎麼樣？」

「我？」窩囊廢應著，「我——圖什麼呢？」

「為了愛國，也給自個兒增光」寶慶說得很快，「咱們的名字會用大黑體字登在報上。明白嗎？會管咱們叫『先生』。秀蓮小姐，方寶慶先生。您準保喜歡。」

沒人答碴，只聽得一陣鼾聲。

第二天上午，十一點，寶慶醒來一看，那把一向放在屋角裡的三弦不見了。他跳下了床。怎麼，丟了！沒了這個寶貝，可就算玩完了。他用手揉著禿腦門，難過地叫起來。倒楣，真倒楣。寶貝三弦呀，丟了！他一抬頭，看見窩囊廢的床空了——他笑了起來。

他急忙出了旅館，往小河邊跑。他知道窩囊廢喜歡坐在水邊。他一下子就找到了窩囊廢。他坐在一塊黑色的大石頭上，正撥拉著琴弦。這麼說，窩囊廢是樂意給彈弦子了。他如釋重負地笑了起來，走回旅館去吃早飯。問題都迎刃而解了，有了彈弦子的，就不是非小劉不可了。

寶慶和秀蓮加入了一個抗日團體，這個團體正準備上演一出三幕話劇。幕間休息的時候，要方家在幕前演出。寶慶很激動，也很得意。

重慶來的公共汽車司機，捎來了報紙。他看著劇目廣告，得意的心直跳。他、他哥哥和秀蓮的名字都在上面。用的是黑體大字，先生、小姐的尊稱。他像個小學生一樣，大喊大叫地把報紙拿給全家看。窩囊廢和秀蓮都很高興。二奶奶說話還是那麼尖酸。「叫你先生又怎麼樣？」她挖苦地說，「還不是得自個兒掏車馬費。」

彩排那天，他們早早地就起來了，穿上最好的衣服。秀蓮穿的是一件淺綠的新綢旗袍，皮鞋。小辮上紮的是白緞帶。吃完早飯，她練習走道不扭屁股。要跟道地的演員同臺演戲，得莊嚴點。走道要兩手下垂，背挺得筆直，這可不是件容易的事兒。

窩囊廢刮了鬍子。他難得刮鬍子，這回不但刮了，而且刮得非常認真仔細，一根鬍子也沒漏網。末了，他把鬢角和腦後的頭髮也修了修。他穿了件深藍的大褂，正好跟兄弟的灰大褂相配。為了顯得俐落，他用長長的寬黑綢帶把褲腳紮了起來。

中午時分，他們進了城。寶慶打算好好請大哥吃上一頓，報答大哥成全他的一番美意。但轟炸後的重慶那麼荒涼，劫後餘燼的景象，倒了他們的胃口。有些燒毀的房子已經重建起來了。有些還是黑糊糊的一堆破爛，有的孤零零地只剩了一堵牆，人們用茅草靠著這堵牆搭起了小棚棚，繼續於他們的營生。滿眼令人心酸的戰爭創傷，一堆堆發黑的斷磚殘瓦。寶慶覺著眼前是一具巨大的屍體，瘡痍密布。他一個勁地打顫。還是先吃點東西好，給身子和心靈都補充點營養。他們來到一家飯館，飽餐一頓，然後上戲院去會同行——道地的演員，多一半是年青人。一見方家兄弟，大家都迎了上來。所有的青年男女，都管寶慶叫「先生」，他非常得意。這跟唱堂會太不一樣了，人家那是把他們當下人使喚。

一開幕，劇團團長就請寶慶哥兒倆坐在臺側看戲。寶慶從沒看過文明戲。他以為既是話劇嘛，必是一個個演員輪流走上臺，一人說一通莫名其妙的話。誰知根本不是那麼回事。演員們說話，就跟在家裡或在茶館裡一樣。寶慶瞧出來演員訓練有素，劇本的技巧也叫人嘆服。真了不起，真帶勁兒！他直挺挺地坐著，幾乎連呼吸也忘了。沒有華麗的戲裝，沒有震耳欲聾的鑼鼓聲，就是平常人演平常人。他悄悄對大哥說，「這才是真正的藝術。」窩囊廢點點頭，「就是，真正的藝術。」

秀蓮簡直入了迷。這跟她自己的表演完全不同。她習慣於唱書，從來沒想到能這樣來表現情節。雖說是做戲，這可也是生活，她覺出來劇情感染了觀眾。她要也能這樣該多好。幕落了。一個挺體面的小夥子走過來，鞠了一躬，「方小姐，該您的了。」他面帶笑容，放低了聲音。「不用忙。我們的道具又老又沉，換一次景且得等半天呢。」

窩囊廢鄭重其事地走上臺，秀蓮跟在後面。幕前擺好一張桌子，一把椅子，還支著一面鼓。窩囊廢挺有氣派地站住，面向觀眾。一本正經地慢慢捲起袖子，搔了搔腦袋，彈了起來。

觀眾嗡嗡地說起話來。窩囊廢猶豫了一下，接著還往下彈。他不了解劇院觀眾，不知道他們在幕間休息的時候，喜歡鬆一口氣。觀眾沒見過唱大鼓的，也不注意換景時幕前有些什麼。見一個男人和一位姑娘走上臺來，他們楞了一剎那，瞧了兩眼。姑娘是個小個兒，臉上幾乎沒化裝。說實在的，在那麼強的燈光下，根本就看不出她的五官。不過是綠綢旗袍頂上一輪小小的圓月亮罷了。

前排有兩三個人站起來，走進休息室。有人在招呼賣花生的，有人談論劇情，或傳播打仗的消息。都認為這個劇挺不錯。可是，它的意義到底在哪裡呢？有些人大聲議論了起來。

窩囊廢閉上了眼，受這樣的氣！這些人真野蠻！他住手不彈了。秀蓮還在唱。她今天是秀蓮小姐。她來是為了唱書，那麼她就得唱下去。她不能在這麼些個生人面前栽跟頭。

她繼續唱，嗡嗡聲越來越大。她當機立斷，掐掉了一兩段，把鼓槌子放下，向沒有禮貌的觀眾鞠了個躬，走下了臺。走到臺側，她掉了淚。

寶慶想安慰她，她哭得更厲害了，肩膀一抽一抽的。過來了幾個年青的女演員。「別難過，秀蓮小姐」她們說，「您唱得好極了。這些人不懂行。」一個長著甜甜臉兒的姑娘，用手臂摟著秀蓮，替她擦乾了眼淚。「我們都是演戲的，小東西」她耳語說，「我們懂。」秀蓮又快活了起來。

窩囊廢站在臺側，臉氣得通紅。「我回家去，兄弟」他說著，放下了三弦。寶慶拉住他的手臂。「別那麼說」他挺了挺胸膛。「我還沒唱呢。」

幾個年青漂亮的女演員聽見窩囊廢的話，趕緊走過來。她們攥他的手，拍他的肩。「別，先生，別走。」窩囊廢坐了下來。他的氣消了。因為得意，紅了臉。他如今也是個「先生」，是個真正的藝術家了。

第二幕完了以後，方家兄弟像上戰場的戰士，肩並肩走上了臺。觀眾還在嗡嗡地講話，寶慶站住，照例笑了一笑。沒什麼反應。他跺跺腳，晃了晃油亮亮的腦袋。停了一小會，等擠滿人的劇場稍稍安靜一點，寶慶拿起了鼓槌子。雖說臉上還掛著笑，他可是咬著嘴唇呢。

寶慶高高舉起鼓槌子，咚咚地敲了起來。七、八句唱下來，他看出聽眾有了點興趣。

他歇了口氣，清了清嗓子。得把嗓門溜開，讓場裡每個角落都聽得清清楚楚，得讓人人都明白他唱的是什麼。寶慶又等了一會，等到全場鴉雀無聲，才又唱起來，聲音高亢，表情細膩。吐字行腔，精雕細琢，讓聽眾仔細玩味他唱的每一句書。梁紅玉以一弱女子，不懼強敵，不畏艱險，在長江之上，迎著洶湧波濤，擂鼓助戰。說書人憑一面鼓，一張琴，演得出神入化。只聽得風蕭蕭，水滔滔，隆隆鼓聲震撼著將士們的愛國心弦，霎時間，萬馬奔騰，殺聲震天，大鼓書緊緊抓住了聽眾的心，三幕話劇早置諸腦後。

三弦的最後餘音也消失了。場裡一片肅穆，氣氛興奮又緊張。聽眾屏息凝神，像中了魔，末了，突然爆發出掌聲。寶慶跟道地的名角一樣，大大方方地抓住窩囊廢的手，舉了起來。他鞠了一躬，窩囊廢也挺不自然地鞠了一躬。聽眾一片叫好聲。寶慶莊重地拿起三弦，走下了臺——這是對他大哥，優秀琴師的一番敬意。

在後臺，全體演員圍住了寶慶和窩囊廢。拍他們的背，跟他們拉手。年青的知識分子熱情洋溢，寶慶激動得說不出話。吵吵嚷嚷的年青人圍了上來，他立著，眼淚順著腮幫子往下流。

散戲後，一個瘦高個兒走了過來。他看著像具骷髏。根根骨頭都清晰可見，兩頰深陷。又長又尖的下巴頦垂在凹進去的胸口。兩鬢之上的腦袋瓜也抽巴了，像是用繩子緊緊勒住似的。寶慶從沒見過這麼古怪的樣子。窄腦門底下，一對大眼睛卻炯炯有光，極富魅力。這對眼睛燃著動人的熱情，緊盯著寶慶。這個怪人的全副精力，彷佛都用來點燃他眼睛裡的那點火焰了。

「方先生」他說，「我陪您走幾步，行嗎？我有點重要的事想跟您商量商量。」他語氣謙和，遲疑，好像擔心寶慶會不答應。

「遵命」寶慶笑著回答，「承您抬愛。」只見這人穿著一身破西裝，沒打領帶。領口敞開的襯衫底下，露出了瘦骨棱棱的胸膛。

「我叫孟良」這人說，「就是您剛才看過的這齣戲的作者。」

寶慶恭恭敬敬地鞠了一躬，「孟先生，我來介紹一下，這是我大哥方寶森，這是我女兒秀蓮，您的戲可真了不起。」作家笑了起來。「老婆總是人家的好。」他老老實實地說，「文章是自己的好。我寫的不能算壞，不過寫劇本是件頭痛的事。一般人都不了解寫劇本有多困難。反反覆覆排練，甭提多煩人，要對觀眾的胃口，也是件絞腦汁的事。當然羅，劇本是有效的宣傳工具。不過現在是抗戰期間，窮得要命，要像模像樣地演上一齣戲，拿不出錢來。您是知道的。場子要出錢，租金又那麼高。我們演戲給這兒的人看，激發他們的愛國心，可是怎麼深入農村？那兒沒戲園子。就是有，布景道具也搬不去。」

他搖晃著瘦削的臉。

「唔，唔，話劇侷限性很大，不過您唱的大鼓書，倒真是個好門道，搞起宣傳來再好不過。我真佩服。您憑一副嗓子，一個琴師和一段好鼓詞，就能幹起來。您可以在江邊串茶館，愛上哪兒就上哪兒。您演的是獨角戲，但唱出的是千百萬人的聲音。您把觀眾吸引住了，記得嗎？大家一動也不動，都動了心。」他那皮包骨的手指指著寶慶，「朋友，國家需要您。您的藝術效果最大，花錢最少。明白我的意思嗎？」

孟先生一下子把話打住了。他站下來，看著寶慶，手插在西裝口袋裡。

寶慶笑了又笑，心裡高興極了。不是替自己，是替他的大鼓書高興，也是因為這麼個有學問的人，也承認它的重要。「您明白我的意思嗎？」劇作家接著往下說，又走了起來。「您得有新的鼓詞。您得有適合抗戰的現代題材。您和您的閨女都需要新題材。」他看著秀蓮：「秀蓮小姐，您一定得學習新題材。剛才聽眾對您唱的書不感興趣，您傷心得哭了。別難過，唱人民需要的東西，他們就會像歡迎您爸爸那樣歡迎您。」

「上哪兒去找新詞呢？」寶慶問。

孟先生笑了。用那棱棱瘦指對著自己的胸口。「這兒，這兒，到我心裡去找。我來給您寫。」

「您來寫？」寶慶重複著他的話，「哦，孟先生，真是不勝榮幸之至。那麼一言為定，打今兒起，您就是我們的老師了。」孟先生擺擺手，像是不讓他們過分熱心。「別著忙呀，朋友，別著忙。您還得先當我的老師呢，完了，我才能當您的老師。您得先教我一些老的鼓詞，讓我學會這門藝術。我想學學大鼓書的唱腔和韻律，學著把唱腔配上詞兒。

我們得互教互學。」

寶慶有點懷疑，他能教這位劇作家些什麼呢？不過他還是同意了。他指著窩囊廢。

「我哥能幫您的忙，孟先生，他又會做，又會唱。」

孟先生高興得容光煥發。「就這麼定了。我要到南溫泉來寫新劇本。得空我就來，學學唱大鼓，學學寫大鼓詞。為了報答您教我學藝的一片心，我樂意教您的閨女讀書寫字。

現代婦女嘛，文化總是有用的。」

寶慶抬頭望天，心裡有說不出的高興。終於得到了賞識！這真是大鼓藝術的勝利。他從來沒想到，未來是那麼光明，以往是那麼有成績。

「大伯，爸！」秀蓮叫了起來，「我就要當女學生了，我要下苦功跟孟先生學。我一定說到做到。」

十四　荒唐

二奶奶從來沒聽說過這麼荒唐的事，什麼，秀蓮也要唸書？！她對年輕的姑娘，自有她的看法：姑娘大了，不唸書就會學壞；要是唸了書呢，那就壞得更快，丟人現眼更厲害。「大姑娘家，早晚得嫁人，用不著唸書認字。」她大聲叫嚷，「知道的事多了，天知道她會幹出什麼事來。」

無論她怎麼說，孟良都不當回事。他拿定主意，要到南溫泉來教秀蓮讀書。他身子骨雖然單薄，可意志堅強。他要是下定了決心，哪怕是座大山呢，也得鑽它仨窟窿。

秀蓮急不可待，恨不得馬上開始讀書。上次在劇院，聽眾不聽她的，好叫她傷心。她挺機靈，知道要應付這種場合，她還缺乏經驗。她非常崇拜那些年輕的女演員。她們那麼自由自在，多叫人羨慕！她想，那些女演員一定都是些女學生。她自己雖說是個賣藝的，可要是有了文化，地位就不會像今天這樣低賤。她決心好好跟著孟先生學。這輩子恐怕是不會有上學的機會了，不過要是她能讀會寫，和女學生也就差不多了。她能抽出時間來學習。

寶慶和大哥見秀蓮有了讀書的機會，都很高興。他們知道她有天份。要是再受點教育，她的天份就能更好地發揮出來。

二奶奶說什麼也想不通。她很擔心再也鎮不住這個女孩子了。想想吧，家裡養著個能讀會寫的女孩子，那可就有得瞧的了。學生都講自由戀愛。賣個姑娘不算什麼，可要讓她白白地把身子給別人……這麼一想，她的心發抖了。她有時在小鎮的街上走，碰到一對青年男女手拉著手走路，她就覺著噁心。

孟良第一天來教書，方家沏上最好的花茶，捧出許多好東西來給他吃。寶慶主張，第一課先教他大哥，孟先生不答應。他要教的是秀蓮。他的安排是這樣，他先教秀蓮一個來鐘頭，然後跟著窩囊廢學藝。據他自己講，他可以一口氣幹上五個鐘頭，再多都行。

窩囊廢高了興。「我的時間全歸您安排」他說，「您要是樂意，咱們就幹它個通宵。」

秀蓮正等著上課。她努力打扮得像個女學生，穿一件白布褂子，不施脂粉。爸爸一叫，她連忙朝著堂屋走去。

可是，媽媽占了先。她一步就蹦到閨女前頭，使勁推了她一把，不讓她出來。她的臉煞白，橫了心。「我先出去」她說，「你在這兒等著！」秀蓮沒辦法，只好服從。

寶慶見老婆出來，心亂如麻。她要對孟先生說什麼？他和大哥都很敬佩這位有學問的人。要是二奶奶得罪了客人，怎麼好。一見老婆胸有成竹地衝著他們走過來，他的臉繃得鐵青。

他這一輩子，缺的就是讀書識字。當初他要是想來段新鼓詞，就得狠花上一筆錢，還得好酒好飯地款待寫詞的。眼下來了這麼個人，願意白教他閨女，還願意白給他寫新詞。

這樣的好事，打著燈籠還找不著呢，要是他的老婆得罪了作家……

好歹向客人介紹了自己的老婆，他馬上問：「秀蓮呢？孟先生等著她呢。」二奶奶不理他。她兩眼直勾勾對著孟先生，說開了。「先生，我們不過是窮賣藝的」她說，「用不著唸書認字。不唸書更好。閨女不笨，一唸了書，就得給我們添麻煩。她已經夠擰的了。看得出您是個明白人，求您替我們想一想。」

窩囊廢的臉發了白。他恨不能打弟媳婦一頓，只是當著這麼體面的一位作家，他不敢吵架。寶慶嚇得手腳無措。孟先生卻應付自如。他滿臉堆下笑來，親熱地叫她：「我的好嫂子，請坐。」

二奶奶受寵若驚，坐下了。在她內心深處，害怕有學問的人。他們跟她不是一路人，比她懂得多，她總是想方設法，躲開他們。如今來了這麼個人，親親熱熱地跟她說話，直衝她樂。一個作家還會管她叫「嫂子」。

孟良有的是辦法。「好嫂子，您喜歡喝上一盅，這我知道，幹嘛不喝呢。眼下就該喝一盅。咱倆是初次見面，所以我應當跟您一起喝一盅。俗話說，喝酒喝厚了，耍錢耍薄了。來，喝一口。」他兩眼看著寶慶，「二哥，來瓶好酒，大家都喝一杯。」

寶慶佩服得五體投地。孟先生不光是有名的劇作家，還是個外交家兼魔術師。他明白要跟二奶奶講理，那算白搭，可要灌她幾杯呢，就能把事辦成。

孟先生斟了三杯酒，一杯給二奶奶，一杯給窩囊廢，一杯留給自個兒。他沒給寶慶敬酒，因為他得保養嗓子。「乾杯」他叫起來，把杯子舉向二奶奶。「乾杯。」

他一口就喝乾了，窩囊廢不甘落後，也乾了。二奶奶忸忸怩怩地表示反對，「我得慢慢兒喝，不跟你們老爺兒們比。」「請便吧，嫂子」孟先生笑了起來。「您隨便，我們喝我們的。」他又給自己斟了一杯，又幹了。他把手往上衣袋裡一插，忽然作了個怪臉。

「喲，嫂子，我的口袋爛了個窟窿，給我補補行嗎，光棍可真難哪。」

二奶奶喝完酒，拿起了上衣。「孟先生」她咯咯笑著，「您真隨和。」她對劇作家產生了好感。

不過她還是沒叫秀蓮出來聽課。孟先生呢，為了給她個臺階下，也決定改天再來。臨走，他答應二奶奶，下次來跟她打撲克，要是她喜歡，打麻將也成。他求她別把他贏得太苦了。這都叫她非常高興。

第二天，秀蓮上了課。她是個好學生。她努力做到每天認二十來個字，字寫得雖然一溜歪斜，卻小而整齊。孟先生很滿意。他也很樂意學唱大鼓書。窩囊廢不光教他唱，還沒完沒了的給他講大鼓書的典故，孟先生聽得入了迷。

教過幾遍，孟先生就能跟著窩囊廢的弦子唱鼓書了。他的嗓子溜不開，窩囊廢沒提這個。只要學生有進步就得。有一天，孟先生正唱呢，旅店老闆破門而入。他氣極了，搖晃著手，扯著嗓門對窩囊廢喊：「滾你的。吵死了，客人都讓你給鬧得不得安生。我受不了。」

孟良天真地笑了。「怎麼啦！我們正要找你去呢。知道嗎，我特別欣賞你那四川口音。來段四川清音怎麼樣？我敢打賭，就憑你這嗓子，一唱準保紅。」

老闆給捧得暈頭轉向。他本來不會唱，可是孟先生一再邀請他。「來吧，朋友，來上一段。」老闆笑了起來。他見內行人唱戲都是臉衝牆，所以他也就臉對著牆，手指頭一個勁兒地揪嗓子，洋相十足地唱了起來，——是介乎叫和喊之間的一種聲音。幾句下來，老闆停住了，臉憋得通紅。孟良和窩囊廢不等他再開口，都拍起手來。孟良拍了拍他的背，窩囊廢又是作揖，又是打躬。老闆走了以後，兩個人坐了下來，相視而笑，從頭再來。等完了事，孟先生就陪二奶奶打牌。兩人可投緣啦。他說的話，她有多一半不明白；他呢，又不跟她爭。她聽，他說，她所說的一切，他也認真地聽著，不時還對她的才幹巧妙地恭維一番。

要是她發了脾氣呢，他並不是拔腳一走了事。他像哄個慣壞了的孩子似的，想法轉移她的注意力。

每逢有客來，寶慶頂怕老婆發脾氣，覺著那是砸了他的臺。所以一有客，他就成了溫良恭儉讓的模範；就是不能完全順著她，也得把話說得甜甜地，笑瞇瞇地。

孟良的手段更高。他把二奶奶治得服服貼貼，使寶慶少操多少心。單為這，寶慶也感激不盡。真夠朋友，又是個有學問的人。

寶慶有他的心事。他自來多疑。為什麼孟良這麼肯幫忙，又這麼好心眼？他圖的是什麼呢？根據他的人生經驗，凡是特意來到的，非常客氣，肯於幫忙的人，都是有所圖的。孟良要的是什麼呢？寶慶拿不準，他可又很生自己的氣，恨自己為什麼要懷疑這麼個好朋友。

儘管心裡有疑惑，他還是忘不了孟良是他的福星。他正替大鼓名角方寶慶寫新鼓詞呢。有了這些新鼓詞，他和秀蓮的身分就比其他唱大鼓的高得多了。光為這一樁，結交孟良就是三生有幸的事。不過心裡的懷疑總還是擺脫不了。

孟良為什麼還不把鼓詞拿出來？兩個月過去了，隻字未提。有天早晨，他正思索著要提提這件事，忽見孟良走了進來。他興奮得兩眼發亮，蒼白的臉汗涔涔，螳螂似地搖晃著長手臂。「來，二哥」他一把抓住寶慶的袖子，說，「找個安靜地方去談談。」

他倆邁著快步，走出了門。寶慶吃力地跟著作家，緊走還落下好幾步。末了，他們來到一個長滿小草的土坡頂上，一棵樹葉發黃的大樹底下。孟良一屁股坐下來，背靠著樹幹。他打口袋裡掏出七長八短一沓子紙來。「瞧」他說，「這是給您寫的三段新鼓詞。」

寶慶接在手裡。他的手發抖。他想說點什麼，可是舌頭不聽使喚，說不出話來。他覺著，太陽真的是打西邊出來了。三段新鼓詞！特為給他寫的！早先，他要是想請位先生給寫上一段，不但要現錢先付，還得且等，成年累月地等。寫的人滿口答應，吃了他上百頓飯，臨完，還忘了動筆。這個人可真是說到做到。還不止一段，整整三段！真夠朋友，天才，大人物！

「您得明白，二哥」孟良用謙虛的口吻說，「我從來沒寫過鼓詞，所以我拿不準它到底是好是壞。不過這也沒關係，您要是覺得不行，我就扔了它，咱們再從頭來。要是大概其能用，有不合適的地方，還可以改。頂頂重要的是，您到底願不願意唱這一類的鼓書。」

寶慶這才說了話。「當然願意。多少年來，我一直盼著能碰見您這麼個人。我願意為國家出把力氣。多少人在前線犧牲了，我有一份力，當然也樂意出一份力。那還有什麼說的，我樂意唱抗戰大鼓，為抗戰出把子力。」他心潮澎湃，淚水湧上了眼睛。

「我懂」孟良絲毫不為朋友的激情所動，照舊往下說他的。「不過您要明白，要是您和秀蓮唱這種新式大鼓，人家就都希望您白唱。大家還都樂意聽。可您就賺不了錢了。對我也一樣。現而今，劇院很叫座。看我戲的人比過去多多了，可我們賠了本。義演的場次多了嘛。當然我們樂意貢獻自己的力量，不過愛國心頂不了債。塞飽肚子的東西，會越來越少。」寶慶不聽這一套。「也就是掏點車馬費。開銷並不大，這跟維持一個劇團不一樣。」

「好，我佩服您的決心。還有一點我也要說在頭裡。習慣勢力很不好辦。人們都愛聽舊鼓書。要是聽點人人都熟悉的老玩藝兒，他們倒覺著錢花的不冤。可要是您在茶館裡唱這種新式鼓書，座兒就會少起來。」

「要想辦點新事，就得有點勇氣。」寶慶堅定地說。孟良哈哈大笑起來。「您能對付，我這就放心了。思想上有了準備就好。來，我來唸給您聽。第一段是個小段，很短。是歌頌大後方的。這讓秀蓮去唱。另外兩個長一點兒，那是給您寫的。它不光是長，唱起來還得有豐富的感情，火候要拿得準。只有老到的藝人才處理得好。就是您，二哥，您來唱抗戰大鼓，我是考慮到您的藝術造詣，特為您寫的。」於是孟良幾乎一口氣唸完了鼓詞。

「怎麼樣？」他急切地問。

「好極了！有幾個字恐怕得改一改，不過也就是幾個字。我算是服了。如今我可以讓全世界的人看看，咱們中國唱大鼓的，也有一份愛國心。」

「太好了。拿去，跟大哥一塊去唱唱看。要是有改動，得跟我商量。只有我能修改我的作品。有改動一定要告訴我，不跟我商量，就一個字也別改。」

「那當然」寶慶答應著，一張張撿起孟良散放在草地上的稿紙。「家去，喝一盅。」他把稿紙疊起來，小心翼翼地放進口袋，好像那是貴重的契紙一樣。

孟良搖了搖頭。「今兒不去了。我睏極了。一夜沒睡，趕著寫呢！」孟良又點了點頭，「既攏上火，就得續柴。我就在這兒睡一覺。您走您的。」

寶慶跟他分了手。他高高地昂起頭，兩眼炯炯閃光。孟良都能通宵達旦的幹，他有什麼不能的。窩囊廢也一樣。他們要連夜把新詞排出來。

◆十五　重建

重慶的霧季又來臨，到處是叮叮噹噹錘打的聲音，人們在重建家園。活兒幹得很快，只幾個月的功夫，戰爭創傷就幾乎看不見了。起碼，在主要街道上，破壞的痕跡已經不存在了。只有僻靜地方，還有炸彈造成的黑色廢墟，情勢慘淡。城市面貌發生了變化。房屋從三層改為兩層，都用篾片和板條架成，使城市看來更開闊了，整個城看著像個廣闊的棚戶區。

寶慶忙著幫書場的房東修繕房屋。他找來了工人，親自扛材料，跟好不容易蒐羅來的人手一起修屋頂。書場終於又能用了。說不上體面，可到底算個書場，馬上又能開張了。

開鑼那晚，演出抗戰大鼓。秀蓮先唱她那一段，寶慶坐在臺側瞧著。他每次瞧她，都覺得趣味無窮。這一回，他注意到她學了新技藝。她唱腔依舊，可又有了微妙的變化。

她理解了唱詞，聲音裡有了火與淚，字字清晰中聽。他先楞了一下，然後也就恍然大悟。當然，這是因為她讀了書。姑娘生平第一次，懂得了她唱的是什麼。孟良一個字、一個字地把鼓詞講給她聽，每一句都解釋得清清楚楚。他把她要說唱的故事，編成一套文圖並茂的連環畫，讓她學習，終於創出了奇蹟。她用整個身心在謳歌了。

聽眾也覺出了變化。他們欣賞新式大鼓，也為姑娘的進步高興。她一唱完，掌聲雷動。秀蓮從來沒有這麼轟動過。她飛跑回後臺，小辮直舞，差點和寶慶撞個滿懷。

「爸」她叫著，「真不知道是怎麼回事。我上場的時候，好像一個字也不記得了，可忽然一下，鼓詞又自個兒打心裡湧出來，我就有板有眼地唱，一個字也不差。」她年青的臉兒紅了，「為什麼孟先生沒來呢？我多盼著他能來聽聽。」

寶慶也奇怪。孟良一直沒露面。秀蓮嘰嘰呱呱說的時候，他已經在忖度著了。她跟他說，懂得了唱的是什麼，事情就好辦得多，孟先生教她的，真管用。

琴珠走了過來。她的臉繃得緊緊的，眉頭皺著。她本打算給秀蓮道喜，可又改了主意，只站在一邊，聽他們說話。她從來沒妒嫉過秀蓮，以為她根本不是自己的對手。這一回，她發了愁。真新鮮，就為了段新詞，也值得給這麼個毛孩子使勁鼓掌！她得不惜一切，想法兒勝過她。要是秀蓮出了頭，她就會把那班來捧場的最有錢的大爺給拉過去。

她咬著厚厚的下嘴唇，待了好一會兒。然後搖搖頭，轉身走了。

輪到她上場，她唱了個黃色小調。但聽眾的愛國激情正高，不管她怎樣打情罵俏，黃色小調還是吃不開。對琴珠來說，這是一次失敗，聽眾第一次對她那麼冷淡。她耷拉著臉，走進秀蓮的屋子，往躺椅上一倒，沙啞著嗓子問：「有學問的小姐，妳好！妳那新鼓詞哪兒弄來的？誰教的？是不是他的……，要不妳怎麼唱得那麼動情呢。」

秀蓮飛快轉過身來，臉漲得緋紅。她還沒來得及開口，大鳳衝了進來。「琴珠，你這話什麼意思？」

琴珠滿不在乎地咧開嘴笑了。「我說什麼啦？不愛聽，堵上妳的耳朵。」

大鳳氣得要哭。「妳再說這種話，我就告訴媽去。」她生氣地說，站了起來。琴珠見這情形，走了出去，臨出門還回頭說了句髒話。

秀蓮束手無策地看著大鳳。「怎麼都喜歡說髒話？妳瞧，媽也愛那麼說。」

大鳳搖了搖頭。「管它呢」她老老實實地說，「就那麼回事唄！」

秀蓮又羞又惱，渾身發熱。她照著鏡子，也衝自己說了兩句髒話。這又怎麼樣？就討了便宜去啦？為什麼有些人說髒話那麼津津有味？孟先生就不說這種話，她也不應該說。

她崇拜孟先生。他能解開她心裡的疙瘩，跟他在一起，她從來不覺得自己低人一等。

寶慶也唱了新詞。聽眾很捧場，不過有些人後來說，他們到戲園子裡來，為的是逃避戰爭現實，還是聽點老詞好。寶慶只笑了笑，說：「有時候，人也得試著幹點新鮮事兒。」秀蓮把琴珠的話告訴了爸爸。寶慶一笑，然後說：「她懶，不樂意學新東西，心裡又嫉妒。」秀蓮問爸爸，琴珠說起髒話來，怎麼跟媽一個樣。寶慶沒言語。

寶慶上樓回到自個兒屋裡，覺著今天是個好日子。秀蓮如今也成了拿得起來的角兒了。唐家要是再來搗亂，就叫他們帶著那婊子滾。真痛快！

生意興隆了約摸一個來月。花插著，寶慶和秀蓮還為抗日團體義務演出，替前方受傷將士募捐。報紙很快登出了義演的消息。他們的名字天天見報。寶慶覺著自己真的出了名，成了受人尊敬的人物，可以跟新戲演員平起平坐了。

有天晚上，他帶著秀蓮下小館，把近來如何走紅，跟她說了說。他特別提到，「去年這會兒，妳還什麼也不是呢。如今妳也成了名角兒，比琴珠的身分高多了，你應當高興。」她沒有馬上答碴。「怎麼樣？」他又問，「妳怎麼想？」她勉強笑了一笑。「您覺著，要是我繼續往下學新鼓詞，我就可以像那些演員一樣，受人敬重了嗎？」她渴望提高自己的社會地位，不再跪倒在王司令太太面前，也不要賣給別人去當小老婆。

「那當然」寶慶說，「妳越有學問，人家就越尊重妳。」說完，又覺得不該這麼說。他挺擔心，唯恐讀書識字會毀了介乎成人和孩子之間的她。

他們沒再多說什麼。一直到家，秀蓮幾乎一言不發，就上床睡覺去了，這使寶慶很不愉快。這些日子以來，她總是沉默寡言，心事重重。

第二天一早，唐四爺就來了，還是那麼鬼頭鬼腦。寶慶一看他那副樣子，就知道有事。

「寶慶」唐四爺開了口，「我替閨女跟您請長假來了。」寶慶笑了起來。「另有高就啦？」

唐四爺眉飛色舞，手舞足蹈。「是呀，我自個兒成了個團隊。找到幾個會唱的姑娘，想雇她們。」

寶慶高興得真想跳起來。近來從上海、南京來了不少賣唱的。每天都有一兩個人來磨他，想搭他的班。他不樂意要。因為多一半是暗娼，哪怕她們唱得跟仙女一樣好聽呢，他也不樂意要這種人來跟他一塊兒上臺。讓唐四爺要她們去，讓琴珠也滾。「恭喜恭喜」

他說，「恭喜發財。」唐四爺的口氣，頗寬宏大量。「好寶慶」他說，「我們剛到重慶那會兒，您幫過我們的忙，我永世不忘。您是知道我的，我最寬大為懷。知恩感恩，欠了人家的情分嘛，不能不報答。我跟老伴說，不論幹什麼，頭一樁，得向著我們的好朋友方大老闆一家。所以，我打算這麼著辦。」他停了一下，小兔牙露了出來，一對小黑眼緊盯著寶慶。「我們請您和秀蓮去和我們同臺演出，怎麼樣？當然男角兒裡您是頭牌，秀蓮呢——唔，她嗓子嫩點，就排第四吧。」

這樣厚顏無恥！寶慶就是想裝個笑臉，也裝不出來了。「那不成」他急忙說道，「我有我的團隊，您有您的。」唐四爺抬了抬眉毛。「不過您得明白，好兄弟，從今往後，小劉可就不能再給您彈弦子了。我自個兒的團隊用得著他。」

寶慶真想揍唐四爺一頓，給他一巴掌，踢他一腳。老烏龜！無賴！

「四爺」雖說他的手發癢，恨不能馬上揍他一頓，他還是耐住性子，穩穩噹噹地說，「您算是枉費心機。我們的玩藝兒跟你們的不一樣，再說，找個彈弦的也並不費難。」

唐四爺耷拉下眼皮，慢吞吞地眨巴著，然後溜了。

接著，四奶奶搖搖擺擺走了進來，寶慶知道又要有一場好鬥了。她滿臉堆著諂媚的笑，見人就咯咯地打招呼，一直走進了秀蓮的屋。她手裡拿著一把蔫了的花，是打垃圾箱裡撿來的。她把花遞給秀蓮，就嘮叨開了，「好秀蓮，我緊趕慢趕跑來，求妳幫幫忙。這個忙妳一定得幫，妳是個頂好心的姑娘。」

寶慶也不弱。他迎著四奶奶，熱烈地恭賀她，不住地拱手，像在捧個名角兒。「四嫂子，恭喜恭喜！我一定給您送幅上等好綢的喜幛。今兒個真是大傢伙兒的好日子。」

四奶奶猛地爆發出一陣大笑，好像肚子裡頭響了個大砲仗。「您能這麼著，我真高興。好事還在後頭呢！您想得到嗎？琴珠跟小劉要辦喜事了。當然，是時候了。這就把他給拴住了，是不是？我們作藝人家，頂講究的就是這個。」她像個母雞似的咯咯笑著，衝寶慶搖晃著她那張胖臉。寶慶呢，那副神氣就像是個傾家蕩產的人，忽然又拾到了一塊錢。「好極了」他硬擠出一副刻板的笑容，「雙喜臨門！到時候，我們全家一定去給你們道喜。」

老妖婆走了以後，寶慶的事還沒完。二奶奶那兒，還有一場呢。二奶奶對於怎麼掌團隊，自有她的看法。她數落寶慶，這下他們可算完了。都是他的不是。他壓根兒就不該學那些新鼓詞。再說，他為什麼不把那些賣唱的姑娘都雇下來，好叫唐家撈不著？真缺心眼！

寶慶氣呼呼地出了門，去找小劉。寶慶恭喜他的時候，小劉的臉紅得跟煮熟的對蝦一樣。「真對不起，大哥」他悔恨地嘟囔著，「太對不起了。」

「有什麼對不起的？」寶慶甜甜蜜蜜地問，「咱倆是對著天地拜過把子的兄弟，同心協力一輩子。你跟琴珠結婚，礙不著咱們作藝的事。」

小劉一副為難相。「可我答應唐家，辦喜事以後，就不再給您彈弦了。婚書上就是這麼寫的呢，大哥。」寶慶真想往他臉上啐一口，可還是強笑著，「好吧，小兄弟。我不見怪，別過意不去。」

寶慶飛也似地回到南溫泉，背後好像有一群鬼在追。他找到了窩囊廢。「來，兄弟。」窩囊廢說，「又得了兩段新詞。是孟先生寫的。來聽聽！」

「先別管那些新詞了」寶慶說，「咱們這回可要玩完。」他把事情的前前後後告訴了窩囊廢，臨完，問，「怎麼辦，大哥？您得幫著我們跟唐家幹。」

「真還是件事」窩囊廢回答著。他瞧出來，往後怕是得幹活了。他忽然覺著冷。

「什麼東西」寶慶氣哼哼地說，「我多會兒虧待過他們？連小劉，為了個婊子的臭貨也不理咱們了。這個小婊子！讓他當它一輩子王八去。」見窩囊廢想裝沒事人兒，他嚴厲地說，「這麼多年，您一直由我養活，您總得給我句好話。別光站在那兒不吭聲！」

窩囊廢嘆了口氣。淚珠子在他眼睛裡轉。他搖了搖頭，說：「別發愁，寶慶，我跟著你就是了。我不是你的哥嗎？我給你彈，還能不比那小王八蛋強嗎？不過你得給我出特牌。牌上就寫：特約琴師方寶森先生。我不樂意當個賺錢吃飯的琴師。」

寶慶答應了，激動得眼淚直往外冒。他愛他的大哥，知道窩囊廢確實為他作出了犧牲。「哥」他哽咽著說，「您真是我的親哥，人家管您叫窩囊廢，真冤屈了您。我每逢有難，都虧您救我。還是您跟我最同心協力。」

窩囊廢告訴他，孟先生要他跟著進一趟城。他馬上掏出錢來，叫買車票去。孟先生是他的福星，不是嗎？回來的路上，寶慶坐在公共汽車裡，算計著他的得失：走了個暗門子琴珠，烏龜小劉；來了個新團隊跟他唱對臺戲，失去幾個懶得到他書場來的主顧。換來的是，大哥來當琴師，秀蓮成了名角兒，當然，還有面子。如今他也有了面子。他高興得唱了起來，邊唱邊編詞，「大哥彈，兄弟唱，快起來，小秀蓮，起來，起來，妳起來吧。」

別的乘客好奇地瞧著他，沒說什麼。他們想，這些「下江人」真特別！

秀蓮聽了這消息，樂極了。下一道關，是寶慶怎麼去跟老婆說。他打算學學孟良那一著。他打發大鳳去買酒，包餃子外帶炸醬麵。

第二天晚上，有人來找寶慶。打頭的是小劉，楞頭磕腦地就撞了進來，站在一邊，光哆嗦，不說話。唐四爺跟在後面，垂頭喪氣，好似喪家之犬。倆人都不言語。「怎麼啦？」寶慶問。

唐四爺幾乎喊起來了。「行行好吧，您一定得幫忙。只有您能幫這個忙。」

寶慶挑了挑眉毛。「到底出了什麼事？我一點兒不明白，怎麼幫忙呢？」想了一想，他很快又添上了一句，「要錢，我可沒有。」

小劉尖著嗓子，說出了原委。「琴珠讓人給逮走了。」他兩手扭來扭去，汗珠子從他那蒼白的臉上冒了出來。「逮走了」寶慶隨聲問道：「為什麼呢？」

兩個人面面相覷，誰也說不出口。末了還是唐四爺傷心地說了出來：「這孩子太大意了。她在個旅館裡，有幾個朋友聚在一起抽大煙。她當然沒抽，可是別人抽了。她真太大意了。」

寶慶恨不能縱聲大笑，或在他們臉上啐一口。這個烏龜！不能再到街上去拉皮條了，倒來找他幫忙！……一轉念，他又克制了自己。不能幸災樂禍，乘人之危。不跟他們同流合汙，但也不要待人太苛刻了。

「你們要我怎麼辦？」

「求您那些有地位的朋友給說說，把她放出來。我們明兒晚上開鑼。頭牌沒了，可怎麼好呢？要是您沒法兒把她弄出來，您和秀蓮就得來給我們撐門面。」

「這我做不到。」寶慶堅決地回答，「我抽不出空來，要是有辦法的話，幫您去找找門路倒可以。」

唐四爺還是一個勁地苦求：「您和秀蓮一定得來給我們撐門面。準保不讓她跟別的姑娘摻合。務請大駕光臨。」寶慶點了點頭。不明白自己為什麼沒有勇氣說，要去，必得讓秀蓮掛頭牌。不論怎麼說，這個頭牌一定要拿過來。他覺得好笑。唐家班的開鑼之夜，倒讓秀蓮占了頭牌！要是讓他來寫海報，他就這麼寫。

秀蓮高興得不知怎麼是好。她這是第一次掛頭牌。

第二天散場後，她緊緊地攥著唐四爺開給她的份兒，決定把錢交給媽媽，討她的歡喜。她如今也是頭牌了。掙了錢來，把錢給媽媽，看她是不是還那麼冷漠無情。她手裡拿著錢，快步跑上樓，一邊走，一邊叫：「媽，給您。我掙的這份錢，給您買酒喝。」

二奶奶笑了起來。按往例，她從來不誇秀蓮。不過有錢買酒喝，總是件快活事。

「來」她說，「我讓妳嘗嘗我的酒。」她拿筷子在酒杯裡蘸了一蘸，在秀蓮的舌頭上滴了一滴酒。秀蓮高高興興，唱著回到自己的屋裡。她把辮子打散，像個成年女人似的在腦後挽了個髻，得意地照著鏡子，覺著自己已經長大了。不是嗎？連媽媽都高了興。她邊脫衣服，邊照鏡子。大鳳進屋時，她正坐在床沿上。大鳳一眼瞧見了她的髻兒，嘻嘻地笑了。「瘋啦，幹嘛呢？」她問。

十六　妒嫉

陶副官是個漂亮小夥子，高個兒，挺魁梧，白淨臉兒，兩眼有神。他是個道地的北方人，彬彬有禮，和和氣氣。當初，他為人也還算厚道，但在軍隊裡混了這麼些年，天性泯滅了，變得冷面冷心。他可以說是又硬又滑。他顯得很規矩，討人喜歡，但他到底什麼時候說的是真話，你永遠捉摸不透。經過這麼多年，他的天良早已喪盡，原先是個什麼樣子，連他自己也已經忘得一乾二淨。

他每次做交易，該得多少好處，要按實際情況來定。就拿唱大鼓的寶慶和他閨女那檔子事來說，陶副官當初還真是想幫忙來著。不是嗎，都是北方人，鄉里鄉親的，總得拉上一把。不過，在見王太太以前，他並沒有給寶慶和秀蓮出過主意，教他們怎樣避禍。秀蓮頂撞完老太婆，陶副官忽然覺著自己成了方家的救命菩薩。他既然對他們有恩，那知恩感恩的老鄉，就該表表感激之情。

他常上南溫泉，幾乎天天要找個藉口到鎮上來一趟。開頭，他往往打王家花園弄一束花，或一兩籃子菜來給二奶奶。這麼好的一個副官，不讓人家喝上一兩盅，做頓好的吃，就能給打發走了嗎？他確實挺招人喜歡。他帶來的東西，一文不用自己掏腰包，而方家老招待他，可真受不了。陶副官酒量驚人，寶慶從沒見過這麼豪飲的，喝起酒來，肚子像個無底洞。一喝醉，他的臉煞白，可還是很健談。他從不惹事，不得罪人，偶爾吹噓兩句，也還不離譜兒。

多年來，寶慶閱歷過的人也不算少，可陶副官究竟屬於哪種人，他說不上來。他並不喜歡他，可也不能說討厭他。離遠了，他覺得這人毫無可取之處；但副官一來，又覺得他也還不錯。陶副官還是有些使他看不慣的地方。這人太滑，老想討好，喝起別人的酒來沒個夠。

二奶奶跟陶副官最投機。二奶奶是什麼樣的男人都喜歡，跟陶副官尤其合得來。她也喜歡孟良，不過那完全不一樣。孟良受過教育，有文化，跟她不是一路人。他也玩牌，也有說有笑，不過陶副官一來，可就把孟良比下去了。副官的話要中聽得多，因為他是北方人，跟她的口音一樣，見解也很相近。他要是說個笑話，她一聽就懂，馬上就笑。這兩個人成天價坐在一塊兒逗樂，說些低級趣味的事。二奶奶打情罵俏很在行。跟男人調起情來，聲調、眼神運用自如。她對副官並無興趣，也可以說，壓根兒就不想再找男人。不過跟他胡扯亂談，可以解解悶。說到陶副官，他懂得該怎麼對付二奶奶。要是她上了勁兒，他就趕快脫身，而仍跟她保持友好。跟王司令多年，他學會了這一招。王司令有好幾個小老婆，有的也對年青漂亮的副官飛過眼兒。

陶副官對二奶奶講起他的身世。他是個奉公守法，胸有抱負的青年。他很想結婚，成個家，但至今找不到可心的人兒。這些本地的土佬兒，不成！說著，他搖了搖油光水滑的頭。一個北方人，怎麼能跟這種人家攀親！說著，他瞟了瞟坐在窗邊的大鳳。大鳳像隻可憐的小麻雀，恨不能一下子飛掉。陶副官又緩緩地嘆了口氣，是呀，他還沒找著個合適人家，能夠結親的。

二奶奶心裡動了一動。這位副官倒是個不錯的女婿。她很樂意有這麼個漂亮小夥兒在身邊。她已經年老色衰了，有這麼個小夥子守著，消愁解悶也好。

陶副官絕不放棄能撈到好處的任何機會。大鳳算不得美人兒，可總是個大姑娘，結實健壯，玩上她幾夜，還是可以的。她還能管管家，做個飯啦什麼的。再說，這就能跟方家掛上鉤，而對方家，是值得下點功夫的。方老頭一定有錢，要不，他怎麼能一下子孝敬王司令那麼多？這個主意妙。娶了姑娘，玩她幾天，再擠光那倆老的。

有天晚上，他跟二奶奶鄭重其事地商量了這件事。開頭她拿腔作勢，故意逗他，不同意這門親事。但陶副官單刀直入，提出了充足的理由：要是王司令再來找麻煩，可怎麼好呢？你們要是把姑娘嫁給我副官，他王司令還能有什麼辦法？只要我陶某人辭掉王司令那兒的差事，還能不給您方家好好出把子力氣？他站起來，伸屈了一下手臂，讓二奶奶看他結實的肌肉。「看我多有勁，要是我往你書場門口那麼一站，還有誰敢來搗亂？我跟過王司令，這回讓妳爺兒們面上有光。他就不想要我這麼個人？」

當晚，二奶奶跟寶慶說，要把大鳳嫁給副官。寶慶先是大吃一驚。轉念一想，又覺得不無道理。這位油頭滑腦的副官沒有挑上秀蓮，真是運氣。不過拿大鳳作犧牲，究竟是不是應該呢？陶副官一定不會很清白，可能結過婚。就是他真的結過婚吧，抗戰時期，也無從查對。他倒也具備個好女婿的條件。不管怎麼說，他一天到晚泡在家裡，白吃白喝，還不如乾脆叫他娶了大鳳去。

寶慶整夜翻來覆去，思索著這件事。大鳳也該成親了。可以問問她，願不願意嫁人，喜不喜歡陶副官。她要是喜歡，那最好不過。嫁出門的閨女，潑出去的水。記得哪本書上說過，父母不能照應兒女一輩子。要是以為自己全成，就太痴心了。他剛跟大鳳一提，大鳳就紅了臉。這就是說，她樂意。所以，他也就接受了。不過，他還是很不安，覺得對不起她。這孩子說來也怪，明明是親骨肉，在家裡卻向來無足輕重。她的處境，一向比養女秀蓮還不如。她性情孤僻，常惹娘生氣。好吧，這就是她的命。既然陶副官開了口，就把她嫁給他。而他寶慶，也就盡了為父的心。喜事要辦得像個樣子，就小鎮的現有條件，盡可能排場一點。得陪送份嫁妝，四季衣裳，還有他特意收藏著的幾件首飾。不能讓人家說長道短，好像嫁閨女還不如打發個暗門子。他有他的規矩。方家的姑娘出閣，得講點排場。

是藝人，但是得有派頭。

剛過完年，鎮上兩位頭面人物就送來了陶副官的聘禮，是分別用紅紙包著的兩枚戒指，婚書上面寫著副官的生辰八字。為了下定，寶慶在鎮上最上等的飯館廣東酒家擺了幾桌席，還請了唐家和小劉。借此讓他們知道，等琴珠結婚的時候，他也會有所表示。

秀蓮幾次想跟大鳳談談這門親事。定親請客那天晚上，大鳳穿了件綠綢旗袍，容光煥發。秀蓮從沒見過她這麼漂亮。不過大鳳整晚上一直古怪地保持著沉默，羞紅的臉高高抬起，誰也不瞧。

「妳走了，我真悶的慌。」當晚，準備睡覺的時候，秀蓮說。大鳳沒言語。秀蓮跪下來，拉住大鳳的手。「說點什麼吧，姐姐，就跟我說這麼一回話也好。」

「我樂意走」大鳳陰沉沉地說。「我在這兒什麼也不是，沒人疼我。讓我去碰碰運氣。嫁雞隨雞，嫁狗隨狗。不這樣，又有什麼辦法？我不會賺錢吃飯，我不能跟著爸和妳到處去跑。誰也不注意我，誰也不要我。我恨我自個兒不會賺錢養家，我不樂意成天跟妳在一塊。妳漂亮，又會唱，人家都看妳，樂意要妳。可我呢，除了陶副官，誰也沒有要過我。」她淡淡地一笑。「等過了門，我也跟別的女人一樣，能叫男人心滿意足。」

秀蓮覺得受了委屈。古怪的姐姐，竟說了這麼一通話。這麼多年，她秀蓮可一直想對姐姐好，跟她交朋友。「妳恨我嗎？姐？」她有點寒心。

大鳳搖了搖頭。「我不恨妳。妳的命還不如我呢。我總算正式結了婚，妳連這個都不會有。所以嘛，我可憐妳。」這真像一把利箭刺穿了秀蓮的心。

「妳看琴珠」大鳳繼續往下說，「爸幹嘛要把她這麼個人請到家裡來吃喜酒。她跟小劉，跟好多別的男人睡過覺。她是個唱大鼓的，跟妳一樣。」

秀蓮兩眼射出了兇光，發白的嘴唇抿成了兩道線。「好，原來妳把我看成跟她是一路貨」她焦躁地說，「妳不恨我。妳覺得我一錢不值，就像一堆髒土一樣。」

大鳳又搖了搖頭說：「我不知道我對妳應該怎麼看。」沉默了好一會，秀蓮到底開了口。「姐，妳就做做樣子，假裝疼疼我吧。誰也沒疼過我。媽怎麼待我，妳是知道的，妳總不能跟她一個樣。妳就說妳疼我，咱倆是好朋友。妳就是不那麼想，光說說也好。總得給我點想頭。沒人疼我，我很想有人疼疼我。」她咬住嘴唇，眼淚在眼睛裡直轉。「就是，我希望有人愛我。」

「好吧」大鳳讓了步，「我來愛妳，真是個蠢東西。我是妳頂好頂好的朋友。」

秀蓮擦了擦眼淚，馬上又問：「妳跟個生人結婚，不覺著害怕嗎？妳想他是不是會好好待妳呢？」

「我當然害怕啦，不過有什麼法兒？我不過是個女孩子。女人沒有不命苦的。我們就跟牲口一樣。妳能賺錢，所以不同一點，可妳又能得到什麼好處？妳靠賣唱賺錢，人家看不起妳。我不會賺錢，所以要我怎麼樣，就得怎麼樣，叫我結婚，就得結婚。沒有別的辦法。一個男人來娶我，得先在一張紙上畫押，還得先美美地吃上一頓。哈！哈！」秀蓮想了一會兒。「那些女學生呢，她們跟咱們是不是一樣呢？」

「這我哪知道？」大鳳心酸地頂了她一句，「我又不是女學生。」她哭起來了，眼淚花花地往下掉。

秀蓮也哭了。可憐的大鳳！這麼說，這麼些年來，她也覺著寂寞，沒人要。如今，她要出嫁了。這就是說，她，秀蓮在家裡的地位，會提高一點？他們也要她嫁個生人嗎？誰說得上？她想起了媽的話：「賣藝的姑娘，都沒有好下場！」大鳳還說，她將來比她還不如，連個正式的婚姻也撈不上！她得像琴珠一樣，去當暗門子。不過，靠爸爸陪送，嫁個生人，又比這好多少呢？

她走到床邊坐下，床頭上擱著一本書。她想讀，可那些印著的字，一下子都變得毫無意義。這些字像是說：「秀蓮，你不過是個唱大鼓的，是琴珠第二。妳當妳是誰哪？是誰？妳有什麼打算？甭想那些了。妳一輩子過不了舒坦日子。」

孟良來教課的時候，她還在衝著書本發楞。她笑著對孟良說：「我想問您點兒書本上沒有的事兒。」

「好呀，秀蓮，問吧！」孟良把手插在口袋裡，玩著衣服裡子裡面的一顆花生。

秀蓮問：「孟先生，什麼是愛？」

孟良挺高興，但又很為難。他說：「怎麼一下子給我出了這麼個難題？這可沒法說。」

「誰都說不上來嗎？」

「人人都知道，可又說不清楚。妳幹嘛要問這個呢？秀蓮？」孟良那瘦削的臉顯得挺認真。他在對面的椅子上坐下，好奇地盯著她。

秀蓮舐了舐嘴唇。「我就是想知道知道，因為我什麼也不懂。我沒有兄弟姐妹，沒有朋友，沒人疼我。男人追我，都想捏我一把。這就是愛嗎？我姐就要嫁人了，嫁給個她不知道的人。他跟她睡覺，她給他做飯。那就算愛嗎？男學生跟女學生，手拉手在公園裡散步，在草地上躺著親嘴。那就是愛？還有，隨便哪個男人，只要給琴珠一塊錢，就可以跟她睡覺。那也算愛嗎？」

孟良大聲喘了口氣，好像打肚子裡噴出了一口看不見的煙霧。「別著急呀，姑娘！我一口氣哪兒答得上來這麼一大串問題。答不上來的，所以，咱們先解決它一個。比如說，妳姐姐的婚事。這說不上愛，這是一種封建勢力。姑娘大了，憑父母之命，就得嫁人。她要是個革新派，按新辦法辦，就該自己挑丈夫。」

「像琴珠那樣？」

他搖了搖頭。「她那樣不是挑丈夫，是出賣肉體。愛情不是做買賣，是終身大事。」

秀蓮想了一會兒，「孟老師，要是我跟個男人交朋友，有什麼不對嗎？」

「沒什麼不對，這事本身，沒有什麼不對。」

「要是我自個兒打主意要嫁他，有錯兒嗎？」

「按我的想法，沒什麼錯兒。」

「自個兒找丈夫，比起姐姐的婚事來，過日子是不是就更舒心些呢？」

「那也得看情況。」

「看什麼情況呢？」

「我也說不準。我已經跟妳說過，這樣的問題，沒個一定之規。」

「好吧，那咱就先不說結婚的事兒。我問您，要是我有個男朋友，家裡又不贊成，我該怎麼辦呢？」

「要是值得，就為他去鬥爭。」

「我怎麼知道他值不值得呢？」

「這我怎麼跟妳說呢？妳自己應當知道。」孟良嘆了一口氣。「妳看，妳的問題像個連環套，一環套一環。我看，還是學我們的功課更有用一點。」

秀蓮這天成績很差。孟先生為什麼不能解答她的問題？他應該什麼都教給她呀。她對他的信仰有點動搖了：他就知道談天說地，對她切身的問題卻不放在心上。他認為她有權自己挑丈夫，她說什麼他都表示同意，甚至主張她違抗父母。他到底是怎樣一種人，竟隨隨便便提出這些個看法，對主要問題，卻又避而不談。

霧季一過，他們又回到南溫泉。在重慶的這一陣，寶慶的生藝不見好，因為唐家班搶了他的生意，當然勉強維持也還可以。在重慶，常上戲園子的有兩種人，一種人愛看打情罵俏的色情玩藝兒，對說唱並不感興趣；另一種人講究的是說唱和藝術的功底。後一種人是寶慶的熟座兒。寶慶對付著，總算是有吃有穿，安然度過了夏天。

他急著想把大鳳的事辦了。既然已經把她許給了陶副官，他就又添了一樁心事。他這才意識到，照應自己的親生閨女，也是一層負擔。他有時覺著，他像是收藏著一件無價的古磁器，一旦缺了口，有了裂紋就不值錢了。當爸爸的都操著這份兒心。姑娘一旦訂了親，就怕節外生枝，也怕她會碰上個流氓什麼的。

所以，他打算一回南溫泉就辦喜事。秀蓮盼著辦姐姐的喜事，比家裡其餘的人更起勁。她像是坐在好位子上看一齣戲。她可以好好看看，一個姑娘嫁了人，到底會有什麼變化。她也要看看，姐姐究竟是不是幸福。這樣她就可以估摸一下，她自己是不是有幸福的可能。多麼引動人的心，許多個夜晚，她睡不著，渴望弄它個明白。

大鳳還是老樣兒，整天愁眉不展，悶聲不響。她埋頭縫做嫁妝。秀蓮注意到她有時獨自微笑，想得出了神。她明白她為什麼笑。可憐的大鳳沒命地想離開家，去自立，逃開這個由成天醉醺醺的媽媽管轄的邋遢地方。她想離家的心情太迫切了，連跟個陌生男人睡覺的恐懼，都一點兒嚇不倒她。

喜事一天天逼近了，窩囊廢成天跟弟媳婦在一起划拳喝酒。他陪著二奶奶喝，覺著要是家裡只有她一個人喝醉酒，未免太丟人，而他不願意她丟人現眼。再說，大鳳走了，他覺著悲哀。大鳳從沒給誰添過麻煩，從沒額外花過家裡一文錢。她總是安安穩穩，心甘情願地操持家務。如今她要走了。

二奶奶往常並不關心大鳳，不過她醉中還記得，這是她親生的閨女，要是陶副官待她不好，她會傷心的。這種母愛是酒泡過的，比新鮮的醇得多。

秀蓮想跟媽說，她盼著能在媽心裡，也在家裡，代替大鳳的地位。不過眼下這個節骨眼說這話，看來還不合時宜。她不能不想起，大鳳要出嫁了，媽又哭又嘆，可是當初她被逼著去給王司令當小老婆的時候，媽沒滴過一滴淚。

猛地，堂屋裡一陣鬧騰，秀蓮走到門邊去聽。媽媽在扯著嗓子嚷，大伯大聲打著呵欠。媽媽說的話，叫她本來就不愉快的心，一寒到底。只聽媽媽在那兒嚷：「大鳳這一走，我得好好過過。我去領個小男孩來，當親生兒子把他養大。眼下是打仗的時候，孤兒多得很，不是嗎？要領個好的，大眼睛的小雜種，要稍微大一點，不尿褲子的。」

這麼說，媽一輩子也不會疼她了，這是明擺著的。不管她是靠賣唱賺錢，還是靠跟男人睡覺賺錢，媽都不會有滿意的時候。她不過是個唱大鼓的，沒有親娘。這個世道到底是怎麼回事？嗯？她心酸，覺得精疲力盡，好像血已經凍成了凍兒，心也凝成了塊。爸好，他的心眼好，可那又有什麼用？他解決不了她的問題，他沒法又當爹又當娘。

她覺出爸走到了跟前，於是轉過身來。他顯得蒼老，疲倦，不過兩眼還是炯炯有神。

他拍了拍她的肩膀，悄悄地說，「不要緊，秀蓮。等妳出嫁的時候，我要把喜事辦得比這還強十倍。辦得頂頂排場。要信得過我。」

她一言不發，轉身回到自己的臥室。爸幹嘛要那麼說？他以為她妒嫉啦？她才不妒嫉呢。她恨這個世道，恨世界上的一切。淚湧了上來。

十七　空虛

結了婚，大鳳換了個人。短短三天工夫，她起了神奇的變化。秀蓮見了，既高興，又奇怪。姑娘變起來這麼快！剛出閣的陶太太第一次回門，變得那麼厲害，簡直叫人認不出來了。她眼睛發亮，容光煥發，沉浸在極度的幸福之中。就連她的體態，彷彿也有了變化。結婚前，她穿起衣服來死死板板，她是衣裳的奴隸，是衣服穿她，不是她穿衣服。如今她穿起衣服來，服服貼貼，勻稱合身。她結實的胸脯高高隆起，富有曲線美，這是從來沒有過的，就連她那細長的手臂，也好像變得柔和秀麗。給人以美感了。

她還是那麼沉默寡言。秀蓮驚訝地聽見她跟媽說了一句粗話。當她還是方家那個乾巴巴的小毛丫頭大鳳的時候，她哪敢說這種話！結婚這麼能變化人。結了婚，就有權說粗話；結了婚，人還會顯得漂亮。她費了好大勁兒，把這些想法寫在一張紙上。

等沒人的時候，她問大鳳，婚後覺得怎樣，高興，還是不高興？秀蓮一個勁地問，可大鳳好像壓根兒就不聽她。她只顧自個兒照鏡子，把手臂抬起來，看看衣服套在她那剛剛發育成熟的胸脯上，是不是合適。

秀蓮仔細觀察著，心裡還是很空虛。她的詞彙不夠用。不過她還是記下了各式各樣的問題，等著問孟良。

唐家也到了南溫泉。他們掙的錢多，自然而然，就染上了惡習。唐四爺和琴珠抽上了大煙，把小劉也給帶壞了。

唐四爺除了損人利己，拚命撈錢之外，抽大煙是他最大的樂趣。他一個勁地抽，不光是為過癮，還覺著這樣會抬高他的身分。人家一聽他是個鴉片鬼，就會說：「唐先生一定很有錢」這話叫唐四爺聽了，說不出地受用。

他抽，琴珠抽，小劉也抽。癮越來越大，人也越來越懶，越來越髒。生意上是四奶奶包攬一切，她可沒有應酬人的本事。說實在的，她真叫人一瞧就討厭。哪怕是頂頂好脾氣的人，見了她，不等她耍開她那刀子嘴跟人吹鬍子瞪眼，就得火冒三丈，吵起來。唐家的生意一敗塗地。在重慶，抽大煙不少花錢，地面上的地頭蛇三天兩頭還來訛上倆錢，好也去弄點抽抽。可不是，要想白抽，最好的辦法是訛那些有錢的，讓他們掏腰包，這些人頂怕的就是坐牢。琴珠給關過一回，一回就夠受了。為了把她保出來，她爹沒少花錢。

唐家回到南溫泉，已經是一貧如洗。四爺擦了把臉，換了件衣服，就去找寶慶。他煙抽多了，滿臉晦氣，瘦得像個鬼。不論怎麼說，他還是比老婆有本事，用不著跟人吵鬧，就能把買賣談成。他出了個主意：夏天，唐家和方家合起來，在鎮上茶館裡作藝。

寶慶不答應。他眼下很過得去。他正忙著排練孟良的新詞，準備霧季拿進城去唱。唐家，滾他媽的蛋吧，讓他們自個兒幹去。不過呢，話又說回來，沒準什麼時候會用著小劉，窩囊廢未見得肯長幹下去。他沒長性，保不住還會生病。說實話，他也有把子年紀了，吃慣了現成飯，乍一幹起活來，確實夠他受的。再說，寶慶做事喜歡穩穩當當。唐四爺去找寶慶，見他光著脊梁，穿著一條挺肥的褲子，油黑發亮的寬肩膀上，溼漉漉的都是汗。

寶慶說他太忙，沒工夫考慮到茶館裡唱書的事，要他等幾天再說。唐四爺覺得他架子不小，根本不把他看在眼裡，隨隨便便就把他撂在一邊。他心裡又怨又恨，「哼，咱們走著瞧，看老子不收拾了你。」

他叫四奶奶去找二奶奶。她衝二奶奶大吵大嚷了一陣子。「怎麼，妳也瘋了嗎，秀蓮和寶慶明明可以賺錢養家，偏偏坐吃山空，妳就看著不管？真蠢！」

四奶奶一走，二奶奶就照這話，劈頭蓋臉數落了寶慶一通。他不理，她又絮叨了一遍。他只顧練他的新詞兒，壓根兒就不聽她的。二奶奶急了，使勁嚷了起來。寶慶放下鼓詞，站了起來。他掖了掖褲子，說：「甭說了，好不好？也聽我說兩句。事情是這麼著，唐家跟我們不是一路人，我不樂意跟他們沾邊。他們抽大煙，我們不抽，這總比他們強點。妳也該知足了，妳沒給我生過兒子。為這，我跟妳打過架嗎？想娶過小嗎？沒有，是不是？妳愛喝一盅，我不喝。這麼著，咱們各幹各的。我得練我的鼓詞，我想為國家出把力氣，我得保養我的嗓子。我要的就是這麼些，能算多嗎？到了冬天，我天天都得扯著嗓子去唱。我掙的錢，夠妳舒舒服服過日子的，所以，妳就別管我的事，讓唐家滾他們的吧。」

寶慶難得說這麼多話。二奶奶倒在椅子上，楞著，說不出話來。這麼些年了，除了剛結婚那一程子，寶慶從來沒跟她講過這麼多心裡話。這一回，他特意找了個她清醒的時候來跟她說，這就是說，是跟她講理來了。他說得很對；正因為說對了，聽著就更扎心。不過，她現在沒有醉，所以沒法找碴兒跟他吵。

末了，她說，「你說我沒給你生兒子，這不假。不過，我打算抱個男孩子，這就去抱。咱們很快就能有兒子了。」

寶慶沒言語。趁她瞅眼不見，衝她吐了吐舌頭。老東西還想抱兒子呢，連她自個兒都照顧不了。

秀蓮沒事幹，常去找琴珠。她總得有人說說話兒。大鳳從來不多言不多語的，不過秀蓮還可以嘰嘰呱呱跟她亂說一氣。大鳳走了，她得找個伴，而琴珠是唯一能作伴的姑娘。

再說，她找琴珠，還另有想法。這位唱大鼓的姑娘對男女之間的事兒非常在行，秀蓮常問她有關這方面的事。琴珠有時跟她胡扯一通，有時光笑。妳想知道嗎？自個兒試試去就知道了。對秀蓮這顆幼稚的心說來，琴珠教她的，比起孟老師來，明確多了。

秀蓮跟琴珠來往，寶慶很生氣。他忙著練他的鼓詞，顧不得說她。他讓老婆瞅著點秀蓮，不過她光知道喝酒。

大鳳又回來了。灰溜溜的，兩眼無光，臉兒耷拉著，好像老了二十歲。

秀蓮急不可待地等著，想單獨跟她說兩句話。「姐，怎麼啦？」她一邊問，一邊搖著大鳳的肩膀。「跟我說說，出了什麼事兒？」

大鳳掉了淚。秀蓮輕輕地搖她，像要把她晃醒似的。「跟我說說，姐，到底怎麼回事？」大鳳滿臉是淚，抽抽咽咽地說了起來：「嫁狗隨狗是什麼滋味，這下我可嘗夠了。」她捲起袖子，手臂上斑斑點點，青一塊，紫一塊。「他打的。」她哽咽著，說不出話來，雙手捂住了臉。

「憑什麼打妳？」秀蓮硬要打破沙鍋問到底，「為了什麼呢？」

大鳳沒言語。

「妳就讓他打？」

大鳳挺不服氣地瞧著她。「我能讓他打嗎，傻瓜！我是打不過他。」

「那就告訴爸去。」

「有什麼用？爸也拿他沒法兒，他老了。再說，他不過是個唱大鼓的，我呢，我是唱大鼓的閨女，他能有什麼辦法？」

秀蓮心裡一震。可憐的大鳳！爸把她給了個男人，男人揍她，她一點辦法也沒有。她不會賺錢養活自己，所以只好忍氣吞聲。大鳳忽然低低地哎喲了一聲。「怎麼啦？」秀蓮挺關心，柔和地問，「怎麼啦？」

「我有了身子啦，這我知道」大鳳嘟囔著說，「他也一清二楚。」有了身子，她要想另嫁別人，就不容易了。她要秀蓮答應，一定不跟爸說。她梳洗打扮了一番，回家去了。臉兒高高揚著，還帶著點兒笑，好像要讓人家知道，她確是挺幸福。

秀蓮還是告訴了寶慶。他瞪著兩眼瞅著她，好像懷疑她在撒謊。他從來沒想到會有這樣的事。打從大鳳出了嫁，他壓根兒就沒想到過她。這個油頭粉面的狗崽子竟敢打她！怎麼辦？他不能去跟陶副官吵，吵有什麼用？再說，到王公館去，還不定會碰上什麼倒楣事呢。陶副官會仗著王司令的勢力，跟方家過不去。打老婆的人，什麼都幹得出來。寶慶真的沒了轍。他對自個兒說，這件事嘛，他其實無權過問。不過呢，也許還是應該管一管。

他得好好想一想，到底該怎麼辦。他不讓秀蓮跟媽和大伯說，更不能告訴琴珠。要是唐家知道了，鎮上的人就都會拿方家當笑話講。

秀蓮緊盯著爸爸的臉，兩個拳頭抵在腰間。「那您就讓那小王八蛋揍我姐姐，不管她啦？」

他臉紅了：「我並沒這麼說。咱們得好好合計合計，總會有辦法的。」

秀蓮氣瘋了：「我要踢出他的……」她氣得直嚷，頓著腳說：「女人都是苦命。大姑娘也罷，暗門子也罷，都撈不著便宜。」接著就用了一句琴珠的口頭禪。

寶慶嚇了一跳，走開了。這一程子他忙著練孟良寫的鼓詞，沒想到出了這麼多的事。事情真變得快。

這件事，秀蓮一直沒吭氣，她等著孟先生來上課。也許他有辦法。他有學問，會運用他的智慧，跟這種野蠻勢力作鬥爭。秀蓮把話跟他說了，然後下了最後通牒：「孟老師，我不打算再唸書了。我們家是賣藝的，沒有出息。一輩子都出不了頭，何必白費勁兒。我們這樣的人，永世出不了頭。」

孟良半天沒吭聲。他光坐在那兒，傻瞅著太陽光。他這麼一聲不吭，惹得秀蓮很生氣。心想，又碰到了個他不肯解答的問題。

「秀蓮」末末了，他提出了反問，「你說，中國人現在都在幹什麼？」

「打日本呀！」

「打贏了嗎？」

「沒有，正在打呀！」

「說得對。既然還沒贏，為什麼又要打呢？」

「要是不打，就得亡國。」

「一點不錯。妳能明白這個，就好辦了。你看我們國家這麼窮，這麼弱，可也抗戰三年了。我們的人民為了生存，奮勇抗戰。國家就跟一個人一樣，因為國家本是一個個人組成的嘛。個人經歷的，特別是求生存的鬥爭，也跟國家經歷的一樣。你越是發奮圖強，遇到的困難就越多。你得下決心克服一切困難，否則就一事無成。妳們女人是舊社會制度的犧牲品。這種舊制度的勢力還很強大，頑固，有害的影響也還大量存在。就拿我打個比方吧。我是寫劇本的，我有我的問題。妳是個女人，妳有妳的問題。在我們這麼一個古老的國家裡，女人總是受欺凌，受歧視的。妳想要有作為，就得爭取進步。我覺著今天婦女的地位，就像個跟人賽跑的小腳姑娘。當然妳的腳並不小，思想也沒受那麼多約束。你要做的，就是刻苦用功。妳姐姐挨了揍。為什麼挨揍呢？因為她從來沒有打算要有作為。她就知道百依百順，三從四德。她哪知道，女人自己起來反抗，可以消滅奴役婦女的舊勢力。

要是我們不抗戰，今天早已經亡國了。陳規陋習也一樣。你不跟它鬥，它就會壓垮你。」

秀蓮想了很久，完了說：「我還是覺著，再學下去也沒用。沒準我也得嫁人，也得教個臭男人揍。」

孟良笑了起來，有點不耐煩了。「哪能呢，妳不會的。」他拿起鉛筆，龍飛鳳舞地在一張紙上寫了點什麼。「秀蓮，我給妳安排個新生活吧。我主張妳去上學，跟別的姑娘一樣，好好唸書去。妳晚上才唱書，白天反正沒事幹。上學去吧。這樣你就可以腳踩兩隻船了。要是學得好，成了女學生，就用不著再唱書了。要是學不出來呢，還可以再唱書，總還比別人學識多一些，怎麼樣？白天上學，晚上作藝。妳瞧，我希望妳能自立，必要的時候，能賺錢養活自己。想想吧，要是大鳳會一門手藝，她的處境就會好得多。她可以離開那個傢伙，自己賺錢吃飯。要那樣，她壓根兒也就用不著嫁給他了。」

「這麼說，我要是讀了書，就不會像琴珠那樣了？」「根本就不會那樣。」

「我爹媽能讓我去上學嗎？」

「我去跟他們說說，再把你大伯也拉來幫忙。」「我姐怎麼辦呢？」

「那可就得另說了。總得想個辦法。多想想，準能想出好主意來，不過也得好好想想，不能太莽撞。眼下咱們已經取得了點勝利。咱們已經下定決心，不讓妳像大鳳那樣，更不能學琴珠。妳要做新中國的婦女，要做個新時代的新婦女，能獨立，又能自主。妳看，那多好！」

於是，秀蓮一心一意用起功來。每天，太陽落山之前，她一定要學上幾十個字。在她看來，一個個字像奔騰的大紅馬，能把她載進一個新社會。那兒沒有暗門子，沒有鴉片，不允許把閨女隨便嫁出去受折磨。在那個新社會裡，到處都是像孟老師那樣有學問的人。

她覺著自己也成了新中國的一部分，不再是無足輕重的了，擺脫了發霉發臭的舊時代，進入了光明燦爛的新時代。

秋天已到了，方家收拾行裝，準備回城裡去。他們磨磨蹭蹭，沒有及時走掉。一天下午，也是沒拉警報，來了一群敵機，在鎮上扔了一串炸彈。誰也不明白敵人要炸的是什麼。這裡是遊覽區，有不少闊人的別墅。據傳說，有些大闊佬囤積了大量石油，準備賣黑市。日本人的探子，可能就把這些油罐當作軍用物資，報告了敵人。

一陣轟隆轟隆的爆炸聲，又死了一批人，汽油罐倒安然無恙。

方家住在鎮邊的小河旁。空襲突如其來，誰也來不及躲進防空洞。他們只好跑到野地裡，趴在河邊的大石頭底下。除了窩囊廢，全家都在一塊兒趴著。窩囊廢喜歡走動，又討厭那一群群繞著岩石飛的蚊子。他慢慢沿河邊走著。聽見天上嗡嗡響，他漠然抬頭看了看，心想，那不過是往重慶去的，總不會在南溫泉下點什麼。看起來倒挺好看，藍藍的天上飛著幾隻銀色的飛機，高射炮響了幾下，迸出幾小團雪白的煙霧。真廢物，一炮也沒打中。真孬種，這種事，也該有人來管管！飛機只管飛它的。窩囊廢坐在他頂喜歡的一棵樹底下。「還往前飛」他對自個兒念叨著，「空襲一次，就得毀多少房子，死多少人。真不是玩藝兒！多咱才能給他們點兒顏色看看？」

飛機又回來了。窩囊廢奇怪起來。也許是來炸南溫泉的？最好還是躲一躲。他站起來，瞧著那排人字形的銀色飛機，嗡嗡地飛了過來。倒是怪好看的，好看得出奇。高射炮就是打不中。快跑吧。沒準扔個炸彈下來。到那石頭底下去，別待在這樹底下，萬一挨一下呢。

窩囊廢跑起來了。他聽見了炸彈的呼嘯，轟的一聲，大地在翻騰。又一個炸彈嘶嘶響著掉了下來，他的耳鼓好像要脹破了。他沒命地跑，炸彈崩起的一塊大石頭呼地飛過來，打中了他的腦袋。

寶慶在大哥常常傍著坐的一棵大樹附近，找到了他。窩囊廢手腳攤開，背朝天趴著。

寶慶摸了摸，「哥，哥，醒醒。」窩囊廢沒答應。

他把窩囊廢翻了個個兒。沒有血，沒有傷口，睡著了。他一定是睡著了，再不就是醉了。寶慶扶起他來，靠著自己。窩囊廢的腦袋耷拉下來，像沒了骨頭似的。

寶慶不信他的哥會死。他嗅了嗅他的嘴。窩囊廢的嘴唇又涼又僵，早嚥了氣。兩手冷冰冰的，毫無生氣。

秀蓮也過來了，哇的一聲哭了出來。寶慶輕輕把哥放倒在草地上，給他搧著蒼蠅，這些蒼蠅在已經停止了生命的臉上爬著，鑽著。「大哥，大哥，為什麼單單您……」

秀蓮跑去告訴了媽，一下子全家都哭起來了。鄰居也來了，都掉了淚，對方家致了哀悼之意。他們圍著寶慶，寶慶站在哥的身邊，呆呆的，像個石頭人。他眼冒兇光，乾枯無淚，滿面愁容。他挪不動步，說不出話。

為什麼偏偏輪到窩囊廢？他是他的哥。多年來，一直靠他養活，每逢有難，都是哥救了他。哥有才情，那麼忠厚，就是牢騷多點。他能彈會唱，有技藝。可憐的窩囊廢！他最怕的就是死在外鄉，如今偏偏是他，炸死在遙遠異鄉的山區裡。太陽早已落山，月亮在黑沉沉陰慘慘的天上，高高升起。鄰居們都回家去了，只有寶慶還站在哥的屍體旁。天快亮時，秀蓮走了過來，拉了拉爸的袖子，「爸，回去吧」她悄聲說，「咱們把他抬回去。」

十八　喪事

喪事由二奶奶操持。天還熱，三天以內就得下葬。寶慶已是六神無主，他就知道哥已經炸死，人死不能復生，再也聽不見哥的聲音了。他的腦子發木，什麼也感覺不到，吃不下，睡不著，蓬頭垢面。

二奶奶卻來了精神。她打點一切，做孝衣，跟槓房打交道，供神主。她幫寶慶穿孝衣，招呼他吃喝。他楞在棺材邊，一聲不吭，傷心不已。她時不時走過來瞧瞧，怕他背過氣去。有人來弔孝，是她站在門口接應客人；寶慶隻到來了人，可無心應酬。他機械地起立，行禮，接著守他的靈。人家跟他說話，他光知道點頭，一點兒也不明白人家說的是什麼。他成了活死人。

只有一個人，他見了，多少還有些觸動，那就是孟良。孟良是那麼友愛，那麼樂於助人，他最能體貼人，了解人。寶慶沉浸在無邊的悲痛裡，不能自拔，只有孟良的熱心腸，能給他些安慰。孟良這樣關懷他們，方家非常感激。

他們一向認為，孟良和他們之間，有一道鴻溝。他是作家，又是詩人，來這裡是為了研究大鼓書。如今他完全成了他們中的一個，是真心的朋友，一心想幫忙。朋友來弔孝，孟良陪著。幫著應酬客人，陪他們吃飯，跟著守靈。寶慶雖說是傷心不過，也覺著他雖然失去了親愛的大哥，可也有了個真誠的朋友。

他們在山頂上買了塊墳地，由孟良負責監工築墳。棺材入了穴，寶慶按照家鄉風俗，在棺材上撒了把土。他的淚已經流乾。他站著，禿著頭，鐵青著臉，茫然瞪著大眼，瞧著墳坑，看槓房夥計把土鏟進墳裡。大哥就這麼完了。這冰涼的土地上，躺著窩囊廢。

人都散了，寶慶還站在墳頭，孤孤單單，悲悲切切。不多遠站著二奶奶，孟先生和秀蓮。一個腳伕挑著寶慶的鼓、窩囊廢常彈的三弦，上了山。天是灰濛濛的，鑲著白邊的黑雲，滾滾越過山頭。在蒼茫的暮色裡，寧靜的田野異常的綠，樹木的枝條映著背後的天空，顯出清晰、烏黑的輪廓。

寶慶從腳伕手裡接過三弦，深深一鞠躬，恭恭敬敬把它放在墳前地上，把鼓架了起來。

寶慶高舉鼓槌子。一下，兩下、三下，敲起來。咚咚的鼓聲像槍聲，衝破了死一般的寂靜。孟良覺得大地在震動，樹葉在發抖。

寶慶手按鼓面，打住了鼓聲，說起話來。他說：「哥，哥，我再來給您唱一回。求您再聽我這一回吧。咱哥兒倆不那麼一樣。您愛彈又愛唱，愛藝如命，但您不肯賣藝吃飯。

我又是另一樣，我得靠作藝賺錢養家。外人看著咱哥倆各不相同，可咱們不就這點差別嗎？就這麼一點兒。」他停了一停，恭敬地鞠了一躬。「大哥，我明白我再也見不著您了，不過我還是想請您再給我彈一回。再彈彈吧，讓我再聽聽您好聽的琴聲。記得咱們在一塊，唱得多痛快？如今你我已成隔世的人，不過咱還能一塊兒唱。咱們一塊過了四十多年哪，哥。有的時候咱也吵，但手足總還是手足。現在不能吵了，也不能爭了。我只有一樣本事，就是唱，所以我來再給您唱這麼一回。大哥，您也就用您那巧手，再給我彈這麼一回弦吧！」

寶慶又使勁敲了敲鼓。然後等著，頭偏在一邊，好似在傾聽那三弦的琴聲。站在一旁的人，只聽見風拂樹木發出的嘆息。秀蓮用手絹堵住嘴，壓住自己的啜泣。二奶奶在哭泣，孟良輕聲咳著。

寶慶給大哥唱了一曲輓歌，直唱得泣不成聲，悲痛欲絕。孟良挽住朋友的手臂。

「來，寶慶」他勸道，「別緊自傷心。人人都有個歸宿；有死，也有生，明天的人比今天還多，生命永不停息。誰也不能長生不老，別這麼傷心。大哥這一輩子，也就算過得不錯。」

寶慶用深陷的雙眼看著他，滿懷感激。「日本人炸死了我的哥」他悲傷地說，「我沒法給他報仇，不過我要唱您寫的鼓詞，我這下唱起來，心裡更亮堂，我要鼓動人民起來跟侵略者鬥爭。」

孟良拿起鼓，挽住寶慶的手臂。「家去，歇一歇」他勸著，寶慶不肯走。過了會兒，他轉過身來，再一次對著墳頭說，「再見吧，大哥，安息吧，等抗戰勝利，我把您送回老家，跟先人葬在一起。」

第二天，孟良請了個大夫來瞧寶慶。寶慶病了，是惡性瘧疾。他身體太弱，病趁虛而入，把他折磨得死去活來。二奶奶又喝開了，現在是輪到秀蓮來照顧病人。對她來說，這是件新鮮事，她從來沒有侍候過重病人。爸病得真厲害，可別死了。她從沒見過他這樣，臉死灰死灰的，雙眼深陷，渾身無力，坐都坐不起來。她想，人有死，有生，又有愛。生命像一年四季，也有春夏秋冬。但在冬季到來之前，死亡也會像夏天的暴風雨一樣，突然來到。大伯不就是這樣的麼。她自己，總有一天也得死。不過死好像還很遙遠，難以想像，因為她現在還很年輕，健壯。孟良也跟她這樣說過。誰也不能長生不老。要是爸真的跟著大伯去了，她可怎麼辦呢？她更愛爸爸了，一定要救活他。她日日夜夜不離病床。寶慶只消稍動一動，她就拿藥端水地過來了。有時孟良來陪她一會兒。除了爸，孟先生就是世界上頂頂可親的人了。

守在爸床頭，秀蓮在漫漫長夜裡，想了好多事兒。她看出來，打從大鳳出了嫁，大伯又死了以後，家裡整個變了樣。媽一定很疼大伯。他活著的時候，她跟他吵起架來，也很厲害。可現在她常坐在椅子裡，悄悄地哭，就是不醉，也這樣。她又想起了那個老問題：為什麼媽媽單單不愛她？拿孟良來說吧，媽信得過他，他怎麼就能得她的歡心呢？寶慶總算度過了難關。有天晚上，秀蓮踮著腳尖進來，打算給他餵藥，見他輕輕鬆鬆躺在床上，臉上掛著笑。腦門不再發燙，身上也不再大汗淋淋，他跟她說話，說他替大鳳擔心。為什麼她不來弔孝，為什麼她女婿也不來？出了什麼事？秀蓮一個勁安慰他，說大鳳會照顧自個兒，不會有什麼事。不過她知道，說這話也白搭。爸在心疼閨女呢。秀蓮很奇怪。人為什麼總要到事後才來操心？他早就該操這份心，不該讓他閨女去遭那份兒罪！

寶慶已經見好，有天上午，正躺著休息，大鳳跌跌撞撞走了進來。她把一個包袱往地下一扔，就衝爸爸撲了過去。她摟著爸哭了又哭。二奶奶聽見響動，走過來瞧。她不知道怎麼疼閨女才好，生拉活拽，硬把女兒從病床邊拉開，把她安頓在一把椅子裡。大鳳止了哭，可是說不出話，像個木頭人。二奶奶一個勁盤問，但閨女壓根兒就聽不見。折騰了約摸半點來鐘，二奶奶沒了轍。到了還是寶慶有氣無力地開了口。「我又老又病，為妳操心，叫我傷神。趁我還沒死，說說妳到底是怎麼回事。」

「他不要我了，就是這麼回事。他把我扔下不管了。」大鳳放聲大哭，二奶奶尖聲喊了起來。寶慶瞅著大鳳，呆了。他心如火焚，猛地倒在枕頭上。

「他敢不要你」二奶奶吼著，搖晃著拳頭。「不要你？叫他試試，狗雜種。我跟妳去，看我不收拾了他。老娘要是收拾不了他，就管我叫廢物老婊子！」

「他已經走了，媽。」大鳳說。

二奶奶氣呼呼地瞪著女兒。「廢物，怎麼就讓他走了？他說句不要，妳就讓他走啦？妳是什麼人？笨蛋！妳有法收拾他，結了婚，就有法收拾他。」

大鳳沒言語。二奶奶為了平一平火氣，衝進隔壁房間，喝了一杯酒。真氣死人：結婚沒幾個月，就讓丈夫跑了。她敢說閨女是好樣兒的。要是閨女不規矩，也還有可說，可大鳳是黃花閨女，小娃娃似的那麼天真。是不是因為她年輕時不守本分，報應落到女兒身上？她攥緊了胖拳頭，低下了滿是淚痕的臉。她嫁寶慶以前，還真風流過一陣。所有賣唱的姑娘都一樣。不過閨女是清清白白養大的，怎麼也落得這般下場？姑娘讓個下三濫的混蛋副官給甩了！她越想越氣，心都快炸了。婊子養的狗崽子！老娘要是抓住他，非把他腸子踢出來不可。

她又衝回堂屋裡，緊追緊問，硬逼著大鳳說了實話。還是為了王司令那個老混蛋。這個軍閥打過秀蓮的主意，已經有了好多小老婆，是個色鬼，見女人就要。「開頭幾天挺不錯」大鳳開了口，「他待我挺好，後來王司令知道我們結了婚，吃醋了，把他叫了去，說：『好呀！我要那賣唱的姑娘，你不弄來給我，倒給自己找了個老婆。混蛋！看我不收拾你。』他一發起脾氣來，怕死人。王公館上上下下，人人自危，這種時候，連王老太太也怕他三分。後來司令瞧見了我，就說，得把我分一半給他。他對我丈夫講，『賣藝人家的閨女沒一個正經的，不但不在乎，還會高興呢。』」大鳳哭起來了。「老爺就是這麼說的。他說我天生是個婊子，有倆男人準保高興。」

二奶奶氣得直哼哼，「往下說，還有什麼，都說出來。」

大鳳擦了擦眼淚，接著往下說，說她真愁壞了。不知道該怎麼辦。她覺著，有的時候，他彷彿情願把她送給老爺，有的時候，又拚命吃醋。還說王司令嚇唬他，要把他送回軍隊，還當他的上士班長，吃糧去，不讓他留在王公館享福。有一天，王司令趁她丈夫不在家，跑到她家。一來就動手動腳，可她不幹。

她丈夫回家後，認為老爺已經佔有了她。大鳳說，她並沒有不貞潔，可他不信，罵她婊子，說她什麼人都要。她越分辯，他罵得越凶。每天王司令把他打發得遠遠的，然後跑來跟大鳳糾纏，事情越來越糟。大鳳說：「我有什麼辦法呢。背棄了丈夫，就得倒楣一輩子。守著他呢，他又得丟差使，不論怎麼著，丈夫都怪我不好。」

每天晚上，陶副官當差回來，都要狠揍她一頓，她怎麼辯解，都是白搭。陶副官怎麼都不信。他揍她，蹂躪她。

王司令沒達到目的，氣壞了，撤了陶副官的差事，趕他回軍隊去，讓他馬上滾。

陶副官對大鳳說，他不打算回軍隊去，要跑。當晚他收拾了幾樣東西，準備溜。大鳳也跟他一塊兒收拾，可是他說他不能帶她。沒法帶。她說，他到哪兒，她也跟到哪兒。夫妻嘛，理應如此。嫁雞隨雞，嫁狗隨狗。陶副官聽了笑起來，在她屁股上狠狠打了一巴掌，打得她倒在了床上。然後跟她說了實話。他早就結過婚，孩子都好幾個了。他倆的婚姻，壓根兒不算數。

她最好回家找媽媽，把這檔子事兒忘個一乾二淨。「這個狗雜種，婊子養的……」二奶奶喊了起來。別的人，誰也沒再開口。大鳳又哭了起來。她抽抽噎噎地說，陶副官把她的首飾和所有值錢的東西都賣掉了。她帶回來的，只有一個在她肚子裡活蹦亂跳的孩子。

寶慶這下才猛醒過來。「大哥說得對」他緩緩地說，「藝人都沒有好下場。」

秀蓮拉住了大鳳的手臂。「上我屋裡去，擦把臉。」她催促道，「擦點兒粉，抹點口紅，就會舒服點。」大鳳這才衝她笑了笑，眼神裡透著溫柔。「說得真對，好妹妹。過去的事，哭也沒用。」

十九　教訓

唐家急著趁寶慶生病的機會，撈它一把。他們算計，窩囊廢死了，寶慶和秀蓮沒了彈弦的。要是不改行，就得來搭唐家的團隊，借重小劉。唐家這回真是穩拿啦。要是方家改了行，那最好，唐家可以獨霸天下，沒了對手；要是寶慶和秀蓮來搭班呢，唐家又可以訛它一下，要個好價兒。他們興頭得了不得，忙不迭回到重慶，口袋裡彷彿已經沉甸甸地裝滿了大把大把的錢。

重慶的情況在變。全國都在堅持抗戰，戰爭負擔異常沉重，小民們的腰包都掏空了。投機倒把的奸商囤積居奇，大發國難財。物價飛漲，生活程度高得出奇。老百姓手裡攥著一大把錢，可是買不來多少東西。少數人過著燈紅酒綠，醉生夢死的生活。人民不滿。於是，官方想出了個主意，在節制娛樂上下功夫，訂了個規章。只許五家戲院，四家影院和一個書場在重慶開業。寶慶有名望，唱的又是抗戰大鼓，書場總算保留了下來。這時候，他還在南溫泉給大哥服喪。

唐家這一下挨的不輕。獨一份兒的書場眼看要到手，又黃了。他們以為寶慶走了什麼歪門道，把他們的書場封了。唐家兩口子急急忙忙跑回南溫泉，找臥病的寶慶算帳。

他們撞進來的時候，寶慶正躺在床上。他聽著，臉上掛著點兒淒涼勉強的微笑。他壓根兒不想聽他們的。他還沒退燒，打不起精神來理他們。他雙眼半睜半閉，硬撐著靠在枕頭上，看著兩位不受歡迎的客人。唐四爺指手劃腳，吹鬍子瞪眼。寶慶瞧著他們，悽慘地晃了晃蒼白的臉。「唉」他有氣無力地分辯，「我是個病人，打從我哥去世，沒起過床，能去跟你們作對嗎？你們設身處地，替我想想。我哥去世了，閨女又離了男人，揪心事兒這麼多，我壓根兒不想再作藝了，幹嘛還要跟你們過不去？」

四爺瞪眼瞅著他老婆。臃腫的四奶奶臉上，惡毒的神情和虛偽的笑容交織在一起。她朝丈夫看了一眼，略微點了一下頭。這是變換戰術的信號。

唐四爺馬上換了一副神態，甜膩膩地問，「老朋友，您不出來作藝，別人怎麼辦呢？小劉還盼著給您倆彈弦呢。他成天惦記的就是這個。您得替他和我閨女想想，不能看著他們挨餓。」

「還有我們倆呢」四奶奶又叫起來了，「總得活下去呀，錢沒了，物價又這麼漲，您總不能丟下我們不管。」寶慶搖了搖頭。「好吧」他答應著，「等我好了，去找你們。」

他們垂頭喪氣走了出去。他們前腳剛出門，寶慶這裡就掉了淚。「您說得對，大哥」他自言自語，「藝人都是賤命，一錢不值。」

矇卑之中，他看見大鳳苦著臉在那兒晃來晃去，費勁地操持家務。為什麼不下決心改行，另找一份體面的事兒？想想自己的閨女，只因爹是藝人，上了人家的當，像個破爛玩藝兒似的讓人給甩了。這不是人過的日子，世道真不公平。而這，就是現實，就是社會對他的犒勞。他嘆了一口氣。他從來沒做過虧心事，一向謹慎小心，守本份，一直還想辦個學校，調教出一批道地的大鼓藝人。現在一切都完了。所有攢的錢，都給窩囊廢辦了後事。

姑娘出嫁，他的病，花費也很大。錢花了個一乾二淨，連積蓄都空了。生活費用這麼高，不幹活就得挨餓。

想到這裡，他掙扎著起了床，覺著自己已經好多了。既已見好，就不能再這麼待著。他已經能站，能走，能想了。沒時間再病下去。過了一個禮拜，他去了趟重慶，發現什麼東西都漲了。薪水沒有動，物價倒翻了好幾番。光靠薪水，誰也活不下去。人人想撈外快，沒有不要錢的東西。寶慶憑三寸不爛之舌和一副笑臉，再也換不來什麼好處。非大筆花錢不能辦事。老百姓懂得錢不值錢了，所以錢一到手，就趕快花掉。誰也不想存起來。

寶慶也變了。他一心一意唱書，照料書場，但再也笑不出來了。只要一有空，就會想起哥的死。他總覺得是自己給哥招了災。窩囊廢不肯賣藝，是他逼著他幹的。還有那可憐的被人遺棄的閨女。她一天到晚愁眉苦臉，實在難過了，就去找媽媽，可媽一天到晚醉著，難得有一刻清醒。

寶慶認為自己應該幫幫大鳳。他想法哄她，體貼她。她遭了不幸，比個寡婦還不如，往後怎麼辦？想到這裡，他心裡火燒火燎，呆呆坐著，急得一身汗。剛出嫁就遭不幸，怎麼再嫁人？他腦子裡縈繞著這些問題，無計可施，只好買些東西來安慰安慰她——糖果啦，小玩藝兒啦，凡是一向常給秀蓮買的，現在必定也給大鳳買一份。

唐家一直沒露面。琴珠天天來幹活，唱完就走，從來不提爹媽。小劉照常來彈弦，一聲不吭，彈完就回去。寶慶很不安。唐家一定又在打什麼餿主意了，他已經精疲力盡，懶得去捉摸他們到底要幹什麼。隨他們去，他厭煩地想，沒個安生時候！他一天一天混日子，有時拿句俗話來寬寬心：「今天脫下鞋和襪，不知明天穿不穿。」

有天下午，小劉請寶慶上茶館，寶慶去了。小劉今兒個怎麼了？往常他的臉白卡卡的，帶著病容，這會兒卻興奮得發紅。他近來常喝酒。唔，總比大煙強點。

寶慶等著小劉開口。小劉呆呆地衝著牆上的大紅紙條「莫談國事」出神。他啜著茶，不說話。寶慶急躁起來。小劉的臉越憋越紅。

「小兄弟」到底還是寶慶先開口，「有什麼事嗎？」

小劉的眼神裡透著絕望。瘦臉更紅了，敏感的嘴角耷拉著，樣子痛苦不堪。

「我再也受不了啦」他終於下了決心，難過地說，「我受不了了。」

寶慶不明白，「你說的是什麼，兄弟？我不懂。」小劉兩眼發紅，聲音直顫。「我雖說是藝人，也得有份兒人格。我跟琴珠過不下去了，她跟什麼樣的男人都睡覺。我本以為這沒什麼大關係，可我想錯了。我滿以為我們能過上好日子。結了婚，我彈，她唱，小日子準保挺美。我滿以為結了婚她就不會再跟人亂來了。您知道她爹媽是怎麼個主意嗎？他們讓她陪我，也陪別的男人。我受不了這個。我一提結婚，他們就笑，問我能不能養活她。為了討她的好，我把我開來的份兒，多一半都給了他們，怎麼就養活不了她？我要琴珠一心對我，她光瞧著我，說：『你吃哪門子的醋呢，男人都一個樣。』我怎麼辦呢？」

小劉低下了頭，悄聲說了一句：「我起先以為她這樣做是父母逼的，其實不完全是這樣，我看她喜歡這麼幹，她天生是個婊子。」

「女人一開了頭就糟了」寶慶想不出更好的話來說，只好這麼講。

小劉咳嗽一下。終於下了決心，挺認真地說，「上次，他們拿她來勾引我，不讓我給您彈弦。他們硬要我答應，我也就幹了。您待我那麼好，我對不起您。這回他們又沒安好心。他們想把您撂下，到昆明去，聽說那兒買賣好。城裡人多，又沒個戲園子。他們要我跟去，我不，我才不去呢！」「你要不去，琴珠就唱不成啦」寶慶說。沒把他的想法說出來。「他們一定得想法兒讓你去。」

「大哥，所以嘛，我才來找您給我拿主意。求您拉我一把。事情是這麼著，我跟琴珠並沒有正式結婚，滿可以跟她斷絕關係。」他那長長的細手指越攥越緊。「等我跟她吹了，唐家就拿我沒法兒了。沒法再擺布我。所以嘛，大哥，我就想了這麼個主意。」小劉說著，猶豫了一下，臉變得通紅。「說吧，什麼主意？」

「您可別生我的氣。」

「怎麼說呢，我又不知道你是怎麼個打算。」

「大哥」小劉眼不離茶杯，「我要是能另找個人結婚，就不用再跟唐家一起住著，他們也就拿我沒法兒了。」「對呀，這辦法不錯。」

「真謝謝您，要是我……」

「怎麼樣？」

「我說不出口。」

「說吧，咱倆是弟兄，又是老交情。」

「唔，我……我想娶您家大姑娘。」

寶慶驚呆了。彷彿一盆涼水從頭澆到腳。「可咱倆是把兄弟，小劉，這怎麼行呢。」

「我比您小十幾歲」小劉反駁了，「再說我那麼敬重您。這些事我都想過了。您的大閨女人品挺不錯，很老實。我絕不會欺負她。我喜歡她。說實在的，我早就想娶她，只是沒膽量跟您開口。

我早就覺著您不樂意她嫁個藝人，更甭說傍角兒的了。我現在還是樂意娶她。她遭遇不幸，我一定要好好待她。我打算把大煙戒了，做個正派人。大哥，不論怎麼說，咱們是同行。這樣好些……我的意思是說，她嫁給我，比嫁給外路人強。」

寶慶好一會兒答不上話來。惡性循環。賣藝的討個藝人的閨女，生一群倒楣蛋。這小子跟琴珠鬼混了這麼久，琴珠要他，騙他，這會兒他又想來娶大鳳。能叫大鳳嫁給他嗎？

他搖了搖頭，想起了窩囊廢說過的話：「一輩作藝，三輩子遭罪。」他不知不覺把這話大聲說了出來，小劉傻乎乎瞧著他。在寶慶面前，他活像一隻小白狗，等著主人施一口吃的。「我得跟家裡商量商量」寶慶說。

小劉笑了，「最好快著點兒，唐家要我這個禮拜就跟他們走。」

寶慶心裡暗罵，這小王八蛋想訛我。還有什麼壞招，都拿出來好了。他正想找點什麼話搪塞過去，小劉又冒冒失失說了一句，「您要不答應，我可就要跟他們到昆明去了。」

寶慶氣得想大聲嚷起來。一點兒不講交情，毫無義氣。人和人的關係就像下象棋，你計算我，我計算你。他哪點對不住小劉？這是什麼世道？還有沒有清白忠厚的人？

他臉上裝出一副滿不在乎的神情。何必讓小劉看出來他很窩火？要是琴師跟著唐家走了，他可就沒轍了。當天晚上，他跟老婆商量了這件事。把大鳳嫁給小劉，好不好？當然，在她看來，沒什麼不好的。就是以後出了差錯，也賴不著她。她沒什麼可說的。她藉口商量正經事兒，喝了幾口酒。

寶慶又去跟大鳳商量。她冷冷地聽著，一點兒不動心。臉上沒有紅暈，兩眼呆滯無光。寶慶覺得她的興趣只是想再找個男人就是了。

「可是他沒跟我離婚」她說。

「用不著離，他早已經是結過婚的了。他要是敢回來，我就去告他重婚。」寶慶恨恨地說。

「好吧，爸爸，您覺著怎麼好，就怎麼辦吧。我聽您的。」

寶慶覺著噁心。閨女真聽話。只因爸爸一句話，她肚子裡帶著一個人的娃娃，就去跟另外一個人同床共枕。他滿懷羞恥。他熱愛大哥，是有道理的。全家只有大哥有理想。其餘的人都受金錢支配。大鳳不反對嫁給小劉，是因為這能幫助父母賺錢吃飯。他笑了起來。

大鳳問：「您幹嘛笑話我？」

「我沒笑話妳呀」他半開玩笑地答道，「妳是個好孩子，知道疼爸爸。真懂事。」

婚事就這麼定了。

秀蓮厭惡透了。打從大鳳一回家，她一直想安慰大鳳，做她的好朋友。如今她畏縮起來，悶悶不樂。要是姐姐不愛小劉，卻能跟他結婚，那她和他的關係，豈不就和琴珠差不離，跟個暗門子一樣。爸怎麼辦了這麼檔子事？他在她心目中的地位下降了。雖然不能說他賣了閨女，但畢竟是用她換了個彈弦的來。為了自己得好處，利用了大鳳。這跟賣她有什麼不同？

「姐」她問大鳳，「妳真穩得住，就那麼著讓爸爸擺布妳的終身？」

「不這樣又怎麼辦呢？」

秀蓮很不以為然地搖了搖頭，因為生氣，眼睛一閃一閃的。「要是隨隨便便就把我給個男人，還不如去偷人呢。妳就像個木頭人，任人隨意擺弄。」

「甭這麼說」大鳳也冒火了，「偷人，我才不幹那種見不得人的事呢。妳以為我軟弱、窩囊。

其實滿不是那麼回事。我自有我的想法，要不我幹嘛答應嫁給他。我要爸疼我，爸不疼我，我就完了。嫁給小劉就遮了我的醜。」

這下秀蓮沒的可說了。她奇怪，人的看法會有這麼大的差別，姐和孟良多麼不同。過了一會兒，她對姐說：「姐，小劉要是也敢打妳，妳就告訴我，我幫妳去跟他幹！」

唐家氣瘋了。琴珠氣得臉發青，她其實打心眼兒裡喜歡小劉。為了錢跟別的男人玩玩也不錯，過後回到家裡，需要有個朝夕相處的伴侶。起碼他幹乾淨淨，和和氣氣。別的男人，什麼樣的都有，胖而凶，髒而醜的，都有。只要肯拿錢，她就陪他們個把鐘頭。她一向覺著，她跟小劉遲早會有好日子過。她待他像個慈母，喜歡哄著他玩，在一些小事兒上照顧他，讓他舒舒服服。有他守在身邊，是一種樂趣。當然他們也吵架，不過最後總是琴珠來收場，哄他上床睡覺，一邊說，「來吧，乖乖，別生氣了，媽跟你玩會兒。」

這下好夢做不成了。琴珠決定大幹一場。她打算跟大鳳幹到底，她算豁出去了。

琴珠撞進門的時候，方家正在吃午飯。她的頭髮散披在背後，臉耷拉著，鐵青。她跨進門來，見了寶慶，就忘了要跟大鳳幹的事。她衝他晃著拳頭，尖聲叫喚：「方寶慶，出來，我要跟你算帳，就是你！」

寶慶只顧吃他的飯。大鳳猜到琴珠要幹什麼，根本不往她那邊瞧。寶慶一邊吃，一邊盤算著，跟琴珠吵鬧不值得。她是女流，又是潑婦。讓女的來對付女的。他瞅了瞅老婆。

二奶奶顯然也生了氣，慢慢打桌邊站起來，搖搖擺擺衝琴珠走過去。她那胖手臂揮得挺帶勁兒，像是要把琴珠給收拾了。她兩眼瞪得老大，亮閃閃的，臉上掛著不懷好意的微笑。

「琴珠，妳要幹什麼？」她問著，離那蓬頭散髮氣糊塗了的姑娘還有好幾步遠，就站住了。琴珠看出了點苗頭，往後退了幾步，一隻手捂著胸口。她還沒來得及開口，二奶奶就說開了。琴珠以為她要用髒話罵人，正打算回嘴，只見二奶奶既沒大發雷霆，也沒硬來。

「妳知道，琴珠」二奶奶說得挺和氣，可又挺硬梆。「妳要還想跟我們在一塊兒幹，妳就得留點神。幹嘛那麼瘋瘋癲癲的，好好談談不行嗎？我們不強迫妳跟我們搭夥兒。沒妳也成，可要是妳樂意來呢，也可以。妳怎麼打算呢？」

琴珠本想跟方家鬧一場，沒想到二奶奶倒跟她講起作藝的事兒來了。除了她不能跟小劉一塊兒回家去，別的一切照常。二奶奶的話，挑不出什麼毛病，不過琴珠還是得挽回面子。於是就罵開了。她用髒話把寶慶、大鳳、小劉挨個罵了個遍。二奶奶回敬的也很有份量，使琴珠覺著非得從頭再罵一遍，才敵得過。罵完了，她轉身就走，臨行告訴二奶奶，她要照常來幹活，散了戲，小劉愛幹什麼幹什麼，跟她不相干。

秀蓮心裡很不是味兒。她從來沒聽見過像琴珠和媽對罵的這麼多難聽話。這是怎麼回事？她一向以為愛是純潔、浪漫的。可琴珠和媽說得那麼骯髒，爸一言不發。彷彿他已經司空見慣，也是這麼看的。

她看看爸，又看看姐，他們是那麼可憐。他們希望這個婚姻能對方家的生意有好處，同時又給大鳳找個丈夫。為了這，他們可以豁出去。這就是人情世故。姐不是賣藝的，她守本份，結了婚，處境就會好些。秀蓮覺著大鳳像個可憐的小狗，脖子上套著鏈子。踢它，啐它都可以。但人家畢竟認為她是個正經人，因為她是秉承父母之命出嫁的。她皺起了稚氣的眉頭。她的命運又當怎樣？想起來就不寒而慄。她跑進自己屋裡，痛哭了一場。

二奶奶給自個兒倒了一大杯。她勝利了，得意得臉都紅了。她一直想要好好教訓教訓那個遭瘟的小婊子琴珠。這回算是出了口氣，把她會說的所有罵人髒話，通通都用上了。

她坐在椅子裡，回味著一些頂有味的詞兒，嘟嘟囔囔又溫習了一遍。總算把那小婊子罵了個夠，要是唐家老東西膽敢來上門，照樣也給她來上一頓！

◆二十 發愁

寶慶忙著要給新郎新娘找間房。炸後的重慶，哪怕是個破瓦窖，也有人爭著出大價錢。公務員找不著房子，就睡在辦公桌上。

找房子，真比登天還難。他到處託人，陪笑臉，不辭勞苦地東奔西跑，又央告，又送人情，才算找到了一間炸得東倒西歪沒人要的房子。房子晒不著太陽，牆上滿是窟窿，耗子一群一群的，不過到底是間房子。寶慶求了三個工人來，把洞給堵上，新夫婦就按新式辦法登了記，搬了進去。大鳳有了房子，寶慶有了琴師，書場挺賺錢。還有什麼不知足的？是呀，寶慶又有了新女婿。不過他雖然占了唐家的上風，卻並沒有嘗到甜頭。他把可愛、順從的女兒扔進小劉的懷抱，一想起這件事，就羞愧難當。他一向覺著自己在道德方面比唐家高一頭；可是這一回，他辦的這檔子事兒，也就跟他們差不多。

琴珠在作藝上，挺守規矩。按時來，唱完就走。她不再吵了。失去小劉，彷彿使她成熟了。寶慶不止一次地看出，她那大而滏潤的眼睛裡，透著責備的神情。寶慶覺著她彷彿在說：「我賤，我是個婊子。你不就是這麼想的嗎！不過，你那嬌寶貝跟個婊子玩膩了的男人睡覺。哈哈。」寶慶羞得無地自容。

大鳳越來越沉默。她常來看媽媽，每次都坐上一會兒。她比先前更膽怯了，乾巴巴的，臉上一點兒表情也沒有。寶慶見她這樣，心裡很難過，知道這是他一手造成的。只有他，懂得那張茫然沒有表情的臉上表露出來的思想。在他看來，大鳳好像總是無言地在表示：「我是個好孩子，叫我怎麼著，我就怎麼著。我快活不快活，您就甭操心了。我心裡到底怎麼想，我一定不說出來。我都藏在心裡，我一定聽話。」

他深自內疚，決定好好看住秀蓮。她可能背著家裡，去幹什麼壞事。他覺出來，即便是她，也不像從前那麼親近他了，而他是非常珍惜這種親密關係的。怎麼才能贏得她的好感，恢復父女的正常關係呢？他步行進城，買了好東西來給她。她像往常一樣，收下了禮物，高興得小臉兒發光，完了也就扔在一邊。

有的時候，他兩眼瞧著她，心裡疑疑惑惑。她還是個大姑娘嗎？她長得真快，女大十八變，轉眼發育成人了。胸脯高高聳起，臉兒瘦了些，一副火熱的表情。他心裡常嘀咕。

她有什麼事發愁嗎？私下有了情人啦？跟什麼男人搞上了？有的時候，她像個婦人，變得叫人認不出；有的時候，又像個紮著小辮兒的小女孩。她愛惹事，真叫人擔驚受怕。

他想，應該跟老婆去說說，求她好好看住秀蓮，像親娘似的開導開導她。他當爸的，有些話開不了口。再三思量，他又遲疑不前。二奶奶準會笑話他。大鳳已經是重身子了，二奶奶成天就知道寵閨女，眼巴巴盼著來個胖小子。要真是個小子，她就用不著到孤兒院去抱了。自個兒的外孫，總比不知是誰的小雜種強。二奶奶肚量再大，也沒工夫去顧秀蓮。要忙的事多著呢，還有那些酒，也得有個人去喝。

寶慶覺著自己沒看錯，秀蓮連唱書也跟過去不同了。她如今唱起才子佳人談情說愛的書來，繪聲繪色，娓娓動聽，彷彿那些事她全懂。可有的時候，又一反常態，唱起來乾巴巴，像鸚鵡學舌，毫無感情，記得她早先就是這麼唱來著。她為什麼這麼反覆無常？像鸚鵡學舌的時候，準保是跟情人吵了架了。

有一天，他在茶館裡碰到附近電影院裡一個看座兒的。這人好巴結，愛絮叨。他開門見山，要寶慶請客。寶慶答應了，看座兒的就給透了消息。據他說，秀蓮很愛看電影，常上影院。看座兒的認識方家，就老讓她看蹭戲。這給寶慶添了心事。秀蓮總跟媽說，她去瞧大鳳，實際上跑去看電影了。他小心謹慎地把這人盤問了一番。看座兒的很肯定，她老是一個人。那還好，寶慶想，撒這麼個謊，沒什麼大不了。電影院，倒也安全無害。不過，要是她能撒這種謊，一旦真的另有打算，什麼事幹不出來呢？

他半開玩笑地對秀蓮說：「我發現了妳的祕密。妳上……」

「上電影院了」她接著碴兒說，「這對我學習有用處呀。銀幕上幾乎所有的字，我都認識了。我光認識中文，外文是橫著寫的。」她試探地看著他，接著說：「以後我還要像孟老師一樣，學外文。我要又懂中文，又懂英文。」寶慶沒接碴兒，光嚴肅地說：「秀蓮，下次妳要看電影，別一個人去。跟我說一聲，我帶妳一塊兒去。」

過了幾分鐘，秀蓮跟媽說，她要去看大鳳，然後一徑上了電影院。按她現在的年齡，電影能起很大的影響。坐在暗處，看銀幕上那些富有刺激性的愛情故事，使她大開眼界。

有國產片，也有美國片。男女戀情故事刺激著她。她開始認為，愛情是人生的根本，沒什麼見不得人。女人沒人愛就丟人，弄住一個丈夫，就可以在人前炫耀。她心想，要是電影上說得不對，中外製片老闆，為什麼肯花那麼些錢來拍這些故事？孟老師說過，女人應該為婚姻戀愛自由去鬥爭，那和美國電影裡講的，不同之處又在哪裡呢？

電影裡，有的姑娘叫她想起琴珠。比方，美國電影裡那些半裸的姑娘，夜總會的歌女，她們坐在男人腿上，又唱又舞，叫男人喜歡，在大庭廣眾之下接吻。那些姑娘看樣子挺高興，有的微笑，有的大笑，男人拿大把票子塞給她們。有些人就是這麼個愛法，未見得沒有意思。也許琴珠並不那麼壞？至少，她沒在大眾面前那麼幹。於是，她對琴珠有了新的認識。琴珠是在尋歡作樂，跟好萊塢明星一樣，而她……她想起了自己。自己不過是個無足輕重的小人兒，沒有勇氣去尋樂，只敢背著爸爸坐在電影院裡，看別人搞戀愛。

原來大鳳也是有道理的。她急於結婚，毫不奇怪。跟男人一起真有意思。銀幕上的接吻場面，都是特寫鏡頭。看了使秀蓮年青的軀體熱烘烘的，感到空虛難受。大鳳說她結婚是奉父母之命，真瞎說！大鳳準是為了尋樂才結的婚，她真有點生大鳳的氣了。琴珠至少還能直言不諱，而大鳳卻諱莫如深。她那張小臉，看來那麼安詳、善良，原來是在那兒享受婚姻的樂趣！

秀蓮到家，回了自己的屋。電影弄得她神魂顛倒。她打算像電影上一樣，做個摩登的自由婦女。她脫下衣服，坐在床上，伸開兩隻光光的大腿。這就是摩登。幾個月以前，哪怕是獨自一人，她也不敢這麼放肆。這會兒她覺著這怪不錯的，半倚半靠，躺在床上，伸著一條腿，蹺著一條腿。自由自在，長大了。

她坐了起來。拿起紙和毛筆，給想像中的情人寫信。要摩登，得有個男朋友。男朋友是什麼樣人，沒什麼要緊。她有許多心裡話要對他說。她在硯臺上蘸了蘸毛筆。媽不愛她，姐嫁了人，她在自己的天地裡，孑然一身。一定得找個愛人。

誰能做她的愛人呢？唔，不是有孟先生嗎。孟老師是有頭腦的凡人，會用美麗的辭藻，還教她唸書寫字。她拿起筆來，寫了孟老師三個字。不對，不能那麼寫。姑娘家，怎麼能管情人叫老師呢？別的稱呼，聽著又那麼不是味兒，不莊重。她覺著，哪怕是在最熱烈的戀愛場面裡，孟老師也會很莊重。所以就這麼著吧。「孟老師……有誰能愛我這麼個姑娘嗎？有誰會要我，能叫我愛呢？」還寫什麼呢，心裡有那麼點意思，可是寫不出來。

她寫的那些字，乍聽起來挺不得勁兒。她瞅著那張紙。所有憋在心裡的話，都寫在那兩行字裡了。一抬頭，孟老師正站在她跟前。她坐著，臉兒仰望著他，光光的大腿懶洋洋地伸著，汗衫蓋不住光肩膀，手裡拿了一張紙，就是那張情書。她一下子臉紅起來，把腿縮了回去。「在幹嘛呀，小學生？」孟老師問了。

「寫封信」她一邊說，一邊很快穿上衣裳。

「太好啦，寫給誰的呢？」

她笑了，把紙藏了起來，「給一個人。」

「讓我看看」他伸出了手，「說不定會有錯字。」

她低下眼睛，把信給了他。她聽見他噗哧笑了一聲，於是很快抬起頭來。

「幹嘛給我寫呢，秀蓮？」他問了。

「哦，不過是為了好玩……」

他讀著，眉毛一下子高高地揚起，「……『像我這樣的姑娘』，這是什麼意思，秀蓮？」

「我正要問您呢」她說。在孟老師跟前，她從來不害臊。她敢於向他提出任何問題。「我想知道，有沒有人能愛幹我們這一行的姑娘。」

他笑了起來。瘦臉一下子抬起。「哦，秀蓮」他熱情地叫起來，「妳變了。妳身心都長大了。我只能這麼說，要是妳樂意進步，下定決心刻苦學習，妳準能跟別的新青年一樣，找個稱心如意的愛人。妳會幸福的，會跟別的姑娘一樣幸福。妳要是不肯好好學習，當然也會找到愛人，不過要幸福就難了，因為思想不進步。妳現在已經識了些字，但還得學。妳應該上學去，跟新青年一起生活，一起學習。」

「我上學？哪兒上去？爸一定不會答應。」

「我跟他說去。我想我能說服他。他真心疼妳，就是思想保守一點。我想他會懂得，讀書是為了妳好。」

下了課，孟先生見寶慶獨自一人待在那裡。寶慶見了他非常高興。在所有的朋友當中，他最敬重孟良。只有他，能填補窩囊廢死後留下的空虛。

孟良直截了當地說了起來。「二哥，秀蓮的事，你得想個辦法了。」他說，「她已經大了，這個年紀，正是危險的時候。半懂不懂的。沒個娘，也沒個朋友。大鳳一嫁人，她連個年齡相仿的伴兒也沒了。很容易上人家的當，交壞朋友，學壞。變起來可快呢。」

寶慶看著孟良，佩服得五體投地。他怎麼就能猜到自己日日夜夜擔著心的事兒呢？

「孟先生，我正想跟您提這個呢。打從大鳳出了嫁，我真愁得沒辦法。不論怎麼著，我也得把秀蓮看住。可我一點兒辦法也沒有。怎麼看得住呢？我老說，這事呀，唯有跟您還有個商量。您不會笑話我。」

孟良直瞪瞪瞧著寶慶的眼睛，慢吞吞，毫不含糊地問。「您是不是已經打定主意，絕不賣她呢？」

「那當然。我盼著她能再幫我幾年，然後把她嫁個體體面面的年青人。」

孟良覺得好笑。「您的確不打算拿她換錢，您想的是要替她物色個您覺著稱心的年青人，把她嫁出去。您還落了點什麼沒有？」

「落了什麼啦？」寶慶覺著挺有意思。

「愛情——倆人得有感情呀！」

「愛情？什麼叫愛情？就是電影上的那些俗套？有了它，年輕人今兒結婚，明兒又吹了。依我看，沒它也成。」「那麼，您不贊成愛情囉？」

寶慶猶豫起來。他不想得罪孟良。孟良是劇院的人，他的想法，跟有錢的上等人的想法不一樣。他決定先聽聽孟良的，再發表自己的意見。

「我知道您不贊成自個兒找對象，因為您不懂男女之間，確實需要有愛情。」孟良說了起來，「不過您還是應該學著去理解。您別忘了，時代變了，得跟上形勢。愛情跟您我已經沒有關係了，但是對年青的一代說來，可能比吃飯還要緊。它就是生活。現在這些年青人都懂得，人需要有愛情，誰也不能不讓他們談戀愛。你攔不住他們，也不應當去攔。您是當爸的，有權把她嫁出去，不過那又有什麼好處呢？」孟良停了一會兒，定定地看著寶慶。「唔，您下了決心，不肯賣她，做得很對。不過這還不夠。為什麼不乾脆做到底，放她完全自由，讓她受教育，充分去運用自由呢。應當讓她和現代青年一樣，有上進的機會。」

寶慶目瞪口呆。孟良的口氣有責備的意思，他覺著冤。沒把秀蓮賣給人當小老婆，在藝人裡面說來，已經是場革命了。他打算把她嫁個體面的年青人，這，在他已經覺著很了不起了。這還不夠？孟良還想要她去自由戀愛，自找對象！在寶慶看來，自由戀愛無非是琴珠的那一套勾當。要說還有另外一種，那就是有的人不像暗門子那樣指它賺錢罷了。這麼一想，他的臉憋得通紅。

「我知道您的難處」孟良又安慰起他來，「要一個人很快改變看法，是不容易的。多少代來形成的習慣勢力，不能一下子消除。」

「我不是老保守」寶慶挺理直氣壯，「當然，也不算新派。我站在當間兒。」

孟良點了點頭。「我來問你。嫂子不喜歡這個姑娘，她不管她。您得照應生意上的事兒，不能一天到晚跟著她。要是有一天她跑了，您怎麼辦呢？」

「她已經自個兒偷偷跑去看電影了。」

「對呀，這就是您的不是了，二哥。您怕她學壞，不樂意她跟別的作藝的姑娘瞎摻合。她沒有朋友，沒有社交活動，缺乏經驗。她成了您那種舊思想的囚徒。怎麼辦呢？她很有可能悶極了，跑出去找刺激。您的責任是要把她造就成一個正直的人，讓她透過實際經驗，懂得怎樣生活。等她有了正當朋友，生活得有意義，她就不會跑了。」

「那我該怎麼辦呢？」寶慶問。

「送她去上學。她到底學些什麼，倒不要緊。主要是讓她有機會結交一些正當朋友，學學待人處世。她會成長起來的。」「您教她的還不夠嗎？」

「當然不夠。再說我也沒法兒繼續教下去了，我隨時都可能走。」

寶慶糊塗了。「您說什麼？幹嘛要走？」

「我有危險，不安全。」

「我不明白。誰會害您呢？誰跟您過不去？」寶慶一下子把秀蓮忘到了九霄雲外。這麼貼心的朋友要走，真難割難捨哪。

孟良笑了。「我沒幹什麼壞事，到目前為止，人家也沒把我怎麼樣。不過我是個新派，一向反對政府的那一套，也反對老蔣那種封建勢力。」

「我不明白。封建勢力跟您走不走，有什麼關係呢？」劇作家搖了搖頭，眼睛一閃一閃，覺著寶慶的話挺有趣。「您看，您的圈子外邊發生了什麼事兒，您一點兒都不知道。您已經落在時代的後面了。二哥，中國現在打著的這場抗日戰爭，可不是件簡單的事兒。問題複雜著呢。我們現在既有外戰，又有內戰。新舊思想之間的衝突，並沒因為打仗就緩和了。現在雖說已經是民國，可封建主義還存在。我們現在正打著兩場戰爭。一場是四十年前就開始了的；另一場呢，最近才開始，是跟侵略者的鬥爭。到底哪一場更要緊，沒人說得準。我是個劇作家，我的責任就是要提出新的理想，新的看法，新的辦法，新的道理。新舊思想總是要衝突的。我觸犯了正在崩潰的舊制度，而這個制度現在還沒有喪失吃人的能力。政府已經注意劇院了。有的人因為思想進步，已經被捕了。當局不喜歡進步人士，所有我寫的東西，都署了名，遲早他們會釘上我。我絕不能讓人家把我的嘴封上。他們不是把我抓起來，就是要把我幹掉。」

寶慶一隻手搭在詩人的肩上。「別發愁，孟先生，要是真把您抓起來，我一定想法託人把您救出來。」

孟良大聲笑了起來。「好二哥，事情沒那麼簡單。謝謝您的好意，您幫不了我的忙。我是心甘情願，要走到底的了。我要願意，滿可以當官去，有錢又有勢。我不幹，我不要他們的臭錢。我要的是說話的自由。在某些方面說來，我和秀蓮面臨同樣的問題。我和她都在爭取您所沒法了解的東西。告訴您，二哥，您最好別再唱我給您寫的那些鼓詞了。我為了不給您找麻煩，盡量不用激烈的字眼，不過這些鼓詞不論怎麼說，總還是進步的，能鼓舞人心，對青年有號召力。腐朽勢力已經在為自己的未來擔心。我們要動員人民去抗戰，去討還血淚債。而老蔣們要的是歌功頌德、盲目服從。」

寶慶搖了搖頭。「我承認，我確實不明白這些事。」「您對秀蓮也不了解。我了解您和嫂子，因為從前有一陣，我也和你們一樣。我現在走過了艱難的路程。我隨時代一起前進，而您和嫂子卻停滯不前。或許我是站在時代的前列，而您是讓時代牽著鼻子走。我了解秀蓮，您不瞭解她。這不是明擺著的嗎，二哥？所以我說，要給她個機會。我給您寫封介紹信，讓她去見女子補習學校的校長。只要您答應，她就可以去上學，經歷經歷生活。您要是不答應呢，她就得當一輩子奴隸。到底怎麼辦，主意您自己拿，我不勉強您。」孟良拿起帽子。「記住，二哥，記住我臨別說的這些話，也許我們就此分手了。要是您不放她自由，她就會自己去找自由，結果毀了自個兒。您讓她自由呢，她當然也有可能墮落，不過那就不是您的責任了。很多人為了新的理想而犧牲，她也不例外。我認為，與其犧牲在舊制度下，不如為了新的理想而犧牲。」他走向門邊，「我走了，天知道什麼時候能再見。好朋友，好二哥，再見。」他轉眼就不見了，彷彿反動派就在後面追。

二十一　落伍

孟良走了以後，寶慶呆呆地坐著，發了半天楞。又失掉了一個親人。先是死了親哥，接著又走了最要好，最敬重的朋友。孟良，他才華四溢，和藹可親，又那麼貼心。他為什麼要走呢？這點他鬧不明白。因為不明白，就要愁悶了。好像孟良剛幫他打開了一道門縫，讓他看了一眼外面的世界，又馬上把門關上了，周圍仍是漆黑一團。

孟良跟他，到底有什麼不同？他不由自主，把自己和秀蓮的老師，仔仔細細地比了一番。自己為人處世，表裡不一，世故圓滑，愛奉承人，抽冷子還要耍點手腕。現在，這都顯得很庸俗。而孟良是那麼勇敢、坦率。講起話來，總是開門見山，單刀直入，絕不拐彎抹角，吞吞吐吐。寶慶覺著自己實在太軟弱了，只知道討好別人。

他猛地站了起來，把孟良給他的信往口袋裡一擱，走出了門。不能再瞻前顧後了。他要到學校去看看。要是稱心，就馬上讓秀蓮去唸書。不能再拖延了。孟良說得對，辦事要徹底。要好好拉扯秀蓮，盡量幫她一把，讓她有成長起來的機會。要是她不成材，那是她自己的錯兒。他加緊腳步，容光煥發，興奮得心怦怦直跳，彷彿他自個兒也要開始一場新生活了。

學校設在山頂上一幢大房子裡，只有三個教室。校長是位老太太，她辦這所中等學校，專收想讀書的成年女子，以及因為逃難耽誤了學業的人。

她彬彬有禮，恭恭敬敬地聽他說。寶慶毫不隱瞞，把他是幹什麼的，為什麼要送秀蓮來讀書，都一五一十告訴了她，特別強調閨女幹的是行賤業。老教師馬上表示，她並沒有成見。她說，每個人都有權利上學讀書，她樂意收秀蓮做學生。最好先上三門課：語文、歷史、算術。一天只有三個鐘頭的課。往後，要是秀蓮樂意，還可以學烹飪、刺繡和家政。要想找個好丈夫，這些都很有用。這一類課程的進度，沒有一定之規。老師講，學生可以回家去照著做。

據她說，多一半的姑娘不光上基本科目，還上家政，為的是受了教育，好找個好丈夫。「時代變了」她淡淡的一笑，說：「長得再漂亮，不識字的姑娘，還是不容易嫁出去。找不著稱心的丈夫。」

她的話給寶慶開了竅。她跟孟良的說法不同，可意思一樣。時代變了，姑娘要是沒文化，就成了沒人要的賠錢貨。要嫁個像樣的丈夫，就得識字。

學費之高，使他吃了一驚。貴得出奇，不過他還是高高興興付了錢。秀蓮總算是有了受教育的機會，能結交一些體面朋友。他幾乎把孟良的介紹信給忘了。他後來終於想起，把信掏出來，給了老教師。她高興極了。「孟先生有學問，有眼光，比我們強。二十年前我也跟他一樣，現在我落伍了。」第二天，寶慶送秀蓮去上學。

秀蓮穿了一件樸素的士林布旗袍，不施脂粉，也不抹口紅。手臂底下夾著個小白布包，裡面裝著書和毛筆。一出門，寶慶就問：「雇輛洋車吧？」

秀蓮高高地昂起頭，兩眼發亮，笑瞇瞇地說：「甭雇了，爸。我樂意走，讓重慶人瞧瞧，我成了個勤懇用功的學生啦。」寶慶沒言語，見秀蓮那麼高興，他很滿意。

走了沒幾步，秀蓮又低下頭說：「爸，還是雇輛車吧。不知道怎麼的，我的腿發軟。」

寶慶正打算招呼車子，她又抬起了頭，說，「不用了，爸。我不坐車了，我得練習走道兒。我不樂意把錢花在坐車上，就是下了雨，我也不坐車。」

「要是打雷呢？」寶慶問。

「我就拿手把耳朵堵上。」她調皮地笑著。

秀蓮正在胡思亂想，想到什麼說什麼。「爸，您不是說過要辦個藝校嗎？等著我，爸。等我畢了業，我來幫您教書。沒準我以後也會寫新鼓詞，寫得跟孟老師一樣棒。」

「妳嗎？」寶慶故意打趣，他也高興得很。

「就是我」秀蓮說著，挺了挺胸脯。「我記性好。我是個唱大鼓的，不過我要當學生了。我在唱大鼓的這一行裡，就是拔尖兒的了。」

到了山腳下，寶慶要陪她上去，她攔住了他。「爸」她說，「您在這兒站著，看著我往上走。我要一個人，走進新天地。」她輕快地爬上了石頭臺階。

爬了幾步，她轉過身來衝著他笑，兩手拍著書包。「爸，回去吧。一下學我就回家，我是個乖孩子。」

「我看著妳上去，我看著妳上去。」寶慶捨不得走。

她慢慢走到學校門口，先停了一下，看了看學校背後那些高大的松樹，然後轉過身來，跟山腳下的爸爸招手。

寶慶仰起臉兒來看。遠遠瞧著，她像個很小很小的女孩子。他清清楚楚，看見她時常用來裝書的白書包。他想起了當初領她回家那一天的情景。那時她真是又小，又可憐。他一邊跟她招手，一邊自言自語。「好吧，現在總算是對妳和孟老師，都盡到了責任。」他轉身回了家。

秀蓮一直瞧著爸爸，直到看不見影。然後她抻了抻衣服，整理了一下頭髮，走進了校門。

一進大門，她就忘掉了自己的身分。她只是「秀蓮」。

是呀，她就是秀蓮。往日的秀蓮已經一去不復返，如今是新的秀蓮了。純潔，芬芳，出汙泥而不染，真像蓮花一樣。

校長在教室裡分派給她一把椅子，一張課桌。一起的還有二十來個學生。有的已近中年，有的還是十幾歲的少女。秀蓮注意到，少數穿得很講究，多一半跟她一樣樸素。有的讀，有的寫，還有幾個正在繡花。屋當間坐著級任老師，是個四十多歲，矮矮胖胖的女人。

秀蓮高興地看出，沒有琴珠那樣的人。她很興奮，樂意跟這些姑娘們在一起，和她們交朋友，照她們那樣說話。她們說的事兒，或許會跟孟老師說的一個樣。

不過她很快就覺出來，大家都定睛瞧著她。她讓人瞧慣了，倒也不在乎。所以她就看了看坐在她身邊的姑娘，笑了笑。那位姑娘沒理她，秀蓮紅了臉，繼續寫她的字。忽地一下，她有了個很不愉快的想法：要是這些姑娘認出她來，那可怎麼好呢。唔，肯定會認出來。因為總會有人上過戲園子。但願沒人能認出她來，可又有什麼法兒呢。重慶只有兩個唱京韻大鼓的，一個是琴珠，另外一個就是她。

她彷彿聽見她們正在高聲耳語：「就是她。」沉默了一會兒，她聽到了噓噓聲。一下子，像起了風暴似的，姑娘們嘰嘰呱呱地說開了。過了一會兒，又是沉默。只聽見一個刺耳的抱怨聲：

「哼，年頭變了。沒想到咱們還得跟個婊子一塊兒唸書。」馬上又有另外一個聲音接著說，「這到底是個什麼學校，叫有身分的人跟個賣藝的坐一塊兒？」這個女人約摸三十來歲，兩眼惡狠狠，冷冰冰，不懷好意地看著秀蓮。秀蓮認識她，她是個軍閥的姘頭。另外那個姑娘，是個黑市商人的女兒。

有個姑娘撿起了一團紙，衝秀蓮扔了過來。有人叫：「把她攆出去，把這個臭婊子攆出去！」老師擂了擂桌子，「注意，注意」下面還是一片嗡嗡聲。姑娘們憤怒地瞅著秀蓮，大聲吵嚷。秀蓮氣得臉煞白。她像個石頭人，呆呆坐著。她們是什麼人，憑什麼罵她。她轉身看她們。有個姑娘拿大拇指捂著鼻子，另外一個做了個鬼臉。秀蓮越想越氣。

老師走到門邊，喊校長。黑市商人的女兒趁機大聲喊道：「要是讓婊子來上學，我就退學。我不能跟這種人在一起。」「我贊成」軍閥的姘頭叫起來，把她織的毛衣朝地上一摔。「把這個小臭婊子攆出去。」

秀蓮站了起來，開始用發抖的手把書撕成碎片。然後，像演完戲走進下場門一樣，走出了門。她聽見女孩子們在她背後哄笑。惡毒的語言利箭般朝她射來。

走出教室，她迸出了眼淚，校長攆上來的時候，她已經走到了大門口。小老太太把她帶到辦公室，替她揩乾了眼淚。「真對不起，沒想到會有這樣的事，我應當負責任。我聽了孟先生的勸告，想收一些下層社會沒機會受教育的姑娘，沒料到今出這樣的事。妳很規矩，是她們欺侮妳。我真過意不去。」秀蓮坐著，咬著嘴唇。

「別難過，我來處理這件事。我要好好跟她們談談。」老太太接著說：「妳是個好孩子，不該這麼欺侮妳。」秀蓮沒言語。老太太叫她第二天一定來，她搖了搖頭，慢慢走回家去。

走到山腳下，她扭轉頭來，仰臉兒看那所大房子。她的頭又昏又脹，她還得往回走，回到那滿是娼妓、小老婆和骯髒金錢的世界裡去。她絕不再上這座山，讓人家這麼作踐！

絕不再來！

她繼續往回走，懷著一顆沉重的心。因為悲傷，全身都在發疼。還是媽說得對：一日作藝，終身是藝人。永無出頭之日！唱大鼓的，誰也瞧不起。她不在責怪琴珠，琴珠的生活太悲慘，她是苦中作樂。還是琴珠聰明，她壓根兒不打算出頭，也沒人去作踐她。

她是今朝有酒今朝醉，給所有的男人玩就是了。大鳳也很對，結婚總比上學強多了。她內心有個聲音說：「秀蓮，往下滑，走琴珠和大鳳的路吧。這條路不濟，可妳也就這麼一條路了。快滑下來，別那麼不自量了。真是個小蠢婊子。」

她不想回家去，坐在路邊一塊大石頭上，看來來往往的車輛。沒有爹娘，沒有兄弟姊妹。孤孤單單，幹的是行賤業，前途茫茫。今天，她想要進入一個新天地，卻被人攆了出來。她算是沒路可走啦！

過了街就是嘉陵江，黃黃的江水湍急地流過，都往長江口湧去。就是它！就在這兒結束她毫無意義的一生吧！不過，她並不想死。她看了看自己的腳，多美的小腳，多麼結實，茁壯。還有一雙白白的，有力的腿。這麼早，就讓它們死掉？她摸了摸臉。皮膚光光溜溜，一絲皺紋也沒有。這是她的臉，不能就這麼毀了它。她把雙手搿在胸脯上，胸脯又柔軟，又結實。不能毀了它們。

生活還在前頭，現在就想到死，多麼愚蠢！不上學，也能活下去。那麼多作藝的姑娘，連那些當了小老婆和暗門子的，也在活。那樣的事，不會要妳的命。

她又邁開了步，血熱了起來，她要活。一有機會，她就去看電影，享受享受。琴珠都能快活，她為什麼不能。

她加快了步伐，小辮兒在微風中晃蕩。她發覺人家都在那兒瞅她，可她不在乎。她叫秀蓮，秀蓮要去看電影了，看電影比上學強。

隨後，她回了家。她本想把這件事告訴爹媽，可一見媽的臉，又不想說了。告訴她，有什麼用。她不會同情自己，說不定還會笑話她。她彷彿聽見媽說：「狗長犄角，羊相。哈，哈！」不行，不能告訴媽媽。爸爸呢，聽了會生氣，不能讓他丟臉。她愛爸爸，不能把這件事告訴他，誰也不能告訴。到時候她就假裝去上學，但絕不真去。

她屋裡還有幾本書，幾支毛筆。她拿起一本書，看了幾個字。她一下子衝動起來，把書撕成碎片，通通扔到窗外。去它的！書呀，永別了。媽不識字，琴珠、大鳳、四奶奶，都不識字，她們都活得好好的。她在膝蓋上把毛筆一折兩半，把筆毛兒一根一根揪下來，放在手心裡。然後，一口氣把它們吹跑了。

二十二　襲擊

自從日本人襲擊了珍珠港，敵機就沒再到重慶來。空襲警報經常有，但飛機始終未見。成都、昆明、桂林成了美國空軍十四大隊的基地後，在軍事上變得比重慶更重要了。

重慶的和平假象，還有那日益增長的安全感，使方家留在重慶過夏天。重慶熱得可怕，不過總算是個安身處所，書場生意又好。

有一天，寶慶又碰到了傷心的事，給他震動很大，不亞於空襲。他到學校去，想看看閨女進步怎樣了。他興沖沖穿上最好的衣服，帶上給老師送的禮，在炎炎烈日下，挺費勁地爬上了山坡。

老太太很坦率，把發生了什麼事，秀蓮為什麼不肯來，都原原本本，告訴了他。還提出要退還那一大筆學費。對這，他一點沒理會。他楞住了。當然，他很快就明白，她是受了侮辱。他也體會到她那敏感的心，該是多麼難過。他自個兒不也有過類似的遭遇嗎？一旦做了藝人，自己和全家，就得背一輩子惡名，倒一輩子霉。不過他還是得活下去，想盡量過得好一點，改善環境。不然，更得讓人作踐。

他心事重重，回了家。他很生秀蓮的氣，可又非常同情她。怎麼辦？他為人並不比別人差。在藝人中，算是出類拔萃的了。對抗戰，作出過應有貢獻。難道這些都不算數？他多次義演，連車馬費都不要。他從沒作過危害國家，危害社會的事。為什麼人家總看不起他？他抬起飽嘗艱辛的臉，長嘆了一口氣！

他想起了孟良說過的話。他確實不了解目前這個時代，他承認這個。孟良所說的這個時代，並沒有把舊日的惡習除掉。明明已經是民國了，為什麼還要糟蹋藝人，把藝人看得比鞋底上的泥還不如？

他見秀蓮蹲在堂屋地上，正玩牌。他想，罵不管用，還是得哄著她。「好呀」他笑嘻嘻地說，「小猴子，這下我可逮住妳了。爸花了那麼多錢送妳去上學，妳呢，倒玩起來了，這樣對嗎？」

秀蓮臉紅了。她抬起頭，看看寶慶，沒作聲。她咬著薄薄的嘴唇，拚命忍住不哭出來。

寶慶繼續用玩笑的口氣往下說。「小姐，妳上哪兒去啦？但願妳交的都是正經朋友。我真替你操心。」

她總算是笑了一笑。「哦，我不過看了看電影，我喜歡看電影。姑娘家上影院，沒什麼不好的。影院裡黑乎乎，誰也看不見我，能明白不少事，跟在學校一樣。我想呼吸點新鮮空氣，到街上走走，可人人都盯著我瞧，我只好看電影去。」

寶慶皺了皺眉頭。「妳的書呢，上哪兒去了？」「撕了。我再也不唸書了。」

「妳說這話，真的嗎？」

「真的。幹嘛要唸書？不唸書，人家看不起；唸書，人家也看不起。幹嘛要浪費時間，費那麼大精神？我就想找點樂子。」她的臉發起白來，聲音裡飽含痛苦。

「那妳就信了你媽的話，藝人都沒有好下場？」秀蓮沒言語。

「妳想想」寶慶接著往下說，「咱們在重慶，人生地不熟。為了落個好名聲，咱倆吃了多少苦，費了多大勁。要是不那麼著，今天是個什麼樣子？人家憑什麼瞧不起咱？我們又不像唐家那樣。妳忘了王司令太太說什麼來著？」秀蓮搖了搖頭。「我沒忘。她像鸚鵡學舌一樣，用又挖苦又輕蔑的口氣說：『你不自輕自賤，人家就不能看輕你。』」

眼淚湧了上來。寶慶想彎下腰去，拍拍她。可不知為什麼，又沒那麼做。

「爸」她終於哀告了，「就讓我這麼著吧。這樣，還好受一點。一天天混下去，什麼也不想，痛快多了。」

這麼說，她跟別的賣藝姑娘一樣，自暴自棄了。這些姑娘受人卑視，只好自甘墮落。她們心裡沒有明天，拋卻了正當的生活，先是尋歡作樂，沾染上惡習，最後墮落下去。年青時是玩物，老了就被人拋棄。想到這裡，他的心害怕得揪成一團。好孩子，小花兒，如今也走上了這條道兒。

「我給妳請個先生，到家裡來教妳。」他最後說。秀蓮不作聲。

「秀蓮，好孩子」他懇求說：「好好想想，學校裡所有的功課，在家裡照樣能學。」

還是不作聲。他火了。真叫人受不了。她就是不說話，這個不要臉的小……。他管住了自己的嘴巴，絕望地伸出兩手。「秀蓮」他又懇求說，「秀蓮，我也有脾氣，耐心總有個限度。現在還不晚，聽話吧，照我說的辦。要是妳去走妳媽說的那條道兒……」他猶豫了一下，嘴唇刷白，脫口而出，「要是逼得我不能不按妳媽的法兒辦……，可就來不及了。」

她一下子跳起來，衝著他，臉兒鐵青，眼睛冒火。濃密的黑髮飛蓬，柔軟年青的身體挺得筆直，像個小野獸。「好吧，隨您的便。我現在長大成人了，十八歲，能照顧自個兒了。誰敢賣了我，我就……」

他用嚴肅的、幾乎是悔恨的口氣打斷了她：「我不會賣妳，秀蓮，這妳還不知道嗎。」他結結巴巴，說不下去了，「別，哦，別，別叫我難過。日子夠苦的了，咱們得互相體諒。」

她一言不發，回屋去了。她躺在床上，思前想後。也許不該反對請先生，不過她對書本已經沒興趣了。還是別的事情更有意思，更要緊。不用孟良、琴珠幫忙，她自個兒就懂了。用不著等人家批准你跟男人去拉手。她不光想這麼幹，她想幹的比這還多。愛情跟書本、音樂不一樣。它藏在人的身體之內，存在於男女之間。它溫暖、熱烈、甜蜜、滋潤。

她的身體燃燒著奔放的慾望。

她躺在床上，想得出了神，手腳發僵，雙手絞在一起。忽然霹靂一聲，她從床上跳了起來。哎呀，打大雷，真可怕！她飛快奔進堂屋，爸還坐在那兒楞著。他看著又老了幾歲，低著頭，臉上滿是皺紋。她在門邊椅子上坐下，心裡盼著爸沒看見她。雷又轟隆起來，她顫抖了。寶慶忽然抬起頭來。「別害怕，秀蓮。雷不傷人。記得嗎，孟先生說過，有文化的人從來不怕打雷，他們懂得打雷是怎麼回事。」

她走回裡屋，扒下衣服，靜靜躺下。外面溫暖黑暗的夜空中，閃電一掠而過。

等，等什麼呢？孟良要她等。別人也說，應該等一等。她是不是該等著爸給她找個丈夫，或者等著醉醺醺的媽來賣她？真笨！電影裡的人物從來不等。他們嚮往什麼，就追求什麼，準能到手。他們從不唸書。她也不要唸書，不願等待。她願意玩火，哪怕燒了手，又有什麼要緊。燒疼了，也心甘情願。愛能解決所有的問題。

她想起李淵，心跳得更快了。她是在電影院裡認識他的。他是個漂亮小夥子，是她祕密的男朋友。他大約二十五歲，高高個兒，闊大方正的臉，粗手粗腳。他五官端正，一雙小黑眼溫和潮潤，富於表情。他看上去很粗獷，可是在她所見過的人裡，也就算很有風度的了。他一笑起來，露出兩排整齊漂亮的牙，莫名其妙地使她挺動心。

李淵給個官太太當祕書。這差事用不著多少文化，不過他倒是能讀會寫，跑街，記帳，樣樣行。誰給太太送了禮，由他登記，外帶跑腿。官太太沒有職務，可祕書的薪水由政府開支。他挺討人喜歡，活兒相當輕鬆，他很滿意這份差事。美中不足之處，是薪水太少，不過總算有個祕書的頭銜，有的時候，也管點用。

有一天，他在電影院裡遇見秀蓮，跟上她，交開了朋友。秀蓮喜歡黑暗中有個男朋友陪著坐坐，而李淵覺著跟重慶最有名的唱大鼓的交往，十分得意。

他第一次跟她說話時，她臉紅了。不過很快，倆人就規規矩矩坐到一塊兒看電影了。開頭，他們的關係發展緩慢，雙方都很謹慎。在黑暗中，兩人的臉有時挨得很近，總是秀蓮先挪開。不過他的臉還是離得不遠，叫她心驚肉跳。有時李淵的臉頰幾乎碰到了她的臉，她覺得全身發熱。

關係越來越密，她盼著電影快完的時候，他會像男主角吻女主角那樣，吻她一下。但是李淵沒這樣做。她焦躁起來，頭一動也不動，乜斜著眼看他，他直挺挺坐著，目不斜視。她氣得站起來就走，連個再見也不說。難道他不懂得女朋友的心理？她一起身，他馬上發覺，說：「明兒見，還是老時候。」她回了家，而他還坐著，繼續往下看。

第二天，她不想去影院了。幹嘛要跟個麻木不仁的人一塊坐著看電影？他從來就不樂意跟她一起在街上走，幹嘛還那麼賤，要去會他？他為什麼從來不請她吃飯？她怒氣沖天，不過到了兩點，還是匆忙趕到電影院，在往常的座位上坐下。不管怎麼說，他是她第一個感興趣的人，雖然只會木頭人似地坐著，他可挺漂亮呢。

他一直在大廳裡等她，是跟她一塊兒進來的。他跟平常一樣，也坐在老位子上。在昏暗中，他越發顯得俊俏。他比以前坐得更挨近她。說話的時候，嘴唇離她耳朵那麼近，她能感覺到他那灼熱的呼吸。她的心跳得更快了。

他靠了過來，拿起她的手。她的手攥在他手心裡，像個被人逮住的小白鳥兒，柔軟、嬌嫩、戰戰驚驚。他的手雖大，動作卻很溫柔。她一動也不敢動，手心直出汗。

她輕輕把手拿開，用手絹擦了擦手心。幹嘛讓他碰她的手？不能那麼賤。

散了電影，李淵的嘴唇幾乎挨到她的耳朵，悄聲說了話。跟他去吃頓飯怎麼樣？她的心怦怦直跳。事情有了進展，他要請她吃飯了。跟李淵一塊兒吃飯，當然樂意，多美呀！

他帶她到一個極小極髒備有單間的飯館去。李淵請她上這樣的館子，為的是顯擺一下，他見過世面。不過，他這番心機算是白搭，因為秀蓮並不懂得，這種設有雅座的館子，在重慶是最費錢的。

他要了酒，酒嗆了她的嗓子。不過她還是笑著，假裝挺喜歡。第一次喝，不妨嘗一點，她渴望闖練人生。李淵出奇地沉默寡言。她覺出來他的眼睛一直沒放鬆她，眼光上上下下打量她，看她的手臂、脖子，還有臉。「幹嘛這麼瞧著我？」她高高興興地問。

他臉紅了，一句也說不出來。

酒刺激了她。她想唱點什麼給他聽，但是沒有勇氣。她有很多話要對他講，才子佳人的鼓詞都用得上。想說點自個兒心裡話吧，倒又說不出來。於是倆人都坐著，楞楞磕磕，一言不發。心裡的話，找不到適當的言詞表達，不過倆人都覺著美滋滋的。

打這回起，他們常見面。嘴裡不說什麼，心裡暗暗使勁，笑起來心領神會。有的時候，為了他不肯跟她一起走道兒，不願意人家在公共場所看見他們，她氣得直罵。「你當我是什麼人？不喜歡我嗎？我哪點配不上你？」這麼一說，他就笑起來，用那雙會表情的眼睛，愛慕地看著她。

挨了罵，他就買些東西送她。一盒糖，一塊小手絹。她喜歡他送東西，但又遲疑著不敢收。爸爸說過，不能要男人家的東西。李淵給的，怎麼能不要。不能得罪他。有一次，她猶豫著不敢要，他挺難過。

兩個月以後，李淵還是只敢拉拉她的手。他有他的難處。他當然想要她，可事情挺複雜。他沒錢，娶不起媳婦。他對秀蓮，也不大放心。她要是個暗門子，那可怎麼好，——不過又不像。不論怎麼說，她跟一般的姑娘不一樣。不管是不是吧，麻煩都不少。他太愛她了，捨不得就此離開。可又非常害怕，不敢佔有她，連吻一下也不敢。他渾身冒汗，遲疑不前。

他對她的態度，使她很生氣。她有了男朋友，能跟她拉手，聊天。不過，他為什麼不像銀幕上的人那麼有膽量？為什麼呢？嗯，為什麼？

這年夏天，重慶真熱得叫人受不了。有一天，寶慶光著脊梁在書場裡坐著。忽然來了個聽差的，叫他到個小公館裡去。他心安理得地去了，也許有堂會吧。

到了那裡，人家把他一直帶到一間客廳裡。這時，他覺出有點不妙。迎面坐著個打扮得很時髦的女人，他認得這個娘們。但她顯然不願意提起過去。「你就是唱大鼓的方寶慶吧」她氣呼呼地嚷著說。

他點了點頭，摸不著頭腦。

「你有個閨女叫秀蓮？」

他又點了點頭，提心吊膽的，心裡憋得很難受。「唔，老東西，打開天窗說亮話。你閨女賣×，得找個闊主兒，不該勾引窮公務員。」這位太太打扮得妖裡妖氣，服飾考究，頭髮燙得一捲一捲的，手指甲經過仔細修剪，塗著蔻丹。不過，天呀，她說起話來真寒傖！老百姓從來不說這種骯髒話。他自己也不說。這娘們說的都是下流話，夾著窯子裡的行話。

等她說完，他面帶笑容說：「您給說說吧，我一點兒也不明白。」

「還有什麼可說的，你這個老——！」她喊了起來，「我的祕書，在你那婊子閨女身上花了五萬塊錢。」她朝地板上吐了一口，寶慶趕快往外挪了挪，叫她搆不著。

「真有這麼回事嗎？」他問。

「這還假得了？你自己的閨女，還不知道？」

他搖了搖頭。「我清清白白把她養大，送她上學。她還是個黃花閨女哪，從來沒幹過那種事兒。聽了您的話，我該怎麼說呢，真是有口難言哪。」

她冷冷地、但又狠狠地瞪他一眼。「已經把李淵抓起來了」她說，「他退不出贓，承認把錢花在你閨女身上了。你最好把錢拿出來，省得丟人。」

「拿錢可以。不過拿了錢，就得放人。我不能花冤枉錢。」「拿錢來，當然放人。」她厲聲說。她覺著錢比人要緊。五萬塊，花在個婊子身上！她這一輩子，還沒遇到過這麼窩火的事兒。

寶慶急忙趕回家。他問秀蓮認不認識李淵，她紅了臉。「他送過妳東西嗎？」爸生氣地盤問。她點了點頭。「幾盒糖，一塊小手絹。就這些，我還不稀罕呢。」

「沒別的嗎？」

「沒有，他請我吃過飯，我並不餓，可他非要我去。」

寶慶頭偏在一邊，仔細看了看她。五萬塊！糖、一塊小手絹，還請吃飯！她有了男朋友，這事倒痛痛快快承認了。孟先生說過她要談戀愛了，這不就來了嗎。李淵這個人，到底怎麼樣？是不是應該給她另找個人兒，趕快把她打發出去？要是懲罰她，她一定會跑掉。

「秀蓮」他假裝漫不經心地問：「你倆是怎麼回事，關係到底怎麼樣？」

「哦，不過是朋友關係」她也回答得挺隨便。「我們一塊看電影，有時候拉拉手。就這麼些，沒別的，沒幹什麼見不得人的事，也沒有什麼特別有意思的事。」

「哼」寶慶搖了搖頭。「不管怎麼說吧，妳的男朋友坐牢了。他拿了人家五萬塊錢，說是都花在妳身上了。」

爸的話，真叫秀蓮沒法信。有人為她坐牢！真浪漫！真跟鼓詞上說的一個樣！李淵為了愛她，在監牢裡可能快死啦！雖然他不大會談情說愛，可還真夠味兒！就像鼓詞裡的落難公子一樣，總有一天會放出來，娶了她去，從此幸福無比。一定要給他送點吃的和香菸什麼的去。她覺著自己像豔情故事裡一個忠誠的妻子，要到監獄裡去探望心愛的人。唔，眼睛裡得掛上點淚，臉上要帶點淒涼的微笑。可憐的李淵，真是又可愛，又大膽呀！

「秀蓮」爸爸嚴肅地說了，「我真不明白妳。還有心思笑！我們在這兒，好不容易才有了點好名聲，可妳呢，不聽話，冒冒失失，給我們丟人現眼。」

秀蓮看著他，臉上還掛著笑，心裡一點不服。戀愛有什麼丟人？可憐的爸，他太老了，不懂。要是愛情見不得人，為什麼還有人唱情歌，銀幕上也演它？美國不是很強大，跟中國一塊兒打日本嗎？既是那麼著，愛情一定也錯不了。

「好吧，秀蓮」爸說了，「妳還有什麼說的？」「我就有這麼點要說。戀愛不丟人，也不犯罪。李淵為了我坐牢，我覺得挺驕傲。我只要愛情，愛情，爸爸。您聽見了嗎，愛情！我要的是愛情！」

寶慶立時下了決心。她既是真的愛上了李淵，就得採取措施，等年輕人一放出來，趕快讓他們結婚。

二十三　沉默

寶慶掏腰包，付了那五萬塊錢。錢雖不值錢，可到底是他辛辛苦苦用血汗掙來的。拿出這麼一筆，他很心疼。有了錢，李淵也就放了出來。

李淵丟了差事。他沒錢，沒住處，沒飯吃，只好來跟方家一塊兒過。方家吃得好，寶慶能賺錢。不過李淵不願意白端人家的碗，他盼著有份兒差事，自食其力。沒跟秀蓮交朋友以前，他一直過得很節省，所有的開銷，都記著帳。

秀蓮見了他，非常高興。但相處不久，就膩歪了。跟他在一塊的時候，他總是直挺挺地坐著，連摸摸她的手都不敢。他一坐半天，再不就是出門瞎轉游。找差事，可總也找不著。秀蓮很煩他。她沒有設身處地替他想想：他不好意思吃飽，悲苦不堪，十分害臊。非常想親近她，又不敢採取主動。

大鳳快坐月子了，二奶奶成天圍著閨女轉，沒心思顧秀蓮，倒叫寶慶鬆了口氣。寶慶一跟老婆提起這些揪心事兒，她就笑：「我不是跟你說過了嗎，該給秀蓮找個丈夫了。你不肯賣她，又捨不得把她嫁出去。好吧，這下她自個兒找了個男人來。哼，讓她留點兒神吧……」

二奶奶酒過兩盅，想起秀蓮被她說中了，就更來了勁。「現在賣她還不晚」她跟寶慶說，「趁她還沒出漏子，趕快出脫了她。等有了孩子，或是弄出一身髒病，就一文不值了。用你那笨腦袋瓜子，好好想想吧。趁她這會兒還看不出有什麼不妥，趕快賣了她。」

說完，她把頭髮盤成個髻兒，穿好衣服就去看大鳳了。

寶慶明白她的話有理，不過他也有他的難處。李淵失了業，不能攆他出去。秀蓮跟男朋友朝夕相處，難免不出差錯。怎麼好，他拍打著腦門。真是孤單哪！要是窩囊廢，或者孟良還在，總還有個商量，這會兒，他可就得自己拿主意了。他不能成天守在家裡看著他們，想給李淵找份兒差事，又找不著。

當然囉，最好是把小夥子請出去。能不能在別的縣城裡，或者秀蓮去不了的什麼地方，給李淵找個事？只要把李淵打發了，他就可以跟秀蓮認真談一談，給她找個合適的主兒。這些日子來，他找不到跟她單獨說話的機會，因為李淵總跟著。

有一天，寶慶在街上走，猛地站住。有了主意了：再找個靠得住的年青人，來競爭一下。他選中了張文。小夥子挺漂亮，以前又欠過他的情分。寶慶拿出了不小的一筆數目。

有了錢，張文就會聽話，服服貼貼。他不知道張文是個便衣，眼睛裡只認得錢，有奶便是娘。

張文認真地聽著寶慶，不住點頭，表示已經懂了。他的任務是看住李淵和秀蓮，不傷大雅地假裝獻獻殷勤，作為朋友，常上門去看著點兒。是呀，方大老闆不樂意李淵跟秀蓮親近得過了分，他得看住他們倆。「沒問題。方老闆只管放心，李淵那小子，甭想沾邊。」

張文是民國的一分子，是時代的產物。他從小受過訓，他的主子從納粹那裡販來一套本事，專會打著國家至上的幌子來毒化青年。張文從一小就會穿筆挺的制服，玩手槍，服從上司，統治下屬，誰是他的主子，他就對誰低眉順眼，無條件服從。

他沒有信仰，既不敬先輩，又不信祖訓。權就是他的上帝。在他看來，你不殺人，也許就會被人殺掉。要是單槍匹馬吃不開，就結個幫，先下手為強，幹掉對方。

他會打槍，會釘梢，為了錢，什麼都做得出來。政府常雇他。眼下他正在家賦閒，寶慶的託付來得正是時候。他記得那唱大鼓的小娘們，要是他記得不錯的話，是個挺俊的俏姑娘。他挺了挺胸脯。「沒錯，方老闆，您只管放心，我一定看住她……」

寶慶很高興。有張文在，李淵一定不敢去親近他女兒，一定會另打主意。又來了個男的，李淵說不定知趣就走了。這辦法真妙！寶慶信得過張文。張文能幹，只要給錢，使喚起來得心應手。戰前，大城市裡像他這樣的人多得很。只要有錢，叫他們幹什麼，沒有辦不到的事。寶慶以為，張文屬於老年間的那種人，拿了人家的錢，一定會給人盡心。付了錢，他放了心，相信小夥子一定會把事兒辦得妥妥貼貼。

「可別來硬的，兄弟」寶慶提醒他，張文點了點頭。秀蓮一見張文，心就怦怦直跳。真標緻，又有男子氣概！他有點像小劉，不過比小劉討人喜歡得多了。小劉身體虛弱，張文結實健壯。襯衫袖子裡凸出鼓鼓的肌肉，頭髮漆黑，油光鋥亮，蒼蠅落上去也會滑下來。他老帶著一股理髮館的味兒。在她看來，他挺像個學生，不過已經是成年人了，真有個模樣兒！

秀蓮對李淵的心思究竟怎樣，不消幾天，張文就有了底。嗯，姑娘家，不過是想有個人愛她。張文這回拿了人家的錢，受命而來，有任務在身。不過，在她面前跟李淵比個高低，倒也怪有意思。

李淵非常敏感，知難而退。打從張文天天來家，他出去一逛就是半天，吃飯時候才回來。秀蓮一點兒不惦記他。跟張文在一塊兒，多有意思。他很像美國電影中的人物，很中秀蓮的意。他談天說地，對答如流。當初悔不該跟李淵好。

有的時候，她捫心自問，跟張文說話這麼放肆，是不是應該。她覺得自己簡直像個墮落的賣藝姑娘，坐在男人家的膝頭上，由人玩弄。爸爸從來不許她這樣。不許她在後臺跟別的姑娘打鬧。如今，她可跟這麼個漂亮小夥兒調笑起來了。

她有的時候很同情李淵。他木頭木腦，什麼也不懂。她同情起李淵來，恨不得把張文掐死。張文說起話來沒個夠，一個勁顯擺他見多識廣，懂得人情世故。他彷彿在用無形的鞭子，狠狠抽打李淵，李淵結結巴巴，無力還手。張文很乖巧，對她的心思摸得很透，一見她臉色不對，馬上改口說個笑話，逗得她哈哈大笑。她覺著，能領會他的笑話，簡直就跟他一般有見識了。

張文不光見多識廣，還很精細。不消多久，他就弄清楚了秀蓮有幾個金鎦子，幾副金鐲子，每個有多大份量。秀蓮首飾數目之少，使他頗為失望。他一直以為她爸很有錢。他為什麼不多給她些首飾？「妳唱了這麼多年」他說，「妳爸爸賺了多少錢！哪怕一個月只給妳二百塊呢，妳今天也發財了。他這是糊弄妳呢。」

秀蓮從沒想到過這個，張文這麼一說，聽著挺有道理。爸是該開一份兒錢給她，幹嘛不給呢？別的姑娘，人人有份兒。最好完全自立。應該跟琴珠一樣，跟爸講好條件。這天晚上，她仔細想了想錢的問題。她是得弄點錢。有了錢，就能嫁個稱心的丈夫，養活他，他就不會笑話她是賣藝的了。可憐的大鳳，就因為不會賺錢，爸要她嫁誰，就得嫁誰。

這天晚上，媽提了個裝得滿滿的箱子，去看大鳳。孩子隨時都可能生下來。天氣又悶又熱，像是要打雷。要是打起雷來，秀蓮可不敢回屋睡覺。場散了好半天，她還坐著不睡。張文一向晚上不來，李淵呢，又不在家。等了好半天，爸才回來了，「別怕雷呀，閨女」他說，「那不傷人。」

「我怕，我沒法兒不怕。」她答道，拿毯子蒙上了頭。第二天早晨，天灰濛濛的，要下雨。真熱，空氣黏乎乎，溼棉花似的，往人臉上、手臂上貼，叫人嘩嘩地直流汗。秀蓮坐在屋裡，穿一件爸給她買的洋服。天悶熱得透不過氣來。她拿著把木柄扇子，拚命搧著。忽然間，屋子暗了下來，就像有人一下子把窗簾拉上了似的。秀來走到窗口去看，

天上布滿大片大片鑲銀邊沉甸甸的灰雲，猛地，一道電光掠過，一個大炸雷把濃暈劈成兩半。秀蓮拿手捂住了臉。打雷了呀，只有獨自一人。爸不在家，媽去照應大鳳了。雷聲又起，她屏住了呼吸，彷彿有一滴雨，啪的一下落到了屋頂上，接著就嘩嘩地下起來了。

又是一道電光，她嚇得尖聲叫了起來。打窗戶邊跑開，一下子和張文撞了個滿懷。她緊緊抓住他，求他保護。

「怎麼嚇成這樣？」他說，「怕什麼？沒什麼可怕的，我躲雨來了。」他的臉和她挨得很近，笑著。又一個大炸雷，她蹦起來，把臉藏在他懷裡。他用手臂摟住了她。她覺出來他半抱著她，在挪步。她不由自主地站住了。又是一陣響雷，她兩腿發了軟，身子更緊地向張文靠過去。她忽然發現她已經不是站著的了，她躺在床上，張文就在她身邊，他那強壯的身軀緊緊壓在她身上……………

「我得走了」他說，摸了摸自己光溜溜的頭髮。「明兒見，我明兒也許來。」

「也許」這兩個字像一記耳光，打疼了她。也許……這是什麼意思？她坐了起來，打算好好想想，可是腦子不聽使喚。他走了，一點不像個情人，連句溫存體貼的話也沒有。……她走向窗前，

站下來朝外看。

天晴了。近處的屋頂像剛洗過似的，乾乾淨淨。周圍一片寧靜。她伸了個懶腰，照了照鏡子，上起裝來，穿好衣服，下樓到書場裡去唱書。

唱完書，她又回到屋裡。插上門，坐在床上發呆。眼淚湧了出來。淚哭乾了，她爬上床，又想了起來。一切都完了，她變了個人。肯定的，變了。她又想哭。爸一直要她自重，可這下，再也難以挽回了。她心神不定。真受不了，她再次爬下床，開了燈，對著鏡子照。哪兒變了？瘦瘦的小臉兒，變了嗎？人家會不會看出來，在背後指指點點，「瞧她，她幹了醜事。」

以後，絕不能再上他的當，絕不能太下賤。她懂得愛情不能這麼賤，她得留神。琴珠說過，弄不好，姑娘家就會出醜，必須十分小心。

霧季又到。大鳳的兒子已經滿兩個月了。他胖乎乎，圓滾滾，總是笑。大鳳還是那麼沉默寡言，但很愉快。寶慶和二奶奶高興得要命。外孫子！真是個寶貝蛋！連小劉都動了心。他戒了大煙，一心撲在三弦上，決心當個好丈夫。二奶奶到晚上才喝酒，她怕白天喝醉了，會摔了孩子。除了對秀蓮，她對誰都和和氣氣，好脾氣。她不跟秀蓮說話，一對小眼睛冷冷的，好像是在說：「滾出去，我有外孫了，他是我的親骨肉，妳算什麼東西？小雜種，誰理妳呀？」李淵準備到緬甸去謀生。他走的那天，寶慶對張文說，他的事兒已經辦完，以後用不著他了。張文一笑，跟他要遣散費，寶慶給了。他臨別對秀蓮笑了笑，就走了。寶慶仔細看了看女兒，她近來瘦了，也許是苦夏。她從來沒這麼瘦過，他想，大概是因為長大了。她已經發育完全，臉兒瘦得露出了尖下巴，顯得更俊俏了，不過太瘦了一些。也許她還是愛李淵。

「來，蓮兒」他拉起她的手，「看看妳姐的孩子去。小寶可有意思啦。」

「我今兒不去」秀蓮憂鬱地說，「我明兒再去。」她回了臥室。她已經有了。是張文的孩子。快兩個月了，在肚子裡，不過是小小的一塊。

爸進來了。「秀蓮，妳要知道」他乾笑了一聲說，「我最後一件心事，就是妳了。該出嫁了吧？妳要是樂意，我一定給我的小秀蓮找個體體面面，忠厚老實，勤勤懇懇的人。」秀蓮不作聲。

「閨女，妳到底怎麼個想法？」

「我還小」她悶悶不樂地說，「不用忙。」

「好吧，咱們改日商量，不過得把妳的想法告訴我。我是為妳好。走吧，一道看看那孩子去。」

秀蓮搖搖頭。爸走了以後，她躺了下來。張文的孩子。張文已經對她說過，他不能結婚，因為他得給政府幹事。張文決定著她的一切。她下過決心，不讓他再親近她，可他每次來，都威逼她。她每回和他見面，就成了琴珠。哪怕是在內心深處，一想起她和張文的醜惡關係，就感到羞恥。孩子是她罪孽的活見證。孩子一出世，全世界都會知道，他娘又賤，又罪過。娘是唱大鼓的，又沒有爹，真是個可憐的孩子！

◆二十四 戰亂

琴珠真是時來運轉。戰亂把國家、社會，攪得越發糟了。知識分子和公務員，一天比一天窮；通貨膨脹把他們榨乾了。發國難財的人，倒抖了起來。

社會的最上層，是黑市商人、投機倒把分子、走私販和奸商。他們成了社會的棟梁。雖然粗俗無知，但有的是錢。這類人中，有一個叫李金牙的。他本是個洋車廠老闆，一來二去，倒騰了一輛卡車跑單幫，發了大財。他用那輛舶來的大卡車，給政府跑運輸。每次給政府運三噸貨，按官價收費；私自帶半噸貨，按黑市價賣出。沒多久，就大發橫財。通貨膨脹怕什麼，他的錢多得花不完。錢實在太多了，不花，留著幹什麼呢，花吧。他穿的是上等美國衣料，戴的是價值一萬塊錢的手錶。雖然一個大字不識，他那淡紫色的西裝上衣口袋裡，卻別著四支貴重的美國自來水金筆。有的時候，他覺得應該別五支，擺擺闊。別人別一支，他就得別五支。這些筆是他隨身的資本，哪天手氣不好，輸個精光，就可以抽出兩支筆來作抵，押上一筆錢。誰都得有支筆，所以筆就值了錢。

大金牙是民國的產物。哪怕同胞們已經一無所有，他可是樣樣都得挑頂好的。他的手絹是用手工印染的印度綢做的；金煙盒裡，滿裝著俄國和美國舶來的香菸。雖然普通市民已經穿不暖，吃不飽，他的衣櫃裡卻什麼都有，掛滿了一套套西服。他的一頭黑髮，擦的是從巴黎運來五十塊美金一瓶的頭油。擺弄駕駛盤，免不了出臭汗，為了遮蓋汗臭，灑了一身科隆香水。買一瓶這種香水的錢，夠一百個孩子吃一個多月的。他渾身上下值錢的東西，和一個美國百萬富翁的穿戴不相上下。

他在飯館裡吃飯，一頓飯的花費，夠一個普通人家半個月的花銷。每天晚上都得弄個女人來過夜，給的錢夠她用一年。要起錢來，賭注都是千元大鈔，發票子用起來太煩人。

他每次去緬甸，帶回一些金筆，一兩箱白蘭地，就夠他一個月花的。

但他還不滿足。總得為將來打算打算。他想買上幾輛卡車，開個運輸公司。那他就可以不幹活，幹賺大錢。他還想成個家，弄個媳婦兒。

賣唱的琴珠，再合適不過。他在書場裡見過她幾面。那真是個妙人兒！他花了一千塊，跟她有了交情，真叫他難捨難分哪。她會花錢，這不正對他的心眼嗎？他為了變著法兒用錢，把腦袋瓜都想疼了。

琴珠一切的一切，都叫他稱心。真是情投意合。她善於察言觀色，對他體貼入微。她也好吃，這點更是知己。尤其妙的是，她的名字總是高高地寫在書場海報上，叫他看著舒服。他是個無名小卒，娶了琴珠，一定能給他揚名。

這件事，大金牙還得跟新娘她爹唐四爺講講價錢。有錢沒錢，唐四爺一瞧便知。有四支金筆的人，肯定花錢如流水。四爺也明白，男人一旦相中了，是捨得大把花錢的。唐四爺有個有模有樣的女兒要賣，她的名字天天見報，和第一流名角一起登臺表演，一定賣得上大價錢。

他要大金牙給他一大筆現款，和一輛美制大卡車。錢，幾個鐘頭以後，就可能貶值，不過卡車是不會貶值的。大金牙答應了這個要求。自己人嘛，一輛卡車，小意思。唐四爺不費吹灰之力，就弄了輛卡車。他那詭計多端，十分貪婪的腦瓜兒，又思索開了。要姑爺在快開張的運輸公司裡，給他安插個顧問，或者經理職務噹噹。大金牙說，要什麼都行。

唐四爺後悔得要命。要真是一開口就來財，本該要兩輛卡車的，錢也該加倍。他還試探著問大金牙，能不能定期每月給他十兩大煙土，治他的風溼病？大金牙作了個滿不在乎的手勢。「當然可以，這也好辦。」後來，唐四爺還要姑爺把所有的存款交給他保管，萬一姑爺有個三長兩短，由他掌握保險。大金牙這下不答應了。

唐四爺在簽婚書時，滿心委屈，覺著人家冤了他。

婚禮在重慶最豪華的飯店舉行。雖然他跟琴珠一千塊錢一夜，一直睡到結婚前夕，可他還是堅持要正式舉行儀式。錢算得了什麼，婚禮才值得紀念。至於琴珠，她心滿意足。

她做夢也沒想到，她還會正式結婚當新娘。

琴珠要秀蓮給她當儐相。起初，秀蓮不答應。她滿心悲苦，沒有心思。不過後來她看出，琴珠確實出於好心，真心願意找她。可請的姑娘多的是，偏偏要請她。琴珠見她遲疑不決，拿手臂摟住她，用懇求的眼光，哽咽著說，「來吧，秀蓮。我要出嫁了，給我當當儐相吧！我是不規矩，妳呢，清清白白，不過妳還是來吧。讓我了了心願，結婚的時候，起碼儐相是個童女。圖個吉慶，我的終身，也會吉祥如意。」

秀蓮肚子裡的娃娃，輕輕動了一下。她覺得這未免太捉弄人了，不過還是答應來做儐相。

婚禮盛大，全部儀式和裝飾都象徵著當前的時代。禮堂裡掛滿了萬國旗，包括最黑的黑非洲國家的旗子；還有各式各樣綢緞喜幛。五彩繽紛，鮮豔奪目，看上去叫人頭昏腦脹。樂隊是從當地雜技團雇來的，奏的曲子，就是玩魔術的打帽子裡抓出兔子，或者，打袖子裡掏出鴿子時的伴奏。有一段音樂是專門為空中飛人用的。即使賓客們覺得滑稽，新郎可並沒有發覺有什麼不對頭的地方。音樂到底是音樂，樂隊越龐大，音樂就越高明。他就是這麼看的。

他為了婚禮，認真打扮了一番，還專門雇了兩個聽差來侍候。他的西服上裝是黑白格的，圖案鮮明。他帶了條支得高高的硬領，打著從印度進口的紅黃相間的綢領帶。上裝口袋裡，別著那四支頗有名氣的自來水金筆。他腳登一雙黑色長馬靴，打磨得照得見人影。

這雙靴子是從一個英國陸軍軍官那裡買來的，帶有全副銀馬刺，每走一步，就發出刺耳的響聲。他的上衣紐孔裡，插了一朵極大的白色羽毛做的花，下面掛著一根綢帶，寫著：「新郎」。

琴珠一心想打扮得像個闊太太。她那白綢子的結婚禮服，是她丈夫從緬甸帶回來的。禮服底下，穿了三套內衣，吊襪帶，緊身褲，還有好幾米緞帶。白頭紗頂上，別了一塊五顏六色的綢手絹，渾身上下戴滿了珠寶。她所有的假珠寶，通通帶上了，有不少是新買的，也有真的金剛鑽，是新郎給她的。她高高的胸脯，束著緊身衣，遍布閃閃發光的寶石。兩手每個指頭，至少有一個戒指，右臂從手腕到肘，戴滿了鑽石鐲子。她手捧一大束梅花，枝丫甚長，香氣撲鼻。上面滿是花朵，瞧著彷彿是舉著顆小樹呢。她認為新娘就該用純潔的象徵來裝點，所以一刻也不肯放下這棵樹。

多數客人跟汽車運輸業和曲藝界有關係。不是朋友，就是對頭，來此是為了白吃一頓，或者抽抽外國香菸。四爺把姑爺如何有錢，講得天花亂墜。光是待客的美國香菸就取之不盡。美國香菸的確很值錢，誰不願意來參加婚禮，白撈幾支呢？

樂隊奏起了兔子打帽子裡蹦出來時的伴奏曲，新郎新娘被人蜂擁著，走了出來。唐四爺今天算是露了臉。他把臉上那些抽大煙的痕跡，洗刷一淨，鬍子也剃了個精光。一對小眼睛高興得發亮，薄薄的嘴唇在又大又尖的鼻子底下，笑得合不攏。真是個好日子！這一回，閨女總算賣了個大價錢！一輩子的夢想，終於實現了。

四奶奶穿著一件五顏六色的繡花旗袍，瞧上去象座鋪滿了春花的小山；又像海上一條蒙有偽裝的大航船，到處都花花綠綠的，弄得人鬧不清它到底是在往哪個方向開航。她費盡心機，才把自個兒塞進了那件衣裳裡，箍得她氣都喘不過來，但還是神氣十足。當她搖搖擺擺，爬上禮堂的臺階時，有幾個孩子擋了她的路，她馬上伸出手來，擰他們的耳朵，熟練地用下流話罵了起來。

秀蓮穿了件一色的粉紅旗袍，手裡拿了把野花，一邊走，一邊動人的笑著。她往禮壇上走的時候，有的人拍起手來。她好像並沒看見他們，頭昂得高高的，姑娘家，走起路來靦靦腆腆，規規矩矩的。在這一幫打扮得花裡胡哨、庸俗不堪的人群裡，她真像一朵樸素的小花，儀態自然。

新郎新娘走在最後，琴珠扭著屁股，叮叮噹噹搖晃著手鐲；新郎昂首闊步，在她身邊邁著鴨子步。為的是顯擺他那馬靴和銀馬刺。

他們一出現，禮堂裡就熱鬧起來。大金牙早就說好，要朋友們給他叫好，他們也確實很賣力氣。有的拍手，有的朝他們撒豆子和五彩紙屑。儀式舉行完畢，新郎新娘相對一鞠躬，眾人齊聲大叫：「親個嘴！」他們當真親了嘴。這象徵著他們的愛情經過當眾表演，已經把過去的醜事都遮蓋了。

於是新郎給了新娘一個鎦子，一對鑽石鑲的手鐲，額外還添了一支上等美國金筆。

證婚人是一位袍哥大爺，為了表示祝賀，講了一番話。他的話當然難登大雅之堂，不過聽眾一再鼓掌，淫穢的氣氛登時活躍起來。客人們使勁叫喊，要新郎報告戀愛經過。

秀蓮覺得不舒服，孩子在她肚子裡，一個勁地踢騰。屋子裡擠滿了人，氣悶極了，她覺得喘不過氣。琴珠好意請她當儐相，說什麼也得給琴珠爭點兒面子，至少要堅持到儀式完畢。她腦門上出了大顆大顆的汗珠。她直挺挺地站著，一動也不敢動，咬著嘴唇，不讓自己叫出聲來。忽然，她兩眼一黑，失去了知覺，倒在地板上。

她醒來的時候，已是躺在自己屋裡的床上，爸坐在床邊，臉慘白，拉得長長的，眼睛很古怪地發著亮。

他有好一會兒說不出話來。到了，他舐了舐發乾的嘴唇，「是誰坑了你？」他費難地問，「是誰？」

她簡簡單單，把事情告訴了他，絲毫不動感情。把事情說出來，她倒平靜了。把祕密公開講了出來，她覺得痛快；在她肚子裡蹦著的孩子，好像也不那麼討人嫌了。

寶慶沒有責備她。他光點了點頭，拍了拍她的肩膀，就走了。可心裡卻在翻江倒海。這個下賤胚張文，恨不得生吞活剝了他。沒想到鑽了他的空子，糟蹋了他的女兒！

他在下午常去的茶館裡，遇到了張文。他一見張文，就知道秀蓮說的句句是實話。張文拿笑臉兒迎他，可是不敢正眼瞧他。

「你打算怎麼辦？」寶慶開門見山地問。

「什麼怎麼辦呀？」張文問。寶慶再也控制不住自己，衝那油頭滑腦的傢伙就是一拳。張文很快閃過一旁，手往口袋裡一伸，一支槍口就對準了寶慶。因為恨，也因為怕，寶慶的臉抽搐起來。

「你這個老廢物，再敢來找我的麻煩」張文不慌不忙，打牙縫裡擠出這句話，「我就像宰個耗子似地宰了你。」

寶慶腦子一轉，深深吸了口氣，立時拿定了主意。他臉上掛著笑，大聲說起話來，讓在場的每個人都聽得見，「開槍吧，我反正也老了。你還在娘胎裡，我就走南闖北，憑本事吃飯了。」他慢慢衝著這個土匪走過去，一雙大黑眼直勾勾地瞪著張文的臉。「開槍吧，小子，開槍。」

張文鼓了一會兒眼睛。沒人這麼頂撞過他。他以前每次拿槍唬人，多一半人都怕他，他不加思索，就立時宰了他們。寶慶卻公開向他挑戰，叫他開槍。張文殺過很多人，不過他不想當著這麼多證人，落個蓄意殺人。

他的槍口朝了下。他把頭歪在一邊，衝著寶慶笑了起來。

「我哪能把岳父大人給殺了呢?我不是那號人。」「你打算怎麼辦?」寶慶嚴厲地問。

「聽您的吩咐，方老闆。」

「你打算娶她嗎?」

「我當然樂意，可是我不能。」

「為什麼?」

「那就是我的事兒了，老傢伙。」張文朝外邁了一步，搖了搖頭。「我就是不能，給政府幹事，不能結婚，這你還不知道嗎。」

「你以後不許再上我的門。」

張文笑了起來。他彈了個響指，衝地上吐了口痰。「我什麼時候想去就去。」

寶慶想起，張文最愛的是錢。也許……「你要多少？」他問，定定地看著這小子，「你要多少？我有錢。」「錢我要，老傢伙」張文笑著說，「不過，人我也要。她是我的人了，她愛我。我就是她的丈夫，不信你問她去。」寶慶氣糊塗了。「狗雜種」他叫了起來，「天打雷劈，不得好死。」

張文覺著挺有趣。「罵人不好，老傢伙。跟政府的人打交道，最好留點兒神。你的好朋友孟良已經嘗到滋味了。他以為能跑掉，可還是落了網。怎麼樣？你放明白點兒。秀蓮肚裡的孩子是我的。我想拿她怎麼辦，是我的事，跟你不相干。你放心，我錯待不了她。你要是放明白點，我也錯待不了你。」

他摸了摸油光水滑的腦袋，點上一支煙，踱了出去。

寶慶像個夢遊人，慢慢悠悠地回了家，徑直到了秀蓮屋裡。秀蓮不願多講話，問她什麼，她光笑笑，直搖頭。「妳怎麼，咳，怎麼就讓他糟蹋了呢？」寶慶一個勁問。他簡直瘋了。腦門發燙，心發疼。「跟我說說，怎麼，怎麼回事。」他哀求道，他伸出手來想摸摸她，又縮回了手。她始終半笑不笑地瞅著他。

他沒注意到二奶奶和大鳳已經走了進來。他看見的只有秀蓮的臉，薄嘴唇緊緊地抿著，眼睛裡黑沉沉的，叫人捉摸不透。啪的一聲，一大口黏痰吐到了秀蓮臉上，寶慶跳了起來。他雙手抓住老婆，把她拖了出去。他在門外打了她一耳光，然後回到屋裡。閨女就是作了孽，也不能啐她。大鳳掏出自己的手絹，給秀蓮擦著。「跟我說說吧」她央求道，「妳的難處，幹嘛不說說呢，說出來就痛快了。」秀蓮拿手捂住臉，哭了起來。「妳怎麼打算呢？」大鳳又問，「跟他去嗎？妳真愛他嗎？」

「有什麼別的法子呢？」秀蓮可憐巴巴地說，「像媽那個樣兒，我在這兒，怎麼待得下去。」

「他會跟妳結婚嗎？結了婚，能養活妳嗎？他到底可靠不可靠呢？」

「我不知道，我哪兒知道呢？我見了他就昏了頭，他要怎麼樣就怎麼樣。也許這就是愛情。挺難受，可又丟不下。」「他真喜歡妳嗎？我不懂什麼叫愛情，不懂妳說的那個愛情。他對妳，是不是跟妳待他的心腸一樣呢？」「我不知道，我不知道」秀蓮攥緊了拳頭，捶起床來，「我什麼也不知道。我難過，我又不難過。我不跟他去，上哪兒去呢？不去，我就成了個下賤東西，給全家丟臉。去呢，也不會有好下場。」

過後，大鳳對寶慶說，秀蓮想跟她的情人去。寶慶沒法，只好答應。他想到他的生意，全完了。秀蓮唱的那一場，誰能頂得了？琴珠嫁了人，也走了！他想起來，他跟小劉可以來段相聲，這也許是個辦法。

他下樓，到書場裡去。當晚，他和小劉來了一段，不過，很不成功。

散了戲，寶慶在書場大門口雇了個拿槍的把門，叫他無論如何，不讓張文進門。他買了把鎖，把秀蓮鎖了起來。他不怕張文，就是張文拿槍打他，他也要跟他見個高低。

二十五　意外

過了一個禮拜，寶慶家來了六個拿槍的漢子。他們走到書場樓上，把寶慶看守起來。然後張文走來，給秀蓮開了鎖，叫她跟他一起走。

秀蓮一見張文，又是哭，又是笑。可一見他的槍和那幫人，就癱在床上。

「秀蓮，跟我一塊走。」張文用命令的口氣說，臉色死白死白的。

她一動不動。

「走吧，把所有的東西和首飾都帶上」他又命令似地說，聲音尖得刺耳。

她還是不動。

他不耐煩了。「怎麼了？」他問，「怎麼了？」「我得跟爸說一聲，你不該拿槍嚇唬他。」秀蓮說。她已經打定主意。

「妳不是我的人嗎？」張文擔起心來了。

「我是你的人，孩子是你的」秀蓮指著肚子說，「不過，我不能就這麼跟你走，我得跟我爸爸說一聲。他，他是我的……」她咬住了嘴唇。

「走吧」張文催她，「別淨說廢話！耽誤工夫！帶著你的首飾。」

「我跟你走，首飾也忘不了。不過我一定得跟爸爸說一聲。你可以拿槍嚇唬他，我不能。」

「先把首飾給我。」張文不耐煩了。

「不行，我得先看看爸爸。」

「好吧，去吧。」

秀蓮自己也不知道，她是怎麼走進了爸爸的屋。

寶慶很鎮定，泰然自若。他坐在把椅子裡。兩條漢子站在他對面，槍口對著他。他安詳地看了看秀蓮，臉上一點表情也沒有，好像眼面前的事，壓根兒跟他沒關係。

秀蓮起先走得很慢，然後，不由自主地衝著他，急忙跑過去。她本有一肚子話要說，可是一句也說不出來，只會跪在他面前哭。末了，她氣咽聲嘶，好不容易才說出來，「爸，您白疼我了，叫我走吧，我沒法兒不走。」

寶慶說不出話。他的手緊緊攥著椅子把，發起抖來。忽然，他冷笑了一聲，說，「走，走，走。女大不可留，走吧。」

張文走了過來。他不看寶慶，拉起秀蓮：「走。」

她拿了衣服首飾，低著頭跟張文走了。出了門，她看了看天，天上有隻鳥兒在飛。她想，不管怎麼說，總算自由了，像那隻鳥兒一樣。

張文把她帶到個僻靜胡同裡。所有的房子都炸坍了，不過廢墟裡也還有人住。有的房子倒了牆，有的沒屋頂。一座房子裡，有間火柴盒似的小屋，牆被炸彈震歪了，跟天花板分了家，所以屋裡亮得很。屋裡有一張竹床，兩把竹椅，一張桌子。

「這就是咱們的家」張文說。

秀蓮看不下去。這地方太可怕了，到處是耗子、臭蟲。不過她不願意讓他看出她的心事，她看了看他。「咱們的家，還挺不錯的」她說。她希望張文對她好，減輕她離開爸爸的痛苦。

床上放著她帶來的包袱裡面包的，多一半是鞋襪。她想起口袋裡還有些首飾，就都拿了出來，擱在他手心裡。「給你，我拿著也沒用。」

看見金子，他的眼睛放了光。為了報答她，把她摟在懷裡。

他們商量該怎麼收拾屋子，秀蓮出了很多主意。屋子小，跟洋娃娃住的一個樣。把屋子好好收拾一下，朋友來了，也好坐下喝杯茶。她從此要過新的生活了。等有了大點兒的屋子，再搬過去。這些想法使她高興起來，臉上的愁雲散了好些。哪怕只有間半截牆，火柴盒似的屋子呢，也得過下去。

他倆上飯館吃飯。飯後張文說了說今後的打算。最好天天在外邊吃飯，他說。這筆開支還出得起，房子太小，做起飯來，轉不開身。他不喜歡睡覺的地方有飯菜味兒。秀蓮打心眼裡贊成，她壓根兒不會做飯。老在外面吃才好呢。首飾讓他賣了換飯吃，真不賴，她高了興。

他們上街買東西，回來的時候，買了一床厚厚的川繡被子，兩個枕頭。有了它們，屋子裡看著體面順眼多了。新被子很漂亮，她快活起來，臉上有了笑容。

日子一天天過得很快。生活像兩岸長滿了野花的清澄小溪，潺潺地流過去了。在秀蓮的小天地裡，倒也風和日麗，微風習習。廢墟的霉味，垃圾和死屍的臭氣，大耗子到處亂竄，她都不在意。張文不在家的時候，她就忙著給孩子織衣服，打掃房間。她哼著舊日常唱的鼓書，撫摸著日益膨脹的肚子，說不出的愉快。有了孩子，該多麼快活。

張文對他的俘虜很得意，常帶朋友來看她。他們一來，總弄得她這個沒有正式結婚的新娘困窘不堪。爸一向不讓她跟人交際，她不會應酬人。這麼小的屋子，一下子來上一大幫，又都是男人，只有她一個女的。他們認為所有唱大鼓的，都不是好女人，當然也就不會拿她當正經人看。他們每次來，秀蓮都擔驚受怕，不敢作聲。要是客客氣氣，冷淡了客人，客人不高興，張文要罵她。熱乎一點兒，張文又氣得發瘋，罵她下三濫。他們多一半很放肆，只要張文一轉過身去，就動手動腳。她躲不開，因為屋子裡擠滿了人，房間又那麼小。

張文把秀蓮帶走的當天，二奶奶就把大鳳和小劉搬進秀蓮屋裡。她想叫外孫守在跟前，好逗樂。秀蓮怎麼樣，隨她的便，犯不著去操心。二奶奶一向講究實際。姑娘家出個醜，沒什麼了不起，沒準她自己還樂意呢。丈夫是個笨蛋，活該遇著這麼檔子事兒。她有了外孫子，又有的是酒喝，別的事，管它呢。

這一向，寶慶沉默寡言，悶悶不樂。挨老婆的罵，他從來不還嘴。要是有人問起秀蓮，他就說她病了，或者轉個話題，誇誇小外孫。朋友們很體貼，從來不打聽，可也總有些人，好奇，不知趣。

他夜裡翻來覆去，老睡不著覺。秀蓮走了，家裡顯得空空蕩蕩。她傷了他的心。別人騙他，猶有可說，可是秀蓮，他最心愛的女兒幹這樣的事兒，真叫他受不了。一想起她對他的欺騙，心裡就疼得像刀子扎。

他並不是個遇到打擊就心灰意冷的人。他也許會痛心一輩子，但責任還是要負起來，只要秀蓮需要，他準備竭盡全力去幫助她。遲早張文不是甩了她，就是賣了她。他要找到她，看住她，在她需要的時候，拯救她。他沒有力量去跟張文和他那幫土匪拚，不過，他可以在必要的時候，拉自己的閨女一把。他花了幾個錢，打聽到他們的地址。來報告的人，詳詳細細把情況告訴了他，連房間是個什麼樣子，秀蓮怎麼收拾布置，張文的那幫子朋友如何難纏，都繪聲繪色告訴了他。

他想起秀蓮住在那樣的地方，守著間那樣的小破屋，就難過得心疼。他有錢給他們賃間房，但他不打算這麼做。不能為了閨女，跟那個壞蛋張文言歸於好。辦不到。

最好是把一切都忘掉。怎麼忘得掉呢？秀蓮是他的心頭肉。雖說恨張文，在傷心之極的時候，他也丟不下他一手養大的孩子。他想把心思全放在小外孫身上。可他每次抱起胖外孫，就免不了心煩意亂地想起，秀蓮懷了孕，快給他添第二個外孫了，還是張文的孩子！

他努力想忘掉秀蓮和她男人。還有更要緊的事，等著他去做呢。他得想法兒把孟良救出來。想到這兒，他站起來，發了狠。只要他還有一分錢，一口氣，一份力，他就要想辦法把朋友救出來。孟良才是真心朋友。秀蓮的事，他早就提醒過，只怨寶慶當時不開竅。

孟良幫助過他，鼓舞過他，給他機會，讓他為國出力。

搭救孟良的新使命，在他心裡燃起了新的火焰。他不再一蹶不振，愁容滿面，而是一心一意，又有了生活的目的。他到處打聽，找當官的，找特字號的，四處花錢，打聽孟良到底給關到哪兒去了。

當官的聽了他的要求，都不免嚇一跳，露出害怕的神色。「別管這事」他們說，從他們的態度可以看出，他們覺著他是白費勁。

有的人乾脆對他說，為了這麼個古古怪怪的作家去奔走，真是發了瘋。他這才明白，哪怕走袍哥的路子，也行不通。那是當今政府的事兒。官兒們給他上了一課。他們不肯直截了當跟他明說，怕他把話講出去。他們繞著彎兒說話，含含混混，不得要領。有個人說，「戰爭時期，只有帶兵的有權勢，槍一響，文官就吃不開了。」

寶慶聽了他們的指點，去找帶兵的。他給軍官唱過堂會，認識不少人。他們對他挺客氣，有的也對他的才情誇上兩句。唔，現在正用得著他們，不妨去找找。可是，軍官們一聽他有事相求，多一半就忙得見不了客。頂多派個祕書，或者傳令兵出來見見。不消多久，寶慶不用開口，就知道他們千篇一律必是這樣回答：「劇作家，小說家，都靠不住。本該把他們搞掉，省得他們找麻煩。」有一位高級將領，好奇地瞧著他，不懷好意地問：「你活夠了，想找死嗎？還是唱你的大鼓去吧，老頭子！劇作家，你就別管了，還是讓他在監牢裡待著吧。」

寶慶鞠個躬，走了出來。他沒了轍。世道真變了。中國人自古以來，就敬重斯文，連唐玄宗還不敢得罪李白呢；可今天軍人就敢把學者抓起來，關在監牢裡。說不定孟良已經掉了腦袋。他猛地站住，恐怖緊緊地抓住了他的心。當今政府到底是怎麼回事？難道現而今的領袖，見識還不如個孟良？他連忙看了看四周，害怕他心裡的疑問，會被人聽見。他加快了腳步。

這天晚上，他去找孟良在劇院的一些朋友。這些人告訴他，他們正連日地奔走，想把孟良營救出來，可是一直打聽不著他關的地方。他們認為他還活著，別的就不知道了。想在報上登個尋人廣告，看看會不會有人知道他的下落，來報信。可是給新聞檢查當局挖掉了。他們還沒有絕望。不管找不找得到，還是要找下去。有位青年把寶慶拉到一邊，跟他說了起來。「要是做得太顯眼，弄得大家都知道我們在營救他，特務機關，沒準就會把他幹掉。」他說，「可是話又說回來，要是我們不去動員群眾關心他的事，要救他就更沒有指望了。所以必須十分謹慎小心。」寶慶越聽越糊塗，他只明白這位青年是要他別太莽撞，怕對孟良不利。

夜裡，他躺在床上，想了又想。事情真複雜。從前，他以為要打勝仗，必得有力量。中國若是人人身強力壯，準能打敗日本。打敗了日本，就天下太平，有好日子過了。他揉了揉禿腦袋。事情顯然沒那麼簡單。日本倒還沒打敗，瞧瞧自己，落了個什麼下場，孟良又落了個什麼下場！孟良，他一心勸人愛國，一心想要國家富強，反被政府關進牢裡；張文那樣的壞蛋，倒自由自在。這究竟是什麼世道呢？

他躺著，背朝天，臉埋在枕頭裡。別再費那份腦筋，去想什麼了。他只想睡，想忘掉一切。幹嘛要想？腦袋疼得厲害，別再費那份兒心勁了。最好跟老婆一樣，傻頭傻腦，成天醉醺醺。只有她，這年頭，還可以輕輕鬆鬆地活下去。她真有福氣，無憂無慮。

實在精疲力竭，沒有力氣再操心，再想。

第二天早晨，他早早地就起來了，振作了不少，精力也恢復了。睡眠真是功效神奇。他活著，他還有才幹。人生似乎好過了一點。他把小寶抱了起來。孩子咧開小嘴笑了，高興得嗚嗚直叫。

寶慶看了看老婆，她坐在椅子上，身邊放著一瓶酒。「小寶他姥姥」他嘴上帶著挖苦的笑，說：「你真有福氣。」「我嗎？」老婆嗑著葵瓜子，應聲問道，「我要是真有福氣，就不會生在這年頭了。」

這話很出乎寶慶的意外。唔，看來她也不能完全不動腦筋。

二十六　掙扎

錢花完了！張文賣了秀蓮所有的首飾，把得來的錢吃了個一乾二淨。秀蓮的肚子一天比一天大，大得她連門都不敢出，一副寒傖樣子，怎麼見人。

她沒想到懷了孕的女人會這麼難看。臉完全變了模樣。早晨起來，臉腫得鬆泡泡的，笑起來挺費勁。就是拿她僅有的一點化妝品塗抹起來，也掩蓋不住病容。這副模樣，真是又難看，又可憐。腿和腳都腫了，有時連鞋都穿不上。

張文對她，已經沒一點兒溫情。即使親近她，也無非是發洩獸性，獸性一旦滿足，就把她扔到一邊。有一次，為了嫌她擋路，使勁打她的肚子。還有一次，因為嫌她在床上占的地方大，罵了起來。「滾你媽的一邊去，大肚子娘們」他嚷著。她臉衝著牆，低聲抽泣起來，什麼也沒說。第二天早晨，她一片誠心，低聲下氣地招呼他。她覺得，哭未免太孩子氣了。自己的肚子太大，擠了他，挨他罵一句，也不算什麼。她很過意不去。

張文可沒有心思跟她談情說愛。他坐在床上，點上一支煙，瞇縫起眼睛，想心事。忽然，衝她長噴一口煙，笑了起來。「秀蓮，跟你爸要倆錢去。咱倆得吃飯，我一個子兒也沒了。」

她睜圓雙眼看著他。他不是當真的吧？難道他不知道，爸爸已經不要她了？她對不起爸，沒臉見人。「哦」她低聲說，「哦，不，我不能那麼辦。」

「蠢貨」他生氣地喝斥她，「你爹有錢，我們短錢使。他搶了妳的錢，妳為什麼不弄點回來？」

她搖搖頭。她不能再去欺負爸爸。不能再做丟人的事，去跟爸爸要錢。張文捏緊了拳頭，好像要打她。她看出他要幹什麼，可還是坐著不動。張文大聲罵了一句，披上褂子，登上褲子，走了出去。

她一個人在床上躺了兩天。沒有吃的，也沒有錢。她什麼也不想做，只顧想心事。身子越來越重，已經到了步履艱難的時候。因為餓，她一陣陣噁心。

張文回了家。他自己一去兩天，一句沒提，她也不問。她躺在床上，笑著，希望他能走近前來。他一邊脫衣服，一邊問，「你幹嘛不去賣唱？咱們得弄倆錢，不是嗎？這倒是個辦法，找個什麼地方唱唱大鼓去。」

「我這副模樣兒，怎麼去呀？」她勉強笑了笑。「扛著個大肚子，人家該笑話了。等把孩子生下來就好了。再說，除了我爸的團隊，也沒處唱去。重慶就這麼一家書場。」

「那妳就回去給他唱。」

「那不行。我不能這麼著上臺去唱書，給我爸丟人。」「什麼？丟人？丟誰的人？」

張文不明白。女人家懷了孕有什麼可丟人的，何況還是個唱大鼓的呢。作為女人，秀蓮挺可愛；可是她不肯出去賺錢，真叫人惱火。「去，給妳爸唱書去。」他又下了命令。

「我不去」她哭起來了，「我受不了，我不能這麼著去給爸丟人。」

「丟人！」他輕蔑地嗤笑了一聲，「一個唱大鼓的，還講得起丟人不丟人？」

秀蓮心裡有個什麼東西啪地一聲斷了，她對他最後的一絲情意，也完了。從今以後，事情不能再這麼下去了。她沒想到他會說出這種話。他根本不愛她。她為他離開家，斷送了自己的前程，而他對此，卻完全無動於衷！

當天晚上，張文又走了。一去就是三天。秀蓮氣息奄奄，分不出白天黑夜。死吧，痛苦也就從此結束了。死了倒省得遭罪，可是還有孩子呢！娘犯了罪，造了孽，為什麼要孩子也跟著去死？

第二天，她起了床。虛弱不堪，路也走不動。打張文走了以後，她只吃了一點糍粑，喝了兩口水。她得出去走走，透口氣。走起來真費勁，每走一步，腳如針扎，腿腫得寸步難行。朝哪兒走？她不知道。她一步一步地往前捱，蹣跚著，走幾步就停下來歇一歇。走了不久，她看出已經走到爸爸家那條街的盡頭。不能去，絕不能去。她扭轉身，很快回到小屋裡。

也許張文的朋友會來找他。在這樣冷清清、孤單單的日子裡，有個人說說話也好。她可以求他們去找張文，把他叫回家來。可是沒人來，她猜得出，這是為什麼。他們以前來，是為了看她，看看重慶唱大鼓最有名的角兒。這會兒，她又病又醜，誰還希罕來看她？大肚子女人，有什麼好看！她在小屋裡走了幾步，一屁股坐在床上。

孩子又在踢騰，她難過得很。可心頭的難過更厲害。可怕的是今後，要是孩子生在這個又小又破的屋子裡，怎麼好？汗珠子一顆顆打她腦門上冒出來。她什麼也不懂。要是活生生的孩子一下子打她肚子裡蹦出來，怎麼辦？聽說女人生孩子的時候，會拚命叫喚，真有那麼可怕嗎？好像肚子裡每踢騰一下，她的難過就增加一分，越來越難以忍受。

她昏昏沉沉地躺著，哪怕張文回來看看也好。胡同裡一有腳步聲，她就抬起頭來聽。

這個破胡同裡，男男女女，來來往往，腳步聲一直不斷。她知道張文不會再來了。說不定爸爸，或者大鳳會來看她。光是這麼想想，也使她得到不少安慰。不過她心裡明白，他們是不會來的。他們過的，是跟她截然不同的生活。就像地球繞著太陽轉一樣，他們循規蹈矩，過的是規規矩矩的生活。而她呢，卻走投無路，再也過不了正經日子。

兩天以後，張文冒冒失失撞了進來。他穿了件嶄新的西式襯衫，打著綢領帶，一條色彩鮮豔的手絹，插在上衣口袋裡。他晒黑了，挺漂亮。她一見他，就為他的離去，找了種種理由：他可能是想法兒賺錢去了，好吃飯呀，他愛她，所以拚命地為了她幹活去了。她見了他，把心裡的怨氣壓了一壓。不論怎麼說，他是她的情人，是她的男人。可是，張文沒有理她。他忙著打行李。她看著他，莫名其妙，手捂著嘴，不讓自己哭出來。他把他的短褲、襯衫，還有她給洗乾淨的襪子，都拾掇起來，裝進一隻淺顏色的新皮箱裡，那是他剛剛拎回來的。她的眼淚掉了下來，不過還是沒說話。

他停下手來，看著她。眼神不那麼凶了，透出憐憫的神色。他那抿得緊緊的嘴上，掛了一絲笑。「我以後不回來了」他說，「我要到印度去。」接著又打他的包。

她楞住了，一下子沒明白過來。哎呀，印度，那麼遠。她打床上跳下，拉他的袖子。

「我也去，張文，你上哪兒，我也上哪兒。我不怕。」

他笑了起來，「別那麼孩子氣。打著那麼大肚子，怎麼跟我去。帶著個快冒頭的小雜種，跟我去，那才有看頭呢！快住嘴吧，我要做的事多著呢。」

她心裡一寒到底。她放了他的手臂，坐在床上，眼睛瞪得溜圓，害怕到極點。「我怎麼辦呢？你要我怎麼辦呢？」她問。

「回家去。」

「不等……」

「還等什麼？」

「不等孩子生下來啦？」

「咳，回去吧！別再叨叨什麼等不等的了。放聰明點兒吧。妳把我吃了個精光，我所有的都花在妳身上了，這還不夠嗎？咱不是沒有過過好日子。我盡了我的力量來滿足妳，現在我要走了，辦不到了，別那麼死心眼。」

她撲倒在地板上，抱住他的雙腿。「你一點也不愛我了嗎？」

「當然愛妳」他更快地收拾起來。「我要是不愛妳，妳還能懷上孩子嗎？」

她躺在地上，精疲力竭，站不起來。她有氣無力地問：「咱倆今後，今後怎麼辦呢？」

「那誰說得上？別指望我了，妳是知道我的。我心腸軟。要是到了印度，有哪個姑娘看上我，我就得跟她好。我對女人硬不起來。人有情我有義嘛，對妳不也是這樣嗎？已經給過妳甜頭了。」他嬉皮笑臉看著躺在他腳下的秀蓮，摸了摸自己賊亮賊亮的頭髮。「你已經嘗到甜頭了，不是嗎？」

收拾完東西，他在屋子裡週遭看了一遍，是不是還丟下了什麼。完了，用英文說了句：「古特拜」就沒影兒了。

他留下一間小屋，一張竹床，床上有一床被子，因為太厚，裝不進皮箱。此外還有兩把竹椅子，一張竹桌子和一個懷了孕的女人。

秀蓮在床上躺著，直到餓得受不住了，才爬了起來。她腦子裡只有一個念頭，就是得賺錢養活自己和孩子。也許能靠賣唱，掙點兒錢餬口。只要熬到把孩子生下來，就可以隨便找個戲園子，去賺錢。不管幹什麼，只要能賺錢，能養活孩子就成。她嘗夠了這場愛情的苦頭，真是竹籃打水一場空。還不如讓人賣了呢，就是父母之命，媒妁之言，也比這強。第二天，她整整躺了一天。起床的時候，腿腫得老粗，連襪子都穿不上了。她知道自己很髒，好多天沒換過衣服，發出一股叫花子的味道。下午，她到江邊一些茶館裡去轉了轉。茶館老闆聽說她想找個活兒幹，都覺得好笑。扛著個米袋大的肚子，誰要呀！

她邁著沉重的腳步，回了家。辮子散了，一頭都是土。腫脹的雙腿，跟身子一樣沉重。嘴唇乾裂得發疼，眼珠上布滿血絲。走到大門口，她在臺階上坐下，再也挪不動步了。多少日子沒換衣服，衣服又溼，又黏。乾脆跳到嘉陵江裡去，省得把孩子生出來遭罪。

她掙扎起來，又走回小屋去。屋門開著，她站住，吃了一驚。誰來了？張文改變主意了？還是有賊來偷她那寶貝被子呢？她三步並作兩步，往屋子裡趕，說什麼也不能讓人把被子偷走……突然，她收住了腳步。黃昏時黯淡的光線，照著一個低頭坐在床沿上的人影。

「爸」她叫起來，「爸！」她跪下來，把頭靠在他膝上，撕肝裂肺地哭了起來。

「聽說他走了」寶慶說，「這下你可以回家了。我一直不能來，他嚇唬我說，要宰了我。現在他走了，這才來接妳回家。」

她抬起頭來看他，眼睛裡充滿疑懼和驚訝。「這個樣子，我怎麼能回去，爸？」

「能，全家都等著妳呢，快走吧。」

「可是媽媽……她會說什麼呢？」

「她也在等妳。我們都在等妳。」

寶慶捲起鋪蓋，用手臂夾著，帶她走了出去。「等孩子生下來，我要跟著您唱一輩子」秀蓮發了願，「我再不幹蠢事了。」她忽然住了腳。「等等，爸爸，我忘了點兒東西。」她使勁邁著腫脹的腿，又回到她的小屋裡。

她想再看一眼這間屋子，忘不了呀！這是她跟人同居過的屋子，本以為是天堂，卻原來是折磨她的牢房。她的美夢，在這兒徹底破滅了。她站在門口，仔仔細細，把小屋再次打量了一番，深深記在心裡。然後，她和爸爸手攙手，走了出來。他們是人生大舞台上，受人撥弄的木偶。一個老人，一個懷了孕的姑娘，她正準備把另一個孤苦無告的孩子，帶到苦難的人間來。

大鳳滿懷熱情地迎接妹妹。二奶奶在自個兒屋裡坐著。她本打算堅持己見，不跟秀蓮說話。可是見了她從小養大的女兒，眼淚也止不住湧了出來。「哼，壞丫頭」她激動地叫了起來，「來吧，我得把妳好好洗洗，叫妳先上床睡一覺。」

對面屋裡，大鳳的兒子小寶用小手拍打著地板，咯咯地笑。秀蓮見了他，也笑了起來。

二十七　私生

秀蓮又成了家裡的人。她很少麻煩爸爸。她已經長大成人，比以前懂事多了，也體貼多了。有天早晨，她要寶慶給她買件寬大的衣服。她知道爸爸一向講究衣著，所以特別說明，不要綢子緞子的，只要最便宜，最實惠的布的。

寶慶要她到醫院裡去作產前檢查。起先她不肯，怕醫生發現她沒結過婚。寶慶懂得醫學常識，跟她說，檢查一下，對孩子有好處。大夫不管閒事，只關心孩子的健康。爸爸這麼熱心，終於打動秀蓮，她上了醫院。儘管她受了那麼多折磨，醫生還是說她健康狀況很好，只是得多活動。

每天吃過午飯，寶慶總督促她出去走走，她不肯。在重慶，誰都認得她。她不樂意在光天化日之下，去拋頭露面，丟人現眼。寶慶也不勉強，但還是提醒她，要聽大夫的意見。於是，每天晚上，等散了戲，爺兒倆在漆黑的街道上散步。在這種時候，寶慶才發現，秀蓮真是大大地變了樣。他們在上海、南京、北平住的時候，晚上散了戲，爺兒倆在街上走，秀蓮蹦蹦跳跳走在前頭，不時拉拉他的手，沒完沒了地提問題。如今她走得很慢，老落在後面，彷彿她沒臉跟他並肩走道兒。怎麼安慰她呢？他挖空心思，想不出道道兒來。「要是能找到孟先生就好了」他說得挺響，「什麼事他都能給說出個道理來。」

「我什麼也不打算想」秀蓮悶悶不樂地說，「我一心一意等著快點兒把孩子生下來。最好什麼也不想。」

寶慶無言可對。要是她不打算想，何必勉強她呢。他嗓子眼裡，有什麼東西堵得慌。

在昏暗的黑夜裡，他覺得她是個年輕純潔的媽媽，肚子裡懷著無罪的孩子。不管孩子的爹是誰，孩子是無辜的。他會像他媽一樣，善良，清白。「爸，您會疼我的孩子嗎？」她突然問，「您會跟疼小寶一樣疼他嗎？」

又像是早先的小秀蓮了，給爸爸出了個難題。

「當然囉」他哈哈地笑了起來，「孩子都可人疼的。」「爸，您得比疼小寶更疼他」她說，「他是個私孩子，沒有爹，您得比當爹的還要疼他。」

「那是一定。」他同意了，她為什麼要提起孩子是私生的？為什麼要特別疼她的孩子呢？為什麼他要比當爹的，還要疼這個孩子呢？

過了一個禮拜，秀蓮生了個女兒。五磅重，又紅，又皺巴，活像個百歲老兒。

在秀蓮看來，她是世界上頂頂漂亮，頂頂聰明，頂頂健壯的孩子。她今天的世界，就是這一間臥室，一個小小的嬰兒，睡在她的身邊。

生孩子痛苦不過，但痛苦一旦過去，秀蓮覺得自己簡直得到了新生。極度的痛苦，那一連幾小時折磨她的產鉗，把她的罪孽洗淨了。她贖了罪，如今平靜了。她完成了女人的使命，給人世添了個孩兒。她瞧著可笑的小皺臉兒，緊緊摟住她的小身子。這是她的寶貝，她的骨肉，血管裡流著的，是她的血液。她身上沒有張文的份兒。幸虧是個閨女，不是小子。如果是小子，她就要擔心他會變成張文第二。她是秀蓮的縮影，會長成世界上最最漂亮的姑娘。她從來沒有享受過的愛，她的女兒都會享受到。她要去賺錢，好供孩子上學，不重蹈她的覆轍。在她想像中，女兒已經長大，成了女學生，打學校放學回家，來見她了。也許自個兒也得從頭學起，好教孩子。

她把奶頭塞進孩子嘴裡，一股奶水濺出來，流滿了小紅臉蛋。她又把奶頭往孩子嘴裡塞了塞。飢餓的嘴唇一個勁地吮，把她的奶一口一口吸進去。這就是愛的象徵：她胸膛裡的愛，流入了下一代的嘴。她懂得，從今往後，她的生活就是給與，不能只接受別人的賜予了。一直到死，她的作用就是給與，給與下一代。

二奶奶來照顧她。她有點醉了，很想說幾句話，損損秀蓮。這個沒出息的閨女，生了個女孩，無非是婊子養了個小婊子，一環接一環，沒有個完。要是生了兒子，秀蓮就是作點孽，也還算值。姑娘家，只會惹麻煩。不過，一見秀蓮那脹鼓鼓的奶堵住了孩子的嘴，她一肚子氣都消了。「真有妳的，兒呀」她簡直羡慕起來了，「生了個好樣兒的閨女……菩薩保佑妳吧！」

秀蓮生孩子，寶慶作了難。生小寶那會兒，他幫小劉辦過宴席，給孩子洗三。滿月的時候也請了客。這是規矩，寶慶樂意讓鄰居們瞧瞧，他是個富裕體面的老丈人，又是快活的外公。可是，一個沒爸爸的私孩子，怎麼辦呢？他搔了搔腦袋。就是跟二奶奶去商量，也白搭，她一定會乾乾脆脆地說不行。他不願意問秀蓮，怕傷了她的心。他左思右想，不知如何是好。三天過去了，秀蓮沒作聲，就是想要洗三，也來不及了。到快滿月的時候，他還是拿不定主意。

他仔細察看秀蓮的顏色，看看沒給孩子洗三，她是不是生了氣。看不出她有什麼不高興。相反，她這一向興高采烈。為了多發奶，她吃得很多，臉兒長得又胖，又光潤，恢復了往日的容顏。做母親的快樂，使她看起來容光煥發。她把頭髮挽成髻，像個結了婚的婦人。她所有的時間，都花在照料孩子上。有時候，他聽見她對著孩子唱從前常唱的鼓書，心就得意得怦怦直跳。她真是重慶最可愛的小媽媽。究竟要不要請客，朋友和對頭的不同態度使他下了決心。有的藝人上門來恭喜他，態度顯得很誠懇。他們認為，私生的孩子比結了婚生的更好，因為這證明媽媽很風流。

也有些守舊的老派人物，知道孩子是私生的，從來不提這個。這是為了給寶慶留面子。他們這麼體貼，他心裡熱乎乎的。當然他也明白，他們為了維護自己的尊嚴，已經公開表示過，他們並不贊成私生的孩子。

一些向來跟他作對的人，就難纏了。他們散布流言蜚語，巴不得找機會刺他一下。他們跑到家裡來，大聲說：「方老闆，恭喜恭喜。聽說秀蓮添了個小閨女，當爸爸的怎麼樣了？」

有這麼幾撥子人，跑來笑話了他一通。之後，寶慶就決定不慶滿月了。幹嘛要請那幫子可惡的傢伙，讓他們笑話？他不覺得有什麼丟人，他們要是饞了，自個兒回家擺宴席去吧！

這麼決定了，可是他心裡很不痛快，覺得對不起秀蓮和孩子。不過她倆誰也沒抱怨。

滿了月，秀蓮回到書場去唱大鼓。

上臺前，她問寶慶：「爸，我穿什麼呢？」

「什麼漂亮穿什麼。」他說。她又成了他團隊裡的角兒，他很高興。

「爸……」她還想說點什麼，可沒說出來。

「怎麼啦？」寶慶問。

「真怪，我真不知道該穿什麼。我想當女學生，結果生了個私孩子。想逃出書場，倒又回來了。真有意思，不是嗎？」她沒笑，淚珠在她眼裡滾。

寶慶一時找不出話來說，只說了句，「妳就想著這是幫我的忙吧。」她穿了件素淨衣服，臉上只淡淡抹了點脂粉。化裝的時候，她自言自語，「穿件素淨衣裳，給過去的事送葬。」她熱烈地親了親孩子，就到書場去了。

走上臺，她決定唱一段淒婉動人的戀愛悲劇。

她使勁敲鼓，歌聲低回婉轉，眼睛只瞧鼓中央，不看聽眾。她打算一心撲在唱書上，好好幫爸爸一把，只有幫了爸爸，她才活得下去。

她唱著，頭越來越低，悲劇的情節跟她自己的很相彷彿，她不想讓聽眾看見她眼裡的淚。一曲唱完，她抬起頭來，安詳地看著聽眾，好像是在說，「好吧，現在你們對我怎麼看？」她鞠了個躬，轉身慢慢走進了下場門。

掌聲很熱烈。聽眾瞧著她，迷惑不解。她比以前更豐滿，更漂亮了，可是愁容滿面。

她還年輕，但已經飽嘗了生活的苦果。

五個月飛快地過去了，秀蓮的孩子還沒個名字。寶慶每天都要仔細打量孩子，一心盼望她確實長得不像她爹，不然就太可怕了。怎麼給她起名字呢，她可以姓張，也可以姓方，不過都不合適。他恨「張」這個姓，因為她爹姓張；方呢，又不是秀蓮的真姓，她本是個養女。結果，大家都管孩子叫「秀蓮的閨女」。

二奶奶從來不管這個孩子，她認為，她只能愛她的外孫小寶一個人。她對寶慶已經作出讓步，對秀蓮總算過得去，這也就夠了。

寶慶這才明白，為什麼秀蓮要他加倍疼愛她的孩子。不過他知道，要是讓人家看出來他偏心，家裡就會鬧得天翻地覆。秀蓮的孩子是私孩子，只能當私孩子養著。「我明白」他告訴秀蓮他不能特別照應她的孩子時，她這麼說，「我自己心裡也很亂。有的時候，我疼她疼得要命，有的時候，又恨不能把她扔到窗戶外頭去。」

一個月以後，琴珠回來找活幹。她丈夫把所有的錢都花光了，他倆準備離婚。離婚，她才不在乎呢。她搖搖頭，又笑了笑，挺了挺高聳的胸脯。「我愛唱書」她喊著，「所以我就回來了！」琴珠非常羨慕秀蓮的孩子。「妳真走運，寶貝兒。」她跪在地板上，撫弄著娃娃粉紅色的腳趾頭。「我就是生不出來，妳到底還有個孩子。有個親生的孩子，比世界上所有的錢加起來還強。」

秀蓮點了點頭。她不知道該笑還是該哭，真是又想笑，又想哭。她只是緊緊地把孩子摟在懷裡，感激地笑了。

八年抗戰結束，日本投降了。這個時候，秀蓮的孩子已經學會走路了。重慶市民通宵狂歡，連塞不飽肚皮的大學教授和窮公務員，都參加了慶祝活動。人人都高喊「中國萬歲！」為國家流過血，除了破衣爛衫和空空的肚皮之外，一無所有的傷兵，也這樣叫喊。

軍官們在衣服外面套上軍裝，把勛章打磨得鋥亮，在大街上耀武揚威。其實呢，他們之中有的人，根本沒靠近過前線。

普通市民有點不知如何是好。抗戰八年，過的是半飢半飽的日子，現在勝利了，可是他們連買杯酒慶祝勝利，都拿不出錢來。只有空喊口號不用花錢，於是他們就喊了又喊，一會兒參加這股遊行隊伍，一會兒又參加那一股。

寶慶守在家裡，他不想加入慶祝勝利的行列。他低頭坐著，想著八年來發生的一切。失去了最親愛的大哥；最心愛的女兒，又讓個土匪給糟蹋了，如今有了孩子；頂要好的朋友坐了牢。天下太平了，孟良會不會放出來呢？

寶慶嘆了口氣，又笑了一笑。總得活下去。很快就可以和戰前一樣生活，從北平到南京，愛到哪兒到哪兒，哪兒有人愛聽大鼓，就到哪兒去。是呀，還得上路。賣藝能賺錢，不管花開花落，唱你的就是了。不管是和平，還是打仗，賣你的藝，就有錢可掙。賣藝倒也能寬寬裕裕過日子。要做的事太多了。想辦個曲藝社，沒搞成；曲藝學校也還沒影兒。總有一天，這些事都得好好辦一辦。

幾天以後，方家開始收拾行裝。寶慶出門買船票。一夜之間，船票猛漲，有了賣黑市票的。他們當初來重慶時，也是這個樣子。他用了一天工夫去送禮，求人情，討價還價，最後把現錢差不多花光了，才在一隻船的甲板上，弄到了幾個空位子。兩天以後就開船。

寶慶變得年輕起來，精力充沛，勁頭十足。要復員了，他興奮得坐不住，睡不著。回下江去，他的一切，都跟來的時候差不多。行李不比來時多，頂寶貴的東西，就是三弦和鼓了。只有家裡的人口增添了。失去了親愛的大哥，添了兩個外孫，還多了個小劉。

滿心歡喜之餘，他想起了那些運氣不如他的同行，比如唐家。他去問他們，願不願意跟他一道走。本來犯不著去找他們，不過大家都是同行，把他們留在陪都，錢又不多，未免不忍心。可是寶慶去約他們的時候，唐四爺倒搖了搖頭。他樂意留下。重慶的大煙土跌了價，琴珠哪怕不唱書，也能掙大筆的錢，養活倆老的。

二十八　餘輝

開船的前一天，寶慶去跟大哥告別。大清早，他跑到南溫泉，爬上山，到了窩囊廢的墳頭，哭得死去活來。痛哭一場，他心裡好受了一點。彷彿向最親近的大哥哭訴一番，淚水就把漫長的八年來的悲哀和苦難，都給沖洗乾淨了。

他最痛心的是秀蓮。大哥跟他一樣疼她，像爸爸一樣監護著她。要是他活到今天，她哪至於落得這般下場，丟這麼大醜！大哥的墳就在長滿青草的山坡上，寶慶跪在墳前，覺得應該求大哥原諒，沒把孩子看好。訴說完心裡的話，他懇求窩囊廢饒恕，求他保佑全家太太平平。燒完紙，他回了重慶。

一肚子委屈都跟大哥說了，寶慶心裡著實舒坦了不少。他像個年輕人一樣，起勁地收拾行李。二奶奶向來愛找麻煩，她想把所有的東西，從茶杯到桌椅板凳，都帶走。寶慶的辦法，是把這些東西送給在書場裡幫忙的人，給他們留個紀念。秀蓮和大鳳把兩個孩子一路用得著的東西，都拾掇起來。這麼遠的路，大人好說，孩子可不能什麼都沒有，要準備的事兒多著呢。

收拾完東西，秀蓮抱起孩子上了街，想最後一次再看看重慶。在這山城裡住了多年，臨走真有些捨不得。她出了門，孩子拉著她的手，在她身邊蹣跚地走著。她知道每一座房子的今昔。她親眼看見原來那些高大美觀的新式樓房，被敵人的炸彈炸成一片瓦礫，在那廢墟上，又搭起了臨時棚子。她痛心地想到，戰爭改變了城市，也改變了她自己。

在山的高處，防空洞張著黑黑的大口，好像風景畫上不小心滴上了一大滴墨水。她在那些洞裡消磨過多少日日夜夜！她好像又聞到了那股使人窒息的霉味兒，耳朵裡又聽見了炸彈爆炸時彈片橫飛的嗞嗞聲。是戰爭把人們趕到那種可怕的地方去的，許多人在那裡面染上了擺子，或者得了別的病。親愛的大伯也給炸死了，她倒還活著。她使勁忍住淚，覺得她和她那沒有名字的小女孩，活著真不如死了好。

她什麼也不想再看了，可還是留戀著不想走。這山城對她有股說不出的吸引力。為什麼？她一下子想起來，這是因為她在這個地方失了身，成了婦人。她哭了起來。良心又來責備她了，為什麼不跟爸爸到南溫泉去，上大伯的墳？

她抱起孩子，繼續往前走。街上變了樣子。成千上萬的人打算回下江去，在街上擺開攤子，賣他們帶不走的東西。東西確實便宜。打鄉下來了一些人，想撿點便宜。城裡也有人在搶購東西，結果是回鄉的難民多得了幾塊錢。

秀蓮看見人們討價還價，不禁想起，她就跟攤子上那些舊貨一樣。她現在已經用舊、破爛、不值錢了，和一張破床，或者一雙破鞋一樣。

她忽然起了個念頭，加快了腳步，一直去到大街上一處她十分熟悉的拐角處。她想去看看她和張文住過的那間小屋。那是她成家的地方，是囚禁她的牢籠。她在那兒，備嘗人間地獄對一個女人的折磨。她收住腳，想起了她的遭遇。她的腿挪不動步，心跳難忍。孩子在她手裡變得沉重起來，她把孩子放下。在那間小屋裡，她的愛情幻滅了，剩下的，只有被遺棄、受折磨的痛苦。別的可以忘卻，唯獨這間小屋，她忘不了。家具上的每根篾片，每件衣物，那床川繡被子，天花板上的窟窿，以及她在這間屋裡所受的種種虐待，她一直到死的那天，都難以忘懷。一切的一切，都已經深深埋在她心中。

她抱起孩子，強迫自己繼續往前走。走到胡同口，已經是一身大汗。胡同看起來又骯髒，又狹窄。她放下孩子，彎下腰來，親了親她熱烘烘的小腦袋。

噢，進去看看那間小屋！那一個個大耗子窟窿還在嗎？裡面有人住嗎？她走進大門，朝她原來那間小屋張望。裡面有人嗎？小屋的門慢慢開了，一個年輕女人走了出來。她穿了件紅旗袍，臉上濃妝豔抹。秀蓮轉過身，緊緊地把孩子抱在懷裡，跌跌撞撞走了出去。

唔，又有一個年輕女人住在這裡，沒準是個妓女，當然也可能是剛剛結過婚的女人。唉，管她是什麼人，女人都一樣，既軟弱，又不中用。

她費了好大勁兒，才走了出來。房子彷彿有根無形的鏈子，拴住了她。她眼前浮現了張文的形象。她恨他。萬一他突然出現，要她跟他走，那怎麼辦？她急急忙忙走了出來，孩子在她懷裡又蹦又跳。趕快跑，絕不再見他！一直等到她跑不動了，才停下來喘口氣，轉過頭去看，他是不是追了上來。她周圍是炸毀了的山城。城市可以重新建設起來，但是她舊日的純潔，已經無法恢復了。

走近書場，她恢復了神智。真是胡思亂想！只要她不自取毀滅，什麼也毀滅不了她。

她可能太軟弱了，年輕無知。但是她也還有力量，有勇氣。她不怕面對生活。她突然抬起頭，兩眼望天。幸福還是會有的。她決心爭取幸福，並且要使自己配當一個幸福的人。

她親了親孩子。「媽媽好看嗎？」她問。

孩子咯咯地笑了，嘟嘟囔囔地說：「媽媽，媽媽。」「媽膽大不？」

「媽媽！」

「咱倆能過好日子嗎？」

孩子笑起來了，「媽媽！」

「咱們一塊兒去見世面，到南京，到上海去。媽媽唱大鼓，給妳賺錢。媽什麼也不怕。」

回到家裡，她態度安詳，笑容滿面。寶慶盯著她看了好一會兒。她必是遇到了什麼事兒。又愛上什麼人了？趕快上船，越快越好。

他們又上路了。小小的汽船上，擠滿了人。一切的一切，都跟七年前一樣。甲板上高高地堆滿了行李，大家擠來擠去，因為找不到安身之處，罵罵咧咧。誰也走不到餐廳裡去，所以茶房只好把飯菜端到人們站著的地方。煙囪在甲板上灑滿了煤灰。孩子們哭，老人們怨天尤人。

唯一不同的地方，是乘客們心中不再害怕了。仗已經打完，那是最要緊的。連三峽也不可怕了。船上的每個人都希望快點到三峽，因為那就靠近宜昌，離家越來越近了。

大家都很高興。北方人都在那兒想，他們很快可以看到黃河沿岸的大平原，聞到陽光烘烤下黃土的氣息了。那是他們的家鄉，他們的天堂。南方人想到家鄉的花兒已經開放，茂密的竹林，一片濃綠。大家唱著，喝著酒，劃著拳。

但是寶慶卻變了個人。他沒有七年前那麼俐落，那麼活躍了。時間在他身上留下了痕跡。兩鬢已經斑白，臉兒消瘦，眼睛越發顯得大，雙頰下陷。不過他還是盡量多走動，跟同船的伴兒們打招呼，還不時說兩句笑話。他常在甲板上坐下，看秀蓮和她的孩子。七年，好像過了一輩子，這七年帶給她多少磨難！

夜走三峽太危險，船兒在一處山根下停泊了。山頂上是白帝城，寶慶一家從船上就可以看到它。

第二天一大早，船長發了話。機器出了毛病，要在這兒修理兩天。

第三天傍晚，又來了一條船，在附近停下來過夜。寶慶走過去看那條船，旅客們大都準備上山去看白帝城。寶慶前一天已經去過了，沒再跟著大家去。他轉身往回走，沿著江岸，慢慢地踱著，雙手背在背後，想心事。沒走幾步，有人拍他的肩膀。一回頭，高興得大眼圓睜。面前站著劇作家孟良。喜氣洋洋，滿臉是笑。他說他就在剛才來的那條船上。

他瘦極了，像個骷髏一樣，原來剛放出來不久。

「勝利了」他笑著說，「所以他們就放了我。您問我是怎麼出來的，但是我覺得更重要的是要弄清楚，他們是怎麼把我弄進去的。」

寶慶點了點頭。「我一直不懂他們為什麼要抓您，您有什麼罪？我想要救您，可是誰都不肯說您到底關在哪兒。」「我知道。朋友們都替我擔心，不過倒是那些把我抓進監牢的人應該擔心……他們的日子不長了——」

他倆都沒說話。寶慶想著孟良遇到的這番折磨。靜靜流去的江水，野草的芬芳氣息和晴朗的天空，使他們的心緒平靜了下來。

寶慶要孟良看看秀蓮。他紅著臉，告訴孟良她已經有了孩子。孟良並不覺得有什麼奇怪。他說：「我以後再去看她，可憐的小東西。她跟我一樣，也坐了牢。我坐的是真正的牢，她坐的是精神上的牢。」

寶慶嘆了口氣。「我真不明白她，也勸不了她，沒法兒給她出主意。我最不放心的就是她。八年抗戰，兵荒馬亂的，像我這麼個藝人，也就算走運，過得不錯了。很多比我有能耐的人，還不如我呢。只有秀蓮，她真成了我的心病了。」「我明白」孟良站起來，伸了伸腿。「好二哥，您的行為總是跟著潮流走，不過您不自覺罷了。」

「您打個比方給我聽聽。」

「您不肯賣她，就是個很好的例子。不過那並不是您的主意。時代變了，您也得跟著變。嫂子覺著買賣人口算不了什麼，因為時代還沒有觸動她。今天還有很多人，沒有受到時代的觸動。嫂子常說的那句話，『既在江湖內，都是苦命人。』八百年前就有人說過了。可她還在說，彷彿挺新鮮。您看，您就比她進步，您走在她頭裡。」

「您這麼說，我可真要謝謝您了！」寶慶點了點頭。「看這條江水裡」孟良接著說，「有的魚會順著江水游，有的魚就只知道躲在石頭縫裡，永遠一動也不動。」「是有這樣的魚。」寶慶說。

「嫂子一動也不動。您向前進了，知道買賣人口不對。不過您也只前進了一點兒。在其他方面，您又成了個趴在石頭縫裡的魚，一動也不動。您不願意承認秀蓮需要愛情，所以您就不能給她引道兒。秀蓮需要愛情，得不到就苦惱。她第一個碰到的男人，就騙了她……她以為那就算是愛情。愛情和情慾不容易分清，是您把張文介紹給她的……要是您懂得戀愛並不丟人，就應該坦率地跟她談一談，把她引到正道上來。結果呢，您用了一套手腕去對付她，就跟您平日對付同行的藝人那樣，這就糟了嘛。您打了敗仗，是因為您不懂得時代已經變了。秀蓮挺有勇氣，想闖一闖，可是闖得頭破血流，受到了自然規律的懲罰。二哥呀，您跟她都捲進了漩渦。」孟良用手指頭指著江心的漩渦。

寶慶往前探了探身子，想仔細瞧瞧飛逝而去的江水。「我希望她能平平安安走過來。」

「明兒我們就要過三峽了」孟良說，「險灘多得很。有經驗的領航，能夠平平安安地把一隻船帶出最最危險的險灘。所以我早就說，要送秀蓮去上學。等她有了知識和經驗，也許就不會在人生的大漩渦裡，迷失方向了。我幫了倒忙，真是非常抱歉。沒想到學校會壞成那個樣子。像秀蓮這樣的姑娘，當然受不了那種侮辱。我要見了她可真過意不去。我對她像對自己的女兒一樣。不過，我雖然不是成心的，卻成了她不幸的根源。」

沉默了好一會兒，寶慶問：「您以為，要是秀蓮在那個學校裡上了學，就不會惹出麻煩來了嗎？大談戀愛自由的年輕人，就不會出漏子嗎？」

「任何時代，任何地方都會發生戀愛悲劇」孟良說，「不光秀蓮如此。有了知識和經驗，對她會有些幫助，但是不能保證一定不發生戀愛悲劇。您不要以為秀蓮生了個孩子，就一切都完了，她這次戀愛的本身，也是一次經驗教訓。吃了苦頭，她的思想會成長起來。失了身，並不等於她就不能再進步。您只要好好開導她，鼓勵她，她會重新獲得自信和自尊心的。」孟良盯著看寶慶，彷佛怕寶慶不相信他說的話。他解開襯衫，露出一道道傷疤，「我坐牢的時候，他們就這麼對待我，這是拿香燒的。」

寶慶大吃一驚。孟良接著往下說：「傷疤都已經長好了，我還是我。我還是要寫書，想說什麼說什麼。這些傷疤不丟人，我並沒有因為一時受苦，就向惡勢力投降。他們一天不把我抓起來，我就要繼續工作下去。只要能迎來人民的解放，哪怕是把我的骨頭磨碎，拿去肥田，我也不怕。在某種意義上說來，秀蓮受到的傷害，和我受的相彷彿。我說出了真理，所以坐了牢。我寫出了我所信仰的東西，所以受折磨。秀蓮想要按照她自己的慾望去重新安排生活，結果呢，也受到了懲罰。新時代會來到的，不過，在新時代來到之前，很多人會犧牲。」

孟良住了嘴，歇口氣。寶慶抬起手來，想摸摸他胸膛上的傷痕。可是孟良很快把襯衫扣上了。「我沒什麼」孟良說，「秀蓮受到了懲罰，您不光要可憐她，您得想法了解她。她很聰明，有進取心。您要是能明白，她不過是時代的犧牲品，就可以鼓勵她，教育她，使她對未來重新產生希望。不要害怕張文。他和他那一類人，終歸是會被消滅的。他和秀蓮的結合，是兩種不同勢力之間的衝突。您看！」他指著江水，「那個漩渦裡有一條魚，一隻耗子在打轉。耗子很快就會死，魚卻會游出漩渦，活下去。當然，那隻耗子也有可能蹦出來。要是張文和他那一類人繼續存在下去，我們的國家就完了。只要中國有了希望，秀蓮今後還會得到幸福。她要得到幸福，也許不是件容易的事情，不過您我一定要好好為她打算打算，引她走上幸福的道路。」

落日在江面灑上了一道金色的餘輝，把一個小小的漩渦，給照得亮堂堂的。寶慶彷彿在那裡面看見了秀蓮微笑著的臉兒，水草在她臉的周圍蕩漾，像是她的兩條小辮子。他哼起了鼓詞兒上的兩句話：長江後浪推前浪，一代新人換舊人。

鼓書藝人：

時代巨變下的小人物，努力掙脫命運的枷鎖

作　　者：老舍
發 行 人：黃振庭
出 版 者：複刻文化事業有限公司
發 行 者：複刻文化事業有限公司

E-mail：sonbookservice@gmail.com
粉 絲 頁：https://www.facebook.com/sonbookss/
網　　址：https://sonbook.net/
地　　址：台北市中正區重慶南路一段六十一號八樓 815 室
Rm. 815, 8F., No.61, Sec. 1, Chongqing S. Rd., Zhongzheng Dist., Taipei City 100, Taiwan
電　　話：(02)2370-3310
傳　　真：(02)2388-1990

印　　刷：京峯數位服務有限公司
律師顧問：廣華律師事務所 張珮琦律師

定　　價：330 元
發行日期：2023 年 11 月第一版
◎本書以 POD 印製

國家圖書館出版品預行編目資料

鼓書藝人：時代巨變下的小人物，努力掙脫命運的枷鎖 / 老舍著 . -- 第一版 . -- 臺北市：複刻文化事業有限公司 , 2023.11
面；　公分
POD 版
ISBN 978-626-97803-0-3(平裝)
857.7　　112015183

電子書購買

臉書

爽讀 APP